HINDERLAAG

JAMES PATTERSON BIJ UITGEVERIJ CARGO

Alex Cross
Slaap kindje, slaap
Tweestrijd
Cross Country
Ik, Alex Cross
Cross Fire
Kill Alex Cross
Ren, Alex Cross
Erewoord, Alex Cross
Doodswens
Gerechtigheid
Over de grens
De zaak tegen Alex Cross

The Women's Murder Club
Zevende hemel
Achtste bekentenis
Het negende oordeel
Het tiende jaar
Het elfde uur
De twaalfde van nooit
Het dertiende ongeluk
De veertiende leugen
De vijftiende affaire
De zestiende verleiding

Overige titels
De affaire
Je bent gewaarschuwd
Bikini
Partnerruil
Ooggetuige
Moordweekend
Hitte
Honeymoon
Minnares
Bekentenis van een moordgedachte
Onzichtbaar
Zoo
Moordhuis
Moordspel
48 uur

James Patterson

Hinderlaag

Vertaald door Waldemar Noë

CARGO

2020

AMSTERDAM

Cargo is een imprint van Uitgeverij De Bezige Bij, Amsterdam

Oorspronkelijke titel *Criss Cross*
Oorspronkelijke uitgever Little, Brown and Company, New York
Omslagontwerp Studio Jan de Boer
Omslagillustratie Steve Allsopp/Arcangel
Foto auteur Peter Jönsson
Vormgeving binnenwerk Peter Verwey
Druk Wilco, Zutphen
ISBN 978 94 031 7940 7
NUR 305

uitgeverijcargo.nl

MIX
Papier van
verantwoorde herkomst
FSC® C004472

Bij de productie van dit boek is gebruikgemaakt van papier dat het keurmerk van de Forest Stewardship Council (FSC®) mag dragen.
Bij dit papier is het zeker dat de productie niet tot bosvernietiging heeft geleid.

HOOFDSTUK 1

Het was op een gure maartse middag met natte sneeuw dat John Sampson en ik naar de hoofdingang van het Greensville Correctional Center renden, een zeshoekig gebouw op het platteland in het zuiden van de staat Virginia.

We doken de controlepost in, toonden onze penningen en pasjes en overhandigden onze dienstwapens. Er rolde een hek open en we konden naar binnen.

Als rechercheur Moordzaken bij de DC Metropolitan Police en gedragsspecialist bij de FBI heb ik in mijn leven al veel gevangenissen en strafinrichtingen bezocht, maar ik schrik nog steeds van het geluid van een metalen traliehek dat achter me dichtslaat. We volgden directeur Adrian Yates en een aantal journalisten dat al eerder was gearriveerd door zeven van dit soort hekken.

Een van hen, een vrouw die Juanita Flake heette, zei: 'Is het waar dat hij zijn keuze bekend heeft gemaakt?'

De directeur bleef doorlopen.

'Kunt u...'

Directeur Yates draaide zich met een ruk om en keek haar woedend aan, hij kon zich nauwelijks inhouden. 'Ik wens hier niet over in gesprek te gaan, mevrouw Flake. Ik ben hier geen voorstander van, maar het is mijn werk om erop toe te zien dat het gebeurt. Wilt u het anders? Bel dan de gouverneur maar.'

Yates, die in de media veel kritiek had gekregen, liep naar het volgende traliewerk toe dat opengleed. Drie hekken later betraden we een klein amfitheater met zo'n dertig zitplaatsen.

Er waren al twintig stoelen bezet. Ondanks de jaren die waren verstreken sinds ik ze had gezien, herkende ik veel van de aanwezige personen. Zij herkenden ons ook. Er werd geknikt en ik zag flauwe glimlachjes.

Er was een vijftal dat ons minachtend aankeek en die, dat wist ik zeker, elkaar hatelijkheden over ons toefluisterde. Deze drie mannen en twee vrouwen waren verreweg de chicst geklede mensen in de ruimte.

De mannen – twee broers van middelbare leeftijd en hun vader – droegen dure, donkere driedelige pakken. De vrouwen – de een was in de zestig, de ander in de twintig – waren gekleed in antracietkleurige Chanel-outfits, hun kapsels zaten perfect en hun sieraden waren opzichtig.

Sampson vond twee zitplaatsen die uitkeken op een lang, rechthoekig raam. Vanaf de andere kant waren de gordijnen dichtgetrokken.

Ik begon me meteen al af te vragen of het wel zo'n goed idee was geweest om hierheen te komen. Ik had natuurlijk zo mijn redenen, maar de twijfel was gezaaid.

'Je hebt hem erin geluisd,' klonk een vrouwenstem.

Ik keek op en zag de oudste van de twee modepoppen naast me staan. Een tengere vrouw met asblond geverfd haar en het soort strakke gezichtshuid dat doet vermoeden dat ze veelvuldig bij een peperdure plastisch chirurg op bezoek was geweest.

'Mevrouw Edgerton,' zei ik vermoeid. 'Dat was de verdediging van uw zoon tijdens zijn proces en zijn hogere beroepen.'

'Beroep, bedoel je, niet beroepen,' siste Margaret Edgerton. 'Je krijgt maar één kans op een hoger beroep in deze primitieve, moordlustige staat.'

'En het hooggerechtshof van Virginia heeft zijn veroordeling en straf gehandhaafd, mevrouw.'

Ze trilde van woede. 'Ik weet niet hoe je het hebt gedaan, maar het is gebeurd, zo waar als ik hier sta. En als jouw tijd is gekomen, dan hoop ik bij God dat je zult beseffen dat jij degene bent die ervoor heeft gezorgd dat die jongen hier aan de andere kant van het gordijn staat, doctor Cross.'

'Nee, mevrouw, daar heeft uw zoon zelf voor gezorgd, vele jaren geleden,' zei ik.

'Hij is onschuldig.'

'We moeten beginnen,' kondigde directeur Yates aan.

'Mijn zoon is onschuldig!' riep mevrouw Edgerton. 'Jullie kunnen dit niet doen!'

'Het is wat de wet ons voorschrijft,' zei Yates. 'Als u hier liever niet bij wilt zijn, dan begrijp ik dat.'

Hij verliet de ruimte.

Ze keek me woedend aan. 'Vergeet dit niet, want dit is het moment waarop je ziel verdoemd is. Je zult branden in de hel.'

Toen stormde ze terug om weer naast haar echtgenoot te gaan zitten, waar ze in snikken uitbarstte.

Er zijn een paar staten in het land waar de veroordeelde uit de methode van executie mag kiezen; in Virginia bestaat de keuze uit een dodelijke injectie of elektrocutie. De gordijnen schoven open en onthulden geen schouwtafel maar een zware eikenhouten stoel met pols-, enkel- en borstbanden.

Via een van de twee deuren achterin verschenen er twee gevangenbewaarders in de executieruimte. Directeur Yates volgde hen en keek toe hoe een van de twee de andere deur opende.

Een man van begin veertig met een kaalgeschoren hoofd betrad de ruimte. Hij was lang en slungelig en leek enigszins gedrogeerd. Hij besteedde geen aandacht aan de elektrische stoel, maar keek ons aan door het raam.

Michael 'Mikey' Edgerton richtte zich in zijn volle lengte op en liep zonder enige aarzeling naar de elektrische stoel toe, alsof hij erop had zitten wachten.

'Ma, pa, Delilah, Pete en Joe, weten jullie waarom ik voor de stoel heb gekozen?' sprak hij door de intercom. Hij ging zitten, lachte en keek me recht aan. 'Ik wil niet als een halve zachte wegzinken. Ik wil dat Cross en Sampson en alle anderen die me erin hebben geluisd me zien knetteren, dat ze de rook uit mijn hoofd zien komen en de huid op mijn armen en benen zien openbarsten door de bliksemschichten die ze door me heen zullen sturen… door mij, een onschuldige man.'

Zijn moeder, oudere broer en zus begonnen te snikken. Alleen zijn vader en jongere broer wisten zich in te houden.

'Je hebt het gedaan!' riep een vrouw in een spijkerbroek en een Georgia Tech-sweatshirt die vlak bij ons zat hem toe. 'Je hebt het gedaan en dit is je verdiende loon! Ik hoop dat je zult creperen als ze de hendel overhalen, jij misselijke klootzak!'

HOOFDSTUK 2

Mikey Edgertons macabere laatste wens werd vervuld.

Ik had nog nooit gezien hoe iemand op de elektrische stoel aan zijn einde kwam. De aanblik van een man die tweeduizend volt door zijn lichaam kreeg was zo schokkend dat Sampson en ik nauwelijks omhoog konden komen nadat Edgerton dood was verklaard en het gordijn weer dichtschoof.

Toen we de ruimte verlieten probeerden we Edgertons moeder te negeren, die tussen totale instorting en razende woede laveerde.

'Ik zal zorgen dat jullie hiervoor kapot worden gemaakt!' schreeuwde ze op een gegeven moment. 'Al moet ik er mijn laatste cent aan uitgeven, ik zal meemaken dat jullie op dezelfde stoel terechtkomen.'

We moesten dit en de woedende reacties van verwanten van Edgertons slachtoffers aanhoren tot het laatste traliehek achter ons dichtsloeg en we de gevangenis voor mist en motregen verruilden.

De familie Edgerton kwam enkele momenten later naar buiten en begaf zich naar een gereedstaande limousine. Wij liepen in de tegenovergestelde richting, naar de patrouilleauto waarmee we hierheen waren gereden.

'Doctor Cross? Rechercheur Sampson?'

Ik draaide me om in de verwachting dat er een microfoon van een journalist voor mijn neus zou worden gehouden, maar het bleek Crystal Raider te zijn, de vrouw in het Georgia Tech-sweatshirt. Ze keek ons aan met een gezicht waarin emoties en gedachten elkaar leken te bevechten.

‘Hij zei dat om ons te kwellen,’ zei ze. ‘Om ons na alles wat hij mijn zus en die anderen heeft aangedaan nog een dolk in de rug te steken.’

‘Inderdaad,’ zei ik. ‘En dat is hem gelukt.’

Crystal hief haar kin. ‘Misschien. Maar waar ze ook is, ik denk dat mijn Kissy blij zal zijn met zijn dood, en die andere vrouwen ook.’

‘Ga maar naar huis,’ zei ik zacht. ‘Probeer Kissy terug te zien in haar zoon en laat dit een nare herinnering zijn waar je niet vaak meer aan zult denken.’

Ze brak in tranen uit en omhelsde ons beiden. ‘Bedankt voor jullie steun aan haar, doctor Cross, rechercheur Sampson. Jullie hebben haar nooit veroordeeld, en daar ben ik jullie dankbaar voor.’

‘Paaldanseressen zijn ook mensen,’ zei Sampson. ‘Rechtschapen mensen, net als je zus.’

Ze glimlachte door haar tranen heen, zond ons nog een laatste groet en liep naar een pick-uptruck met een nummerbord uit Florida.

De drie uur durende terugreis was stil en ongemakkelijk, we waren beiden in gedachten verzonken.

Pas toen we bijna bij Washington DC waren hield het op met regenen. Sampson schraapte zijn keel. ‘Zoiets had ik niet verwacht, Alex,’ zei hij met schorre stem.

‘Niemand van ons had zoiets verwacht. Behalve Edgerton.’ Ik onderdrukte een huivering.

Mijn vriend voor het leven wierp een zijdelingse blik op me. ‘Ik weet op het moment niet of ik blij moet zijn met deze gerechtigheid, of dat ik maar beter voor mijn eigen zonden kan bidden.’

Ik voelde maagzuur opkomen, maar wist het te onderdrukken en zei: ‘Mikey Edgerton heeft er acht of misschien wel meer afgeslacht. Daar heb ik geen enkele twijfel over.'

Er viel een lange stilte, tot Sampson de afslag van de I-95 nam die me naar mijn huis in Fifth Street, in het zuidoosten van DC, zou brengen.

'Ik ook niet,' zei Sampson uiteindelijk. 'Maar toch, weet je?'

Ik slikte moeilijk. Voordat ik kon antwoorden ging mijn telefoon. Ik viste hem uit mijn zak, zag een vertrouwd nummer en nam op. 'Alex hier,' zei ik. 'Hoe gaat het, baas?'

'Dat zou ik aan jou moeten vragen,' zei mijn vrouw, hoofdinspecteur Bree Stone van het Metro Police Department. 'Maar daar heb ik nu even de tijd niet voor, en jij ook niet.'

Ik ging rechtop zitten. 'Wat is er aan de hand?'

Ze gaf een adres op in de wijk Friendship Heights en vroeg me er onmiddellijk heen te gaan. Toen ze me de reden vertelde sloeg het maagzuur om in een verschrikkelijke misselijkheid, de smerige smaak die je achter in je keel proeft voordat alles wat je die dag hebt gegeten eruit komt zetten.

'We komen eraan,' zei ik en hing op.

'Wat is er aan de hand?' vroeg Sampson.

'John,' fluisterde ik schor. 'Wat hebben we in godsnaam gedaan?'

HOOFDSTUK 3

We reden naar Friendship Heights, in de verre noordoosthoek van DC, parkeerden op Forty-First Street en liepen over het trottoir naar Harrison Avenue, waar een patrouillewagen met zwaailichten voor een wegafzetting stond.

'Welk huis is het?' vroeg Sampson aan de agent in de auto.

'Het derde van rechts, sir. Er zijn al een paar speurneuzen aanwezig.'

'En er zullen er nog wel een paar bijkomen,' zei ik terwijl ik om de wegafzetting heen naar een grijze Craftsman-woning met een keurige voortuin liep waar een bus van de Medical Examiners voor stond.

Ik zag twee geüniformeerde agenten en twee personen in burgerkleren bij de voordeur staan, die ik herkende als de juniorrechercheurs Moordzaken Owen Shank en Deana Laurel.

Ze stonden met twee zeer geschrokken dames van achter in de dertig te praten. Laurel zag ons, excuseerde zich en liep naar ons toe.

Ze vertelde ons dat de twee vrouwen – Patsy Phelps en Anita Kline – buren van het gezin Nixon waren, dat in het bewuste huis woonde. Gary Nixon, de vader, was een succesvolle advocaat in K Street. Meneer Nixon was met zijn twee jonge kinderen vier dagen de stad uit om zijn kwakkelende moeder in San Diego te bezoeken. Katrina, de vrouw met wie hij vijftien jaar was getrouwd, had een drukke logopediepraktijk en kon niet mee.

'Ze zeiden dat de Nixons elkaar tijdens reizen altijd twee keer per dag spraken, waar de ander ook maar mocht zijn,' zei rechercheur Laurel. 'Dus toen mevrouw Nixon vanochtend en vanavond de telefoon niet opnam, heeft meneer Nixon mevrouw Phelps en mevrouw Kline gebeld om even te gaan kijken of ze...'

Rechercheur Shank was erbij gaan staan en onderbrak haar. 'Met alle respect, doctor Cross en rechercheur Sampson, maar is het wel verantwoord dat jullie hier zijn? Ik bedoel, is dit geen geval van belangenverstrengeling?'

'We hebben orders gekregen,' zei Sampson. 'Neem ons dus maar mee naar binnen.'

Het beviel Shank – een stoere, pezige man en voormalig marinier – eigenlijk niets, maar hij wist wat orders waren. 'Natuurlijk, sir.'

Rechercheur Laurel liep terug naar de twee buurvrouwen. We volgden Shank het huis in, dat wel door Pottery Barn en Toys R Us leek te zijn ingericht.

Shank vertelde ons dat er geen braaksporen waren aangetroffen. Hoewel het huis de staat van wanorde kende die je bij een jong en welvarend gezin kon verwachten, zag ik geen sporen van een worsteling toen we via een korte gang in een keuken terechtkwamen die zo in een culinair tijdschrift had kunnen staan.

Op de deur van de roestvrijstalen koelkast waren kindertekeningen geplakt, en er hing een kalender aan waarop de Nixons hun afspraken met dokters en babysitters bijhielden. Het was pas na het fornuis dat we sporen van een worsteling zagen.

Er was een keukenstoel omgevallen. Een glazen vaas lag in scherven op de vloer van de ontbijthoek. Daarachter bevond zich de woonkamer. De tv stond aan, het plaatselijke nieuws meldde dat er een groeiende politiemacht was gesignaleerd bij Harrison Street in de wijk Friendship Heights.

Aan het eind van de kamer lag het lichaam van Katrina Nixon slap en naakt in een grote luie stoel, een knappe brunette van achter in de dertig. Haar huid was blauwig en leek met een wit waslaagje bedekt. Haar mond stond wijd open, alsof ze nog had geprobeerd te gillen op het moment van haar dood. De blik in haar ogen was dof.

Het rook er naar bleekmiddel. Het moordinstrument, een paars-rode zijden sjaal van Hermès, was onmogelijk strak om haar hals getrokken.

Er lag een simpel vel wit papier op haar schoot.

Toen ik ernaartoe liep voelde het alsof er iets fundamenteels in me begon te barsten. Ik las de tekst en er brak iets in me.

Je hebt het goed verknald, maar zit er niet over in, dr. Cross. Mikey Edgerton heeft uiteindelijk zijn verdiende loon gekregen voor eerdere zonden en is op de elektrische stoel naar het hiernamaals vertrokken. – M

HOOFDSTUK 4

M.

Ik was nog steeds van slag toen ik twee uur later voor mijn huis parkeerde. Het was opgehouden met regenen, er woei een wind die ongewoon warm was voor half maart.

Ik zag Bree met een omgeslagen doek op de schommelstoel op de veranda zitten. Ze klopte op de stoel naast haar en zei: 'Klopt het?'

Ik knikte en ging zitten. 'Het was door hem ondertekend.'

Het bleef even stil. Toen zei ze: 'Je weet dat de Edgertons dit zullen gebruiken om te bewijzen dat hun zoon erin is geluisd en dat er een andere dader moet zijn geweest.'

Ik leunde uitgeput achterover. 'Tenzij we de media over M inlichten, en alle ellende naar buiten komt.'

'Je kunt een geheim niet eeuwig voor je houden, Alex,' zei ze terwijl ze mijn hoofd streelde.

'Maar daar ben ik bang voor,' zei ik. 'Want dan sta ik op alle voorpagina's.'

'Jij bent zijn focus.'

'Dat weet ik. Maar het is zo...'

'Wat?'

'Verwarrend.'

'Mikey Edgerton was schuldig.'

'Dat weet ik,' zei ik terwijl ik iets in de donkere voortuin van de buren opmerkte. 'M speelt zijn spelletjes. Wat is er aan de hand daar?'

'Steigers. Morse zei dat er zowel binnen als buiten verbouwd gaat worden.'

'Nog meer herrie,' zei ik geërgerd. 'Ze zijn zelf voor een jaar weg zodat ze het niet hoeven te horen.'

'Ze hebben allebei een jaar verlof.'

'Dat is fijn voor ze,' zei ik terwijl ik opstond. 'Ik heb honger.'

'Nana is voor je aan het koken. Ik ga zo slapen, ik heb het gevoel dat het morgen weleens zwaar kan gaan worden.'

Ik kuste haar, zei dat ik van haar hield en liep naar binnen.

De tv in de woonkamer stond op *Terriers*, op het moment de favoriete serie van mijn zeventienjarige dochter Jannie. Vanuit de keuken dreef het heerlijke aroma van knoflook, uien en basilicum de hal in.

De geuren en geluiden brachten me tot rust. Ik liep de woonkamer in waar Jannie in haar hardlooptenue op de bank zat te dutten. Er lag een biologieboek opengeslagen op haar schoot, en ze hield met één hand de afstandsbediening vast.

'Hé, schat,' zei ik terwijl ik haar een duwtje gaf.

Jannie schrok wakker en drukte op de pauzeknop. 'Hoi pap,' zei ze slaperig.

'Ben je nu aan het slapen, studeren of tv aan het kijken?'

'Alle drie,' zei ze terwijl ze door het gapen heen glimlachte.

'Dat kun je niet tegelijkertijd doen.'

'De meeste mannen niet, nee. Maar de meeste vrouwen wel.'

'Leg me dat eens uit.'

'Nou, afgelopen week tijdens de les? Toen kregen we te horen dat onderzoeken hebben uitgewezen dat het mannelijke brein erop is ingericht om zich op één ding te concentreren. Jullie leren beter en bereiken meer als je het daarbij houdt, en daarna pas aan het volgende project begint. Lichaamsbeweging zou daarbij mogelijk kunnen helpen. Bij het studeren, bedoel ik.'

'Oké. En het vrouwelijke brein?'

'O, vrouwen zijn geweldig!'

Ik grijnsde. 'Daar ben ik het volledig mee eens. Maar waarom?'

Met haar wijsvingers trok ze denkbeeldige cirkeltjes om haar hoofd. 'Het vrouwelijke brein kan zich tegelijkertijd op verschillende dingen concentreren. De leraar zei dat het als jongleren is. Waar mannen alles behalve dat ene ding waar ze mee bezig zijn uitsluiten, kunnen vrouwen alles zien, horen en ruiken. En alles voor elkaar krijgen!'

'Behalve als ze slapen.'

Ze lachte. 'Oké, behalve als ze slapen.'

'Ik moet toegeven dat jij er wel wat van kan, ja. Als je broertje weer eens probeert te multitasken, vertel hem dan dat verhaal over het mannelijke brein zodat hij ermee ophoudt. Oké?'

'Denk je dat hij zal luisteren?'

'Waarschijnlijk niet.' Ik boog me voorover en drukte haar tegen me aan. 'Ik heb je gemist, schat.'

'Ik jou ook, pap.' Ze gaapte nog eens. 'Ik weet niet waarom ik zo moe ben.'

'Ga dan vroeg naar bed.'

Ze knikte, maar leek ergens anders aan te denken.

'Mijn eerste outdoorwedstrijd is komende dinsdagmiddag,' riep ze me na toen ik de kamer uit liep.

'Het staat al met veel uitroeptekens op de kalender,' riep ik terug terwijl ik de keuken bereikte.

Mijn grootmoeder Nana, negentig-plus en kookfanaat, stond bij het fornuis in een diepe braadpan te roeren.

'Ik weet niet wat het is, maar het ruikt verschrikkelijk lekker.'

'Een nieuw kiprecept,' zei ze terwijl ze met de pollepel op de rand van de pan tikte.

'Pap!' riep Ali vanuit de kamer achter de keuken. 'Dit moet je zien!'

'Hij wil je al de hele tijd een mountainbikevideo laten zien,' zei Nana. 'Denk maar niet dat je iets kunt eten voordat je het hebt gezien.'

Ik hief begripvol mijn handen op. Mijn jongste kind Ali was ongelooflijk bijdehand en altijd met iets nieuws bezig. Als hij weer iets had gevonden, dan beet hij zich erin vast als een terriër – hij liet niet los.

Ali's laatste bevlieging waren mountainbikes. Het was vorig jaar begonnen toen hij er een van een vriendje mocht lenen, daarna had hij er een met kerstmis gekregen.

Daar hadden we maar al te graag voor gezorgd, want Ali had zich, in tegenstelling tot zijn oudere zus, nooit aangetrokken gevoeld tot sportieve activiteiten. Maar er was iets met mountainbikes wat zijn fantasie prikkelde, en hij fietste nu de hele dag, zelfs als het koud was en sneeuwde.

Ali lag op de vloer met zijn laptop voor zich toen ik binnenkwam.

'Je bent laat,' zei hij wrevelig.

Ik hield mijn handen op. 'Daar kan ik niets aan doen. Heb je gefietst vandaag?'

Hij knikte. 'Een rondje Tidal Bassin.'

Dat was een favoriete hardlooproute van Bree en mij. Hij was veilig en goed ingericht. Hij mocht daar van mij fietsen, als hij het ons wel van tevoren meldde en als het niet te laat of te vroeg was. 'Zo, je wilde me iets laten zien?'

Hij drukte een toets op zijn laptop in. Het scherm kwam tot leven, er verscheen een weids uitzicht over een uitgestrekte stad, gefilmd door een cameraatje dat op de helm van een mountainbiker was bevestigd.

'Waar is dit?' vroeg ik.

'Dit is Lima, in Peru,' zei hij. 'Je zult het niet geloven.'

De mountainbiker begon aan zijn rit en reed meteen een ongelooflijk steile trap tussen struikgewas af. Daarna schoot hij over een hoge muur van zo'n zeventig centimeter breed het zonlicht tegemoet.

Een menigte keek van beneden af toe hoe hij vanaf het einde van de muur door de lucht zweefde om zes meter lager op een onverhard pad terecht te komen dat zo steil was dat ik dacht dat hij met fatale gevolgen over zijn stuur heen zou worden gelanceerd. Maar hij hield de mountainbike tijdens zijn landing in bedwang, maakte een bocht naar links, schoot over een smalle houten brug, nam een volgende helling, vloog de lucht weer in en landde op een volgende trap. Deze waanzin ging nog zo'n vier minuten door, voordat de mountainbiker helemaal beneden afremde en begon te lachen. De video stopte.

'Was dat niet wáánzinnig?' vroeg Ali.

'Hoe heet dit?'

'Urban downhill mountainbiking!'

'Wauw,' zei ik. 'Elke dag een nieuwe sport.'

'Ik ga dat ook een keer doen,' zei hij vastbesloten.

'Niet zolang ik er iets over te zeggen heb,' zei Nana vanuit de keuken. 'Alex, je eten is klaar.'

HOOFDSTUK 5

De executie van Edgerton, de moord op mevrouw Nixon, het nieuwe bericht van M... Ik dacht er niet meer aan toen ik van Nana's fantastische pasta pesto met kip en zwarte bonen genoot, en ik zei haar dat het voor herhaling vatbaar was.

Ali liep langs met zijn laptop onder zijn arm.

'Bedtijd?' vroeg ik.

Hij gaapte en knikte. 'Pap, heb je ook Wickr?'

'Eh, niet dat ik weet.'

'Dat is een geweldige app die spionnen gebruiken om elkaar berichten te sturen.'

'Oké?'

'Het zijn versleutelde berichten,' zei hij ernstig. 'We kunnen ze naar elkaar sturen zonder dat iemand het ooit te weten zal komen omdat er een zelfvernietigende functie in zit.'

'De telefoon vernietigt zichzelf?'

'Nee,' zei hij terwijl hij zijn neus optrok. 'De berichten, of telegrammen, zoals ze het noemen, verdwijnen na een paar minuten. Dat is natuurlijk handig voor als je ergens aan het spioneren bent, hè?'

'Als je tijdens het spioneren je telefoon kunt gebruiken wel, ja.'

'Zal ik die app op je telefoon zetten? Het is heel makkelijk, en dan kunnen we...'

'Als spionnen met elkaar communiceren?'

Hij grijnsde en knikte.

‘Ik zal erover nadenken,’ zei ik en ik gaf hem een nachtzoen.

‘Pap? Als urban downhill een Olympische sport wordt, dan zal ik er denk ik heel goed in worden.’

Ik moest glimlachen om de manier waarop hij van de hak op de tak sprong met zijn bevliegingen. ‘Ik denk dat je heel goed zult zijn in alles waar je plezier in hebt.’

Nadat Nana naar bed was gegaan, ruimde ik op. Even later liep ik naar de woonkamer – Jannie was al naar bed. Ik probeerde naar een basketbalwedstrijd te kijken. Toen ik naar boven vertrok was het bijna middernacht.

Bree was in diepe slaap toen ik tussen de lakens kroop. Ondanks alle gebeurtenissen van die dag voelde ik hoe ik door slaap werd overmand.

Maar net toen ik wegdoezelde hoorde ik een hond blaffen in een irritant patroon: drie diepe blaffen, een stilte, en dan twee of vier keffen. Het raam stond open, ik stond op, trok het dicht en sloot het af. Ik kon het geblaf nog steeds horen, al klonk het iets gedempter.

Dit was nu al een maand aan de gang, maar ik had geen tijd gehad om zijn baas op te sporen en erover te klagen. En ik was niet in de stemming om het die nacht nog te doen. Ik deed mijn oortjes in en zette de whitenoise-app op mijn telefoon aan.

Ik sloot mijn ogen. Hoewel ik het niet wilde moest ik aan M denken, en wat ik van hem wist; het was weinig en ook nog eens tegenstrijdig.

Eén ding over M was echter onmiskenbaar, dacht ik terwijl ik weer wegdoezelde – het briefje dat hij op het lichaam van de gewurgde mevrouw Nixon had achtergelaten was niet zijn eerste directe poging om me te tarten.

Het was de vierde keer.

In twaalf jaar.

HOOFDSTUK 6

Ali glipte om zeven uur 's morgens de slaapkamer van zijn vader in, het was zaterdag. Bree was al op en was beneden.

Hij liep naar zijn snurkende vader toe en schudde lichtjes zijn schouder. Alex schrok op en ging verdwaasd rechtop zitten.

'Wil je gaan hardlopen?' vroeg Ali. 'Dan rijd ik mee met de mountainbike.'

Zijn vader ging weer liggen en gromde. 'Ik heb nauwelijks geslapen, jongen. Ik denk niet dat zoiets mijn lichaam op het moment goed zal doen.'

Ali was teleurgesteld, maar hij kuste zijn vader op zijn wang en zei: 'Ga maar verder slapen, we gaan volgende week wel.'

Alex glimlachte en zijn ogen vielen weer dicht.

Hij liep naar beneden, waar Bree in haar werktenue koffie zat te drinken.

'Wil jij ook niet hardlopen?' vroeg hij.

'Vandaag niet,' zei ze. 'Ik moet m'n bureau opruimen.'

'Ik rijd de gebruikelijke route, goed? En ik zal mijn telefoon meenemen.'

'Heb je het aan je vader gevraagd?'

'Die ligt nog in coma.'

Bree moest onwillekeurig glimlachen. 'Als Nana wakker is zal ik haar zeggen waar je bent.'

Ali grijnsde. Hij had niet verwacht dat hij zo makkelijk toestemming zou krijgen.

Maar goed, hij was tien, bijna elf, toch? En hij zat in de zesde klas, een klas hoger dan de meeste kinderen van zijn leeftijd. Hij wist zich wel te redden.

Hij haalde zijn mountainbike uit het schuurtje achter het huis en reed weg. Hoewel Alex Cross' zoon doorgaans liever thuis met zijn hoofd in de boeken zat, of iets nieuws leerde op internet, was hij dol op zijn mountainbike, vooral als hij ergens vanaf kon springen. Dat ding had geweldige schokbrekers.

Tegen de tijd dat Ali voorbij het Martin Luther King Jr. Memorial was, en in zuidelijke richting langs de linkerkant van het Tidal Bassin fietste, had hij al tien sprongen met goede landingen gemaakt. Er was bijna niemand anders op het pad.

Toen Ali hard doortrapte in de richting van het Franklin Delano Roosevelt Memorial zag hij aan de rechterkant van het pad een man geknield bij zijn mountainbike zitten. De man draaide zich om en gebaarde hem te stoppen.

Maar het was te laat. Omdat hij naar de man keek lette Ali niet meer op het pad. Zijn voorwiel reed over de scherven van een gebroken fles en liep meteen leeg.

Ali schoot van het pad af en ging hard onderuit. Hij zag sterretjes en had even geen lucht meer.

De man die naar hem had gezwaaid rende naar hem toe. 'Gaat het?'

'Ja hoor, het gaat wel.'

'Shit, ik hoorde je aankomen, maar ik was net te laat om je voor het glas te waarschuwen,' zei de man met een lijzig zuidelijk accent. 'Ik heb beide banden lekgereden. Het is nog een geluk dat er geen spaak verbogen is.'

Hij was lang en maakte een zeer getrainde indruk in een fietsbroek met een strak raceshirt waar US ARMED FORCES CYCLING TEAM op stond. Zijn outfit werd gecompleteerd door een Oakley-racebril en een fietshelm van Bell waar zandkleurig haar onderuit kwam.

De man hielp Ali overeind en zei: 'Ik ben kapitein Arthur Abrahamsen.'

'Ali Cross.'

'Aangenaam kennis te maken, Ali Cross. Zal ik eens naar je voorband kijken?'

'Nee, meneer, het is goed. Ik loop wel naar huis.'

'Als het te plakken is zou je ook kunnen fietsen,' zei kapitein Abrahamsen glimlachend. 'Zal ik eens kijken? Ik heb er verstand van.'

Ali aarzelde, maar haalde toen zijn schouders op en knikte, dat was natuurlijk stukken prettiger dan dat hij de kleine zes kilometer naar huis zou moeten lopen met een mountainbike aan zijn hand.

'Kun je de scherven van het pad af schoppen? Dan kijk ik of je band te plakken is,' zei de legerkapitein. 'Anders wordt het nog druk hier met al die lekke banden.'

'Oké,' zei Ali.

Abrahamsen tilde de fiets aan het stuur op en liet het voorwiel draaien.

Ali schopte met zijn sneakers de grote scherven in het gras. 'Bent u militair?'

'Ja, ik zit in het leger,' zei Abrahamsen terwijl hij de band inspecteerde.

'Zit u ook in het raceteam?'

'Min of meer,' antwoordde hij. 'Ik ben goed genoeg om met het team mee te trainen, maar nog niet goed genoeg om voor mijn land de hele wereld over te vliegen. Nog niet.'

Hij zei het met zo'n overtuiging en enthousiasme dat Ali moest glimlachen. 'Maar dat is geweldig.'

'"Supergaaf," zoals mijn neefje zou zeggen,' zei Abrahamsen. 'Kijk, hier is het lek.'

Hij hield het wiel op en liet Ali de plek zien waar het glas erin was gegaan.

'Is het te plakken?' vroeg Ali.

'Ik zou het kunnen proberen te plakken, dan kun je in elk geval terugfietsen. Daarna zou ik er een nieuwe buiten- en binnenband op zetten.'

Abrahamsen liep terug naar zijn eigen mountainbike. 'Kun je je fiets op deze manier dragen?' Hij tilde zijn fiets op, stak zijn rechterarm door het frame en zette hem op zijn schouder.

Ali knikte. Hij had het mountainbikeracers zien doen als een stuk van het parcours te ruig was om fietsend af te leggen.

'Maar waar gaan we heen? Hebt u hier geen bandenplaksetje?'

'Jawel, maar dat is genoeg voor één band,' zei hij. 'Maak je geen zorgen, in de teambus ligt alles wat we nodig hebben. Hij staat bij de jachthaven geparkeerd. Wil je straks een teamsticker voor op je fiets?'

Dat leek Ali wel wat. 'Ik ben nog nooit een professionele mountainbiker tegengekomen.'

'Maar dat ben ik ook niet. Nog niet. Kom, laten we gaan lopen. Ik moet om twaalf uur op een vergadering zijn. En ik kan me voorstellen dat je moeder zich afvraagt waar je blijft.'

'Nana Mama, mijn overgrootmoeder,' zei Ali, die zijn kleinere mountainbike op zijn schouder tilde en graag wilde dat kapitein Arthur Abrahamsen zou denken dat hij sterk genoeg was om de fiets het eind naar de jachthaven te dragen.

De kapitein glimlachte. 'Overgrootmoeder? Wil je haar bellen? Om haar te zeggen waar je bent en dat er iemand bij je is? Ik wil niet dat ze ongerust is.'

Ali fronste, zette zijn fiets neer en zocht in zijn zakken naar zijn telefoon. 'Ik weet zeker dat ik hem bij me had toen ik van huis vertrok.'

'Hier,' zei Abrahamsen, die hem zijn telefoon aanreikte. 'Bel haar maar, dan zal ik hier even rondkijken, misschien dat hij uit je zak is gevallen toen je viel.'

Ali nam de telefoon aan en toetste het nummer in terwijl Abrahamsen terugliep naar de plek waar de glasscherven hadden gelegen.

De telefoon ging over en Nana nam op. 'Hallo?'

'Nana? Ik ben het, Ali. Ik heb een lekke band, en kapitein Arthur Abrahamsen, hij zit in het mountainbiketeam van het leger, gaat de band voor me plakken. Ik bel met zijn telefoon.'

'Nou, dat is aardig van hem.'

'Ik ben straks thuis,' zei Ali en hing op.

Toen hij zich omdraaide zag hij dat Abrahamsen op zijn hurken in een stuk met hoger gras zat. Hij kwam overeind en hield een zwarte telefoon op. 'Is dit hem?'

Ali slaakte een zucht van opluchting. Zijn vader zou erin gebleven zijn als hij zijn telefoon had verloren. 'Ja. Dank u wel.'

Ze verruilden van telefoon. 'Heb je je overgrootmoeder gesproken?'

'Ja.'

'Het is beter dat ze nu weet waar je bent, toch?'

Ali knikte, hij had de fiets alweer op zijn schouder getild. 'Veel beter, meneer.'

HOOFDSTUK 7

Uiteindelijk werd ik zaterdagochtend rond negenen wakker. Na het douchen en scheren liep ik naar beneden. Toen ik op de veranda stond om de krant te gaan halen stopte er een busje met stickers van mannen en vrouwen op mountainbikes en het insigne van de U.S. Armed Forces erop voor de deur.

Tot mijn verrassing sprong Ali eruit. 'Pap!'

Vervolgens stapte er een man van begin dertig aan de bestuurderskant uit. Hij droeg een T-shirt waar U.S. ARMY op stond met een fietsbroek eronder.

Ze liepen naar de veranda toe en Ali zei: 'Kapitein Abrahamsen zit bijna in het U.S. Armed Forces mountainbiketeam! Ik kreeg een lekke band. Het lukte ons niet om hem te plakken, dus hij bood me een lift naar huis aan.'

De kapitein glimlachte en stak zijn hand uit. 'Arthur Abrahamsen, sir. Het is me wel een portret, die jongen van u.'

Ik schudde zijn hand en glimlachte terug. 'Ik weet er alles van. Bedankt dat u hem hebt willen helpen.'

'Graag gedaan,' zei Abrahamsen en hij grinnikte. 'Hij heeft me veel geleerd over veel verschillende onderwerpen.'

'Ik hoop dat hij u niet de oren van uw hoofd heeft gekletst.'

'Nee hoor, sir. Ze zitten er allebei nog aan. Ik zal zijn fiets uit m'n bus halen. Ik ben bang dat er een nieuwe binnen- en buitenband op moet.'

'We zijn beiden door glasscherven gereden,' zei Ali terwijl

Abrahamsen de achterdeuren van het busje opende.

Het bleek gevuld met wielen, banden en andere fietsapparatuur die aan de wanden hing.

'En, fietst u fulltime voor het leger?' vroeg ik terwijl hij de mountainbike eruit tilde.

'Hij traint bij het wedstrijdteam,' zei Ali.

'Nou, fulltime kun je het niet noemen,' zei Abrahamsen, die de deuren sloot. 'Ik heb het druk genoeg bij het Pentagon en in Washington Hill, dus ik probeer mijn trainingsritten in te passen waar het maar kan.' Hij bracht de fiets naar me toe.

'Nogmaals mijn dank,' zei ik en we schudden elkaar weer de hand.

De kapitein keek Ali glimlachend aan. 'Het is altijd fijn om een collega-cavalerist te ontmoeten.'

Ali keek hem onzeker aan.

'Ik heb bij de Vierde Cavaleristen van de landmacht gediend,' legde Abrahamsen uit. 'Tanks. Maar ik heb altijd gevonden dat cavaleristen in deze tijd op mountainbikes zouden moeten rijden.'

'Mountainbikes...' zei Ali met een brede grijns.

'Precies! Want ze lijken wel een beetje op paarden,' zei de kapitein, die naar hem knipoogde. 'Pas goed op jezelf, jongen. Leuk u te ontmoeten, meneer Cross.'

'Insgelijks, kapitein,' zei ik.

Abrahamsen stapte het busje in, zwaaide en reed weg.

'Wat een aardige man,' zei Ali.

'Dat geloof ik ook,' zei ik terwijl ik zijn fiets optilde.

'Denk je dat ik ook later bij de cavalerie kan gaan?' vroeg Ali.

'In een tank of op een mountainbike?'

'Op een mountainbike.'

Ik zweeg een moment en zei: 'Je mag altijd je hart volgen, als je er maar je best voor doet.'

HOOFDSTUK 8

Drie dagen lang negeerde ik de mediaberichten over Edgertons executie en de beschuldigingen van zijn familie dat de moord op Katrina Nixon het bewijs leverde dat hij onschuldig was. Op dinsdagochtend meldde ik me bij de federale strafinrichting in Alexandria, Virginia, niet ver van het gerechtshof.

De *deputy* gaf me mijn ID terug en vroeg: 'Weet Dirty Marty van uw bezoek?'

'Meneer Forbes heeft zelf het verzoek voor counseling ingediend,' zei ik.

De deputy, een stevige vrouw die Estella Maines heette, snoof en zei: 'We brengen hem naar u toe, doctor Cross, maar ik vraag me af waarom u de moeite neemt.'

'Dat is de hopeloze idealist in me, deputy.'

Ik zag bijna iets van een glimlachje toen de deur zoemend van het slot ging.

Op weg naar de gespreksruimte bedacht ik me dat dit soort sessies belangrijk voor me is. Ondanks het feit dat ik een druk leven had als consultant op contractbasis voor DC Metro en de FBI haalde ik de meeste voldoening uit mijn rol als therapeut.

Er ging een stalen deur open. Martin Forbes schuifelde naar zijn stoel aan de andere kant van de kogelvrije glaswand. Hij was midden in de veertig, kalend en een onopvallende man, ware het niet dat er een kronkelende witte lijn onder zijn kaak liep. Dat litteken was de reden dat ik ermee had ingestemd hem te ontmoeten.

Er was een tijd geweest dat ik met Forbes bij de FBI werkte, toen hij voor een korte periode bij de afdeling Gedragsanalyse was gedetacheerd. Hij was indertijd junior-agent, en net zo gretig als ik om boeven te vangen.

Die gretigheid kwam hem bijna duur te staan, maar redde het leven van mijn voormalige partner Ned Mahoney. We onderzochten op dat moment een aantal gruwelijke moorden in Arizona, New Mexico en Texas die de signatuur van een seriemoordenaar hadden, maar uiteindelijk een schoonmaakactie van een criminele organisatie bleken te zijn.

Mahoney zat een cel van het Sinaloa-kartel net iets te dicht op de hielen en werd op een nacht in Tucson van de straat geplukt. Forbes was getuige van de ontvoering, volgde de daders en wist Ned te bevrijden, maar niet voordat een van de kartelleden zijn keel had proberen door te snijden.

Forbes pakte vanaf zijn kant van de glaswand de telefoon. 'Fijn dat je gekomen bent, Alex.'

'Het was het minste wat ik kon doen.'

'Ik ben onschuldig.'

'Ik heb gehoord dat je pleidooi zo luidde.'

'Ja,' zei hij. 'En dat was geen juridisch trucje, Alex. Ik ben erin geluisd.'

Ik zuchtte. 'Je zei dat je een counselingsessie wilde, Marty. Daar ben ik voor gekomen.'

'Ik wist dat je anders niet zou komen. Ik heb het niet gedaan.'

'Je hebt een geschiedenis, Marty. Een reputatie die iedereen kent.'

Forbes werd rood, maar hij wist zich in te houden. 'Er is nooit bewezen dat ik die schoten heb gelost... "Waar gehakt wordt vallen spaanders", heb jij me dat ooit niet gezegd?'

'Dat was Mahoney.'

'Goed, maar ik ben geen losgeslagen agent. Ik weet niet wie al dat tuig op dat jacht heeft afgeschoten, en hoezeer het ook hun verdiende loon was, ik was het niet.'

Ik zweeg even terwijl mijn gedachten teruggingen naar de zaak die mijn voormalige FBI-collega dankzij de media de bijnaam 'Dirty Marty' – een variatie op Dirty Harry – had opgeleverd; een agent die over de schreef ging en het recht in eigen hand nam.

Hoewel Forbes' naam werd gezuiverd vond de FBI het zorgwekkend genoeg om hem de wacht aan te zeggen; hij werd als senior-rechercheur in Chicago naar Quantico overgeplaatst, waar hij een bureaubaan bij de afdeling Misdaadanalyse kreeg. Forbes had op dat moment de leiding over een infiltratieoperatie in een internationaal prostitutiesyndicaat, een groep die via Canada of Mexico vrouwen en minderjarige meisjes en jongens uit ontwikkelingslanden de Verenigde Staten in smokkelde.

In twee jaar tijd wisten ze in de lagere regionen van het syndicaat te infiltreren, wat tot de bevrijding van meer dan vijftig vrouwen had geleid die – bewaakt door gewelddadige criminelen – tot prostitutie waren gedwongen. Deze vrouwen kenden de namen van twee mannen en een vrouw die volgens hen de kopstukken van het syndicaat waren.

Carlos Octavio, een man die de Panamese nationaliteit bezat en acht talen kon spreken, zou een duo vormen met Ji Su Rhee, een Koreaanse vrouw die wel negen talen sprak. Octavio en Rhee kochten in arme, corrupte landen jonge vrouwen en kinderen. Gor Bedrossian, een Armeniër die banden met Amerikaanse en Russische misdaadsyndicaten had, werd gezien als degene die het vervoer en het distributiesysteem onder zijn hoede had en er met ijzeren hand over regeerde.

Het probleem waar Forbes mee zat was tweeledig. Ten eerste was er geen concreet bewijs dat deze drie kopstukken linkte aan de vrouwen die tijdens verscheidene invallen in het land waren bevrijd. En ten tweede zette het trio hoogst zelden – zo niet nooit – voet op Noord-Amerikaanse bodem.

Voordat hij werd overgeplaatst had Forbes tevergeefs geprobeerd om via de geldstromen de bendeleiders te traceren. Een jaar na zijn overplaatsing nam hij een verlof van twee maanden om een boek over seksuele slavernij in de eenentwintigste eeuw te schrijven.

De openbare aanklager geloofde dat het eigenhandig vermoorden van dit trio de ware reden van zijn absentie was.

Zes weken nadat Forbes verlof had genomen om zijn boek te schrijven onderschepte de U.S. Coast Guard voor de kust van Florida een ronddobberend jacht dat *Harén* – Spaans voor 'harem' – heette. Ze troffen op het jacht de opgezwollen en onthoofde lichamen van zes personen aan, onder wie Bedrossian, Octavio en Rhee – allen doodgeschoten.

Benedendeks troffen de agenten van de Coast Guard een grote cel aan, waarin zestien uitgehongerde en uitgedroogde tienermeisjes uit Brazilië, Cambodja en India zaten.

De meisjes vertelden dat de schietpartij vier avonden eerder had plaatsgevonden. Ze hoorden een boot langszij komen, iets wat wel vaker gebeurde. Meestal waren het klanten of leveranciers die aan boord kwamen.

Toen begon het schieten, eerst langzaam en methodisch, daarna koortsachtiger. Ze hoorden de boot weer vertrekken, waarna het dagenlang stil bleef. Omdat het jacht nog net in Amerikaanse wateren dreef werd de FBI ingeschakeld. De conditie van de stoffelijke overschotten had het onderzoek bemoeilijkt, maar niet onmogelijk gemaakt.

De zes slachtoffers waren zonder uitzondering van dichtbij tussen de schouderbladen geschoten. Hun hoofden waren met chirurgische precisie van de romp gescheiden.

De kogels bleken een match met Forbes' oude dienstpistool te vormen. Het .40 kaliber pistool werd in een kast gevonden op de plek waar hij zijn boek zou gaan schrijven, een landhuisje in West Virginia. De FBI had ook DNA-sporen van Forbes op het jacht gevonden.

'Alex?' zei Forbes, die zijn handen tegen de glaswand aandrukte. 'Alsjeblieft, je moet naar me luisteren. Ik heb het niet gedaan. Ik ben erin geluisd.'

'Door wie?'

Hij aarzelde. 'Ik... ik weet het niet zeker. Maar hij noemt zichzelf M.'

HOOFDSTUK 9

Om drie uur beklom ik die middag de tribune bij de atletiekbaan van Coolidge High School; na mijn gesprek met Martin Forbes voelde het nog steeds alsof ik in de vierde dimensie was beland.

M?

Alweer?

Hoe kon dat mogelijk zijn?

Maar die zes lichamen waren... net als...

'Alex?'

Ik keek opzij en zag Nana Mama naar me zwaaien. Mijn grootmoeder droeg een wollen muts, een jack en had een zware deken over haar knieën geslagen. Het was gestopt met miezeren, maar de lucht was nog steeds koud en vochtig. Ali zat naast haar en was op zijn telefoon bezig.

'Hoe gaat het met onze meid?' vroeg ik terwijl ik naast hen ging zitten.

'Ik heb haar nog niet gezien,' zei Ali zonder op te kijken.

'O?' zei ik terwijl ik naar de baan en het veld keek, waar atletes van drie verschillende middelbare scholen met hun warming-up bezig waren.

'Heb je niet gemerkt dat ze humeurig is?' zei Nana. 'Ze krijgt niet genoeg slaap.'

'Het is een meid van zeventien. Die krijgen nooit genoeg slaap.'

'Pap,' zei Ali, 'kan ik je telefoon even lenen? De mijne is leeg.'

'Om er een spelletje op te spelen?'

Hij leek beledigd. 'Nee, ik ben een boek aan het lezen.'

Ik reikte hem mijn telefoon aan en zei: 'Wat ben je aan het lezen?'

Zijn duimen schoten over het schermpje. '*Criminal Investigation: An Introduction to Principles and Practice*, door Peter Stelfox.'

'Waar heb je dat gevonden?' vroeg ik.

'Online.'

'Je zou boeken moeten lezen die wat meer bij je leeftijd horen,' zei Nana.

'Die boeken zijn saai,' zei Ali terwijl hij begon te lezen.

Mijn grootmoeder keek me scherp aan, ze verwachtte blijkbaar dat ik er iets van zou zeggen. 'Ik zou soms wel wat bijval kunnen gebruiken,' zei ze.

Voordat ik kon antwoorden verscheen Jannie op de baan en begon aan haar warming-up, ze droeg een joggingbroek en een trainingsjack, de capuchon over haar hoofd getrokken. Normaal gesproken rent mijn dochter met een opmerkelijke veerkracht in haar passen, elke keer als haar voet de grond raakt schiet hij soepel terug. Het is bijna alsof ze stuitert. Deze natuurlijke tred had de serieuze belangstelling van diverse NCAA Division 1-coaches opgewekt, die haar allemaal een beurs in het vooruitzicht stelden.

Maar toen Jannie het tempo van haar warming-uploop opvoerde zag ik dat ze de grond niet met de bal van haar voeten raakte, maar met het stuk erachter, in de richting van haar hiel. Daardoor zag het er enigszins onhandig uit, iets wat haar nog nooit eerder op de atletiekbaan was overkomen.

'Heeft ze weer een blessure aan haar voet?' vroeg Nana Mama bezorgd.

'Ik hoop van niet,' zei ik terwijl ik opstond en mijn verrekijker ophield om het beter te kunnen zien.

Jannie had een moeilijk jaar gehad nadat ze een van de sesambeentjes in haar voet had gebroken. Ze werd eraan geopereerd en het was een tijd lang onzeker of ze volledig zou herstellen. Dat gebeurde gelukkig wel, en ze had tijdens het indoorseizoen een paar bijzonder indrukwekkende tijden neergezet.

Maar nu was er duidelijk iets aan de hand, hoewel ik niet dacht dat het haar voet was. Ze hield haar schouders recht, en haar gezicht vertoonde geen spoor van pijn.

De gebruikelijke vonk ontbrak.

'Heeft ze misschien iets over problemen op school tegen je gezegd?' vroeg ik aan Nana Mama nadat Jannie met een gebogen hoofd en haar handen op haar heupen stapvoets verder liep.

'Tot nu toe niet.'

'Jongens?'

'Jannie jaagt ze allemaal weg,' zei Ali grinnikend.

Bree arriveerde en kwam naast me zitten. 'Is ze al geweest?'

'Nee,' zei ik terwijl ik door de verrekijker nog eens naar mijn dochter keek. Ze liep over het veld naar haar team en leek afwezig, lusteloos.

Ik liet de verrekijker zakken en gaf Bree een zoen. 'Ik ben blij dat je hebt kunnen komen.'

'Ik ook,' zei ze glimlachend. 'Zeg, je appte me dat je bizar nieuws voor me had?'

HOOFDSTUK 10

Ik had haar inderdaad iets te vertellen, iets ongelooflijks wat Forbes had gezegd, iets met implicaties en vertakkingen, wat veel verder ging dan het mysterie van M.

'Het is bizar en gecompliceerd,' zei ik.

'Waar gaat het over?' vroeg Ali.

'Dat gaat je niets aan, jongeman,' zei mijn grootmoeder. 'Waarom ga je niet iets over het repareren van mountainbikes lezen, wat kapitein Abrahamsen je had aangeraden?'

Ali hield zijn hoofd scheef en glimlachte. 'Dat is een goed idee, Nana.'

'Zullen we het er later over hebben?' zei Bree tegen me.

'Ja. Absoluut.'

Ik zette het gesprek met Forbes van me af en focuste me weer op Jannie, die voor de vierhonderd en daarna de tweehonderd meter stond gepland.

In haar laatste voorbereidingen voor de start leek Jannie de zorgen van zich af te schudden. Ze liep naar haar plaats in baan drie, dribbelde op de plaats en sprong vervolgens een paar keer naar voren.

'Dat ziet er goed uit,' zei Bree.

'Precies,' zei Nana Mama.

Ik zei niets en keek toe hoe Jannie haar plaats nogmaals innam. Ze kromde haar rug toen er 'op uw plaatsen' werd geroepen en schoot na het startschot weg.

Ze zwaaide met haar armen, trok haar knieën hoog op voordat ze weer naar beneden kwamen. Elke aanraking met de baan was licht en elastisch, haar passen waren bijna perfect toen ze de eerste bocht nam.

'Ze loopt op kop!' riep Ali. 'Deze heeft ze in haar zak!'

Dat leek me ook. Toen ze de verspringing van de eerste bocht achter zich liet had ze een voorsprong van zeker vijf lichaamslengtes op de anderen.

Dat verschil bleef onveranderd op het verre rechte stuk, maar bij de driehonderdmeterstreep boog ze het hoofd enigszins, alsof ze moe werd. Ook haar ademhaling leek te veranderen.

Een senior van een andere school passeerde haar in het laatste rechte stuk. Je kon zien dat Jannie probeerde te reageren, maar dat ze de kracht niet meer had.

Een andere meid haalde haar in, en toen nog een derde. Ze kwam als vierde over de eindstreep, het was de slechtste finish sinds haar voetblessure. Ze liet haar hoofd hangen en liep weg met stappen die in een geschuifel overgingen. Ik dacht dat ze er kapot van zou zijn, maar toen ze zich omdraaide las ik eerder verbijstering op haar gezicht.

Haar hand leek iets te willen grijpen wat er niet was. Toen rolden haar ogen weg in de kassen. Ze zwalkte, wankelde en stortte op de atletiekbaan neer.

'Jannie!' schreeuwde ik. Ik stormde van de tribune af en sprintte door het hek naar de baan, waar haar coach en een andere trainer zich al over haar heen bogen.

Ze hadden haar op haar rug gerold. Door de val zat er een schram op haar kaak, maar haar ogen waren geopend en zochten me.

'Pap?'

'Beweeg je niet, schat,' zei ik. Er kwam een arts aangesneld, ze bleek de moeder van een van de andere renners te zijn.

Dokter Ellen Roberts onderzocht Jannie, die bij leek te komen. 'Vertel ons wat er is gebeurd,' zei dokter Roberts.

Jannie zei dat ze zich de hele dag al moe had gevoeld, dat het nog erger was dan gisteren en eergisteren. Ze was twee keer tijdens de biologieles in slaap gevallen en had een koude douche moeten nemen om goed wakker te zijn voor de wedstrijd. Ze voelde zich goed bij de start en ook nog in het middenstuk.

'Maar toen raakte ik alles kwijt,' zei ze. 'Ik weet niet. Ik...' Ze sloot haar ogen. 'Alles doet zeer.'

'Ik denk dat ze koorts heeft,' zei de arts. 'Wat me niet verbaast.'

'Griep?' vroeg haar coach.

'Ik denk eerder aan Epstein-Barr, we zullen haar daar zo snel mogelijk op moeten testen.'

'Epstein-Barr?' vroeg ik.

'Zo heet het virus dat de ziekte van Pfeiffer veroorzaakt,' zei dokter Roberts. 'Er heerst een ware epidemie op school. Als het Pfeiffer is, ben ik bang dat uw dochter zes weken niet meer zal mogen hardlopen.'

HOOFDSTUK 11

'Zes weken,' kermde Jannie. We waren terug van een rit naar de spoedeisende hulp, waar een dokter de diagnose ziekte van Pfeiffer had bevestigd.

Jannie lag op de bank van de woonkamer met een deken over zich heen en zag er ellendig uit. 'Pap, dat is bijna de hele voorjaarscompetitie. Weg. Net als verleden jaar. Ben ik soms behekst?'

Ik leefde mee met haar verdriet en frustratie en sprak dat ook uit, waarop ze begon te huilen.

'Het is voorbij,' zei ze in tranen. 'Er is geen coach die me nu nog wil hebben. Ik ben vervloekt.'

'Je bent ziek omdat je te veel van jezelf hebt gevergd,' zei ik. 'En ik weet zeker dat Division 1-coaches wel vaker te maken hebben gehad met atletes die Pfeiffer hebben.'

Ze staarde wezenloos naar de muur.

'Ik wilde dat het goed zou gaan, pap. Ik was er helemaal klaar voor.'

'Dat weet ik. En ik denk dat er nu al veel coaches zijn die niet aan je twijfelen. Ze hebben tijden en beelden van je gezien. Ze kennen je potentieel.'

Ze keek me hoopvol aan. 'Denk je?'

'Ja. Je kunt het beste het advies van dokter Roberts opvolgen. Neem de vitamines in waar ze het over had, drink liters water en probeer zo veel mogelijk te slapen. Dan ben je weer beter voordat je het weet.'

Jannie leek zich nu aan de situatie over te geven. 'Nana Mama brengt me zo soep.'

Bree kwam terug van de reformwinkel met een lading vitaminepillen, waarna we naar boven gingen om ons om te kleden voor het avondeten.

'En, hoe was je ontmoeting met Dirty Marty?' riep Bree vanuit de inloopkast.

'Hij zegt dat hij schoon is,' zei ik.

Ze liep de kast uit en keek me met een opgetrokken wenkbrauw aan. 'Geloof je hem?'

'Ik weet het niet,' zei ik, waarop ik haar het verhaal van M's contact met Forbes vertelde.

Buiten een kleine kring van wetshandhavers wist niemand van de briefjes die M aan mij had gericht, en Forbes maakte zeker geen deel uit van deze kleine kring. Toen het jaren geleden begon hadden we besloten om deze informatie achter te houden.

'Forbes zou bij de FBI dossiers hebben kunnen gehackt om van het bestaan van M te weten,' zei Bree.

'Dat zou kunnen, ja.' Het werd tijd om haar het hele verhaal te vertellen.

Forbes beweerde dat M eerst contact met hem had gezocht door middel van een niet te traceren e-mail die via een Panamese server was verstuurd, daarna had hij een sms gekregen die van een prepaidtelefoon afkomstig bleek.

M leek precies te weten hoe het internationale prostitutiesyndicaat opereerde dat Forbes probeerde op te rollen, en hij bood hem aan om bewijsmateriaal en de locatie van de drie kopstukken te leveren. Kort daarna mailde M hem documenten over de aankoop van een jacht in Panama, en de daaropvolgende werkzaamheden om benedendeks cellen te bouwen.

M lokte Forbes naar Florida met de mededeling dat hij de locatie van het jacht zou doorgeven zodra het binnen de territoriale wateren voer om de laatste zending seksslavinnen af te leveren. Hij had hem opgedragen vijfentwintigduizend dollar mee te nemen en gaf hem als verblijfplaats een motel in Fort Lauderdale op.

Forbes beweerde dat iemand zich in de badkamer verborgen hield toen hij op de tweede dag na het avondeten zijn motelkamer binnenliep. De man trok een doek over zijn hoofd die volgens hem met chloroform was doordrenkt.

'Ik zakte in elkaar, maar ik was niet volledig buiten westen,' had Forbes me verteld. 'Als in een nachtmerrie sleepte hij me naar het bed en toen zag ik dat hij een spuit in mijn arm stak. Daarna was ik wel volledig van de wereld. En goed ook, want ik werd pas vier dagen later wakker.'

'Vier dagen?' zei ik. 'En niemand die je daar in die motelkamer heeft gevonden?'

'Alles wat ik weet is dat ik vier dagen later 's middags ontwaakte met een knallende koppijn, en dat het geld weg was.'

'En je hebt geen aangifte van dit alles gedaan?'

Forbes sloeg zijn ogen neer en schudde zijn hoofd. 'Dat had ik moeten doen, dat weet ik nu, maar ik vond het toen te gênant allemaal. Ik was in Florida voor een clandestien onderzoek, en nu was ik door een bedrieger te pakken genomen.'

'Iemand die je geld heeft gestolen en een zesvoudige moord in de schoenen heeft geschoven.'

Hij keek kwaad op. 'Dat wist ik toen niet. Ik had zo genoeg van mezelf dat ik besloot om in de auto te stappen en naar West Virginia terug te rijden. Ik kwam daar de volgende dag aan en begon verder te schrijven aan mijn boek. Twee dagen later stonden er agenten voor de deur.'

Ik dacht hier even over na. 'Had je je 40 kaliberpistool bij je toen je in Florida was?'

'Nee, ik had mijn 9 millimeter bij me, maar ik weet wat je denkt. Hoe zijn ze aan mijn 40 kaliber gekomen? De man die me verdoofde moet een handlanger hebben gehad die in West Virginia heeft ingebroken om het pistool te bemachtigen. Dat is het enige wat ik kan verzinnen.'

'Behalve dan dat er geen andere vingerafdrukken op het pistool zijn gevonden dan de jouwe,' zei ik. 'En ze hadden haren en huidschilfers op het jacht gevonden die met jouw DNA overeenkwamen.'

'Die zijn er achtergelaten om me erin te luizen!' zei Forbes. 'M, of wie het ook was.'

'Heb je dit aan het Bureau verteld?'

'Ja, alles. Maar ze geloofden er geen woord van.'

'En waarom niet?'

'Vanwege het overweldigende bewijs tegen me,' zei hij bitter. 'En om wie ik dacht dat deze M was.'

'Oké?'

'Jij zult het ook niet geloven, Alex. En ik kan het eigenlijk ook nog steeds niet geloven. Maar ik heb zijn gezicht gezien in die wazige nachtmerrietoestand na de chloroform, toen hij me die injectie gaf.'

Ik wist waar dit heen ging. 'Wil je zeggen dat je hem hebt herkend?'

Forbes beet op zijn lip, keek van me weg en knikte zo spaarzaam dat ik wist dat hij sterk aan zijn eigen waarnemingsvermogen twijfelde.

'Wie was het?' vroeg ik.

Hij haalde diep adem en keek me onaangedaan aan.

'Een oude vriend van je,' zei hij. 'Kyle Craig.'

HOOFDSTUK 12

Nadat ik haar later in de slaapkamer alles over het gesprek met Forbes had verteld keek Bree me ingespannen aan.

'Craig? Dat is onmogelijk. Craig is al jaren dood, Alex. Jij hebt hem aan zijn einde zien komen.'

Ik knikte. 'Dat is zo. Ik was erbij, het was op onze huwelijksreis.'

Kyle Craig wás dood. Mijn afschuwelijkste tegenstander leefde al jaren niet meer.

Ik had hem verwond, en hij blies nog liever een zuurstoftank op dan dat hij terug naar de gevangenis moest. Hij was in de vlammen omgekomen.

Terwijl ik op het bed zat probeerde ik Craig niet voor me te zien, maar hij stond in mijn brein gegrift. Ik hoefde mijn ogen maar te sluiten en ik zag hem.

'Het zou kunnen dat Forbes aan het hallucineren was,' zei ik. 'Dat er door de chloroform een diepe herinnering aan Craig naar boven kwam.'

'Of Dirty Marty heeft het hele verhaal verzonnen,' zei Bree. 'Hij heeft op de een of andere manier van M gehoord en maakt nu gebruik van je obsessie met Craig.'

Hier dacht ik over na.

Marty Forbes zou dus geweten hebben hoe gefixeerd ik op de kwaadaardige ex-FBI-agent was geweest. Kyle Craig was een sadistische seriemoordenaar die mijn toenmalige vriendin Betsy Cavalierre had vermoord.

Bree liep om het bed heen en stapte in bed.

Ik ging naast haar liggen. 'Het zou kunnen dat hij me heeft bespeeld. Maar waarom zou hij zoiets doen? Zodat ik hem uit de gevangenis kan krijgen? Hoopt hij dat ik de openbare aanklager ervan kan overtuigen dat de man die voor mijn neus tot een hoopje as werd gereduceerd uit de dood is opgestaan? En dat hij zich nu M noemt?'

'Schuldige mannen hebben wel vreemdere dingen gedaan,' zei ze.

Ik knipte het licht uit en dacht: maar toch, Craig heeft een tijdlang het alias Mastermind gebruikt. Is het nu M geworden? Zou hij die explosie overleefd kunnen hebben?

Nee, zei mijn rationele kant. Absoluut niet.

Na een paar minuten hoorde ik Bree zachtjes snurken. Ik doezelde langzaam weg en...

De hond begon weer te blaffen, ik was weer klaarwakker. Ik stond al op het punt om me aan te kleden en de eigenaar erop aan te spreken toen ik getik op het raam hoorde en me realiseerde dat het regende. Dat zou een einde maken aan het geblaf.

Maar nee. Twintig minuten later lag ik nog steeds te woelen en blafte hij nog steeds in dat ellendige, zich constant herhalende patroon.

Uiteindelijk stond ik op en liep de trap op naar mijn werkkamer op zolder. Ik sloot het raam bij mijn bureau, knipte het licht aan en keek naar de rij van zeven middelhoge kasten die uitpuilden van de archiefdozen. Allemaal informatie over oude zaken waarvan sommige waren opgelost, andere niet.

Hoewel ik het niet wilde, wist ik waar ik heen moest – ik moest terug naar het begin, terug naar de jacht op Mikey Edgerton, lang voordat M in beeld verscheen.

Ik vond de gezochte doos, het was de onderste van een stapel in de rechterhoek van de kamer. Er zat een etiket op waar KISSY op was geschreven, en was daar weggestopt om nooit meer geopend te worden. Ik zette de archiefdoos op mijn bureau en aarzelde.

Was het wel slim om in het verleden te graven? Maar mijn intuïtie zei me dat het beter was dan niets te doen.

Ik opende de doos, nam het eerste dossier eruit en werd meteen terug in de tijd geworpen.

HOOFDSTUK 13

Twaalf jaar eerder

Terwijl de regen met bakken uit de hemel kwam haastten John Sampson en ik ons op een namiddag in mei over Wisconsin Avenue naar La Cravate, een chique stropdassenwinkel in DC waar de rijken en machtigen der aarde kind aan huis waren.

Ik had een plastic bewijszak bij me met een stropdas erin. Hij was van zijde en had een blauw-rood paisleymotief, het soort das dat een invloedrijke lobbyist van K Street zou dragen. Dat was tenminste mijn associatie erbij toen ik hem zag: felgekleurd, gerimpeld langs de randen en perfect om de hals van de gewurgde zesentwintigjarige Cassandra 'Kissy' Raider geknoopt.

Twee dakloze mannen die op zoek waren naar een slaapplaats vonden het ontzielde lichaam van mevrouw Raider in een gestolen bestelbusje zonder ramen dat in het zuidoosten van DC was achtergelaten. Ze was naakt en lag met gespreide armen en benen op de vloer. Haar polsen en enkels waren vastgebonden met nylon banden, ze waren door metalen ogen gehaald die in de wanden van het busje waren aangebracht. Het rook er naar bleekmiddel.

Bij de autopsie bleek dat de moordenaar Raiders lichaam met een bleekoplossing had afgeboend om de DNA-sporen te vernietigen die achtergebleven zouden kunnen zijn. Ze was hardhandig geslagen, verkracht, en uiteindelijk gewurgd.

Eerst dachten we dat deze moord op zichzelf stond. In de cruciale eerste achtenveertig uur focusten we ons op haar werk in de Stallion Club, een striptent in een voorstedelijk gebied in Maryland, en op haar ex-vriend, een motorclublid uit Roanoke, Virginia. Hij bleek in het verleden al enkele keren veroordeeld te zijn voor kleine misdaden.

Maar toen we de gegevens van de zaak-Raider door de databestanden van de FBI haalden kregen we zeven overeenkomstige treffers, waaronder een moord in Boca Raton, Florida, en een andere in Newport Beach, Californië.

Net als Kissy Raider waren deze twee slachtoffers tengere, wulpse blondines en alleenstaande moeders van jonge kinderen. En net als Kissy Raider waren de vrouwen geslagen, verkracht en daarna gewurgd met een kostbare zijden stropdas.

Op geen van de stropdassen stond een merknaam, wat ons een week lang in het duister deed tasten. Maar toen begon Sampson onderzoek te doen naar winkels die zich specialiseerden in heel chique stropdassen, en zo waren we op het spoor van deze dure winkel in de wijk Georgetown terechtgekomen.

We gingen er naar binnen en de geuren van etherische oliën dreven ons tegemoet; ceder en iets anders wat ik niet kon thuisbrengen. Wat het ook was, ik kreeg er een goed humeur van, maar dat had ook kunnen komen omdat we net uit de stromende regen kwamen.

Achter de toonbank stond een sportieve, kalende veertiger met een zongebruinde huid. Een ander was rekken en rekken vol stropdassen aan het bijvullen. Hij was net zo lang als de eerste man, maar moest ver over de honderd kilo wegen. Het viel niet meteen op, de snit van zijn pak verborg het tot hij in beweging kwam.

De man achter de toonbank keek ons aan met een blik van: wat hebben jullie in een chique winkel als deze te zoeken? ‘Voor het leveren van goederen hebben we een achterdeur,’ zei hij met een Brits accent.

Sampson richtte zich op in zijn volle lengte – wat zo'n één meter negentig is – en wierp de man een wrevelige blik toe.

'We zijn hier niet om goederen af te leveren, Shakespeare,' zei Sampson.

'We zijn van Moordzaken, Metro Police Department,' voegde ik eraan toe.

De man achter de toonbank leek verontwaardigd en sputterde: 'Mijn naam is niet Shakespeare, maar Bernard Mountebank, en we weten niets over een moord.'

'Maar dan ook helemaal niets,' zei de andere man, die een mild zuidelijk accent had. Hij bleek Nathan Daniels te heten, en Bernard en hij waren de eigenaars van de winkel.

'Ik heb niet gezegd dat jullie iets met een moord hebben te maken,' gromde Sampson. 'We hebben uw hulp nodig.'

'We hoopten dat jullie ons konden helpen met deze stropdas, heren,' zei ik terwijl ik de bewijszak omhooghield. 'Waar hij vandaan komt, alles wat u ons maar erover kunt vertellen.'

Dit leek Daniels enigszins te vermurwen, maar Mountebank was nog steeds beledigd dat Sampson hem Shakespeare had genoemd. Ik vond het zowel grappig als gerechtvaardigd, omdat hij ons voor leveranciers had aangezien.

Mountebank maakte geen aanstalten, maar Daniels leek toeschietelijker. De stof van zijn maatpak maakte ruisende geluiden toen hij geïnteresseerd naar ons toe liep.

Ik reikte hem de bewijszak aan. Hij keek naar de stropdas en draaide de zak om.

'Mag ik hem eruit halen?' vroeg hij.

'Niet met je vingerafdrukken erop,' zei Sampson, die een paar latex handschoenen ophield.

Ik schreef de datum op de zak en dat we hem hadden geopend, trok zelf handschoenen aan, ritste hem open en overhandigde hem de stropdas, die nog steeds geknoopt was.

'Hm,' zei Daniels terwijl hij de stropdas bestudeerde. Hij haalde een leesbril tevoorschijn om het nog wat beter te kunnen zien. 'Het is jacquard en Italiaans, dat in elk geval. Zeer mooi. Bernard, volgens mij is dit een Stefano Ricci.'

'Ben je er zeker van?' zei Mountebank enigszins geïrriteerd.

'Nee, eigenlijk niet,' zei Daniels. 'Jij hebt hier een beter oog voor.'

Zo hoorde Mountebank het blijkbaar graag, want hij kwam er meteen aan en wierp Sampson in het voorbijgaan een stuurse blik toe. Hij trok de handschoenen aan en bekeek de stropdas nauwkeurig, waarbij hij vooral op het weefwerk en de afwerking lette.

'Je zou aan een Ricci kunnen denken, maar dat is het niet,' zei Mountebank uiteindelijk. 'Dit is een gelimiteerde editie van Kiton uit Napels. Erg mooi. Die verkoop je voor zo'n twee-, driehonderd dollar.'

'Voor een stropdas?' zei Sampson.

'Als u van mode hield, zou u dat begrijpen, rechercheur.' Hij snoof en gaf me de stropdas terug.

'Worden er veel van deze gelimiteerde Kitons verkocht?' vroeg ik.

Daniels lachte. 'Het is een nichemarkt.'

'Hebben jullie deze specifieke stropdas verkocht?'

Mountebank dacht hierover na en zei: 'Nou, weet u, ik geloof eigenlijk van wel. Verleden jaar, Ik heb hem verkocht aan een van onze beste klanten.'

'En wie was dat?' vroeg Sampson.

'O, dat kan ik u niet zeggen. Het is iemand die zeer op zijn privacy is gesteld.'

Ik zag dat Sampson hem wel zijn nek kon omdraaien, maar hij zei: 'Dit is een moordonderzoek. We kunnen met een huiszoekingsbevel terugkomen om alles hier overhoop te halen, met medeneming van jullie computers.'

Mountebank trok wit weg. 'O, nee. Goed, hij heet Perry Singer.'

Zijn partner keek verward op. 'Perry?'

'Absoluut,' zei Mountebank met geheven kin. 'Hij is een stropdassenfanaat. Hij zou weleens uw man kunnen zijn, rechercheurs.'

HOOFDSTUK 14

Nathan Daniels zocht het adres van Perry Singer op en overhandigde het met enige terughoudendheid. Hij woonde aan Cambridge Place in Georgetown, wat niet zo heel ver weg was van La Cravate. Het was opgehouden met regenen, dus we besloten te lopen.

Meneer Singer woonde in een prachtig oud huis in Georgiaanse stijl. Het pad dat ernaartoe leidde en de opstap waren van baksteen, net als het huis zelf. Er bevond zich geen bel naast de donkergroene deur, er zat een glanzende koperen klopper op met de afbeelding van een rijzende zon erboven.

Sampson sloeg een paar keer met de klopper tegen de deur.

De deur ging open en er verscheen een huishoudster. We zeiden haar dat we meneer Singer wilden spreken. Ze antwoordde dat hij net de deur uit was, en dat we nog geluk hadden, want hij had ook in Palm Beach of La Jolla kunnen zitten, daar bezat hij ook huizen.

Het feit dat de andere twee slachtoffers in de buurt van deze twee plaatsen waren gemaakt, vergrootte onze interesse in een gesprek met meneer Singer alleen maar.

Zijn huishoudster zei dat hij besloten had om naar Georgetown Cupcake in M Street te wandelen toen het was opgehouden met regenen.

We haastten ons naar deze zaak, waar het afgeladen was met scholieren en moeders met nog kleinere kinderen die allemaal een cupcake wilden. Er bevonden zich slechts twee mannen in het etablissement, ze zaten allebei aan een tafeltje. De ene was een dertiger in een slechtzittend grijs pak en een stropdas die eruitzag als zo'n nepding wat je op je overhemd bevestigt. De ander, die met zijn rug naar ons toe zat, droeg een scherp gesneden blauwe blazer, kakibroek en blauwe sokken met witte stippen erop. Zijn haar was glanzend zwart en leek achterovergekamd te zijn met een soort pommade. Dit moest Perry Singer zijn.

Toen we voor zijn tafeltje stonden zagen we een man met een espresso voor zich die al een eind in de tachtig moest zijn, met trillende handen nam hij net een hapje van zijn chocoladecupcake. Hij droeg een gesteven wit overhemd, met een stropdas die hetzelfde motief als zijn sokken had. Tegen zijn dij rustte een elegante wandelstok.

Hij leek ons niet eens op te merken toen Sampson mompelde: 'Moet dit onze verdachte zijn? Ik mocht Bernard Mountebank meteen al niet.'

'Engelsen hebben een apart gevoel voor humor,' zei ik. 'Meneer Singer? Perry Singer?'

De oude man schrok op. 'Ken ik u?' vroeg hij zacht en met een zuidelijk accent.

We toonden hem onze penningen en ID's en vertelden hem dat we aan een moordonderzoek werkten.

'We proberen wat losse eindjes aan elkaar te knopen,' zei Sampson. 'Niets om u zorgen over te maken.'

Meneer Singer haalde zijn schouders op. 'Oké. Waar kan ik u mee helpen?'

Nadat we hem de stropdas in de bewijszak hadden laten zien zei ik: 'Heeft u zo'n stropdas in uw bezit? Het is een Kiton, La Cravate heeft hem in de collectie gehad.'

Hij frunnikte in zijn borstzak, vond zijn bril en zette hem op. De oude man bekeek de stropdas en knikte toen. 'Ik heb er zo een. Of had er zo een, want ik heb hem al een tijdje niet meer gezien. Trouwens, zulke dassen zijn alweer uit de mode.'

'U zei dat u hem al een tijdje niet meer hebt gezien?' vroeg Sampson.

Meneer Singer reageerde eerst verward, toen geamuseerd.

'Dat klopt, maar hij kan ergens in een kast in Palm Beach of La Jolla hangen. Ik heb er minstens vierduizend.'

'Dus dit zóu uw das kunnen zijn?'

'Hij zou natuurlijk van me gestolen kunnen zijn. Maar ik heb deze zeker niet geknoopt. Het is een "four-in-hand", ik heb altijd de voorkeur aan een "Pratt" gegeven, of, als ik me zeer uitgelaten voel, aan een "Van Wijk".'

Voordat ik hem kon antwoorden zag ik vanuit mijn ooghoek special agent Kyle Craig van de FBI de zaak binnenkomen. Hij merkte ons op en leek uit het veld geslagen.

Ik verontschuldigde me en liep naar hem toe. 'Kyle?'

'Wat doen jullie hier, Alex?'

'We ondervragen een tachtiger over zijn stropdassen.'

Craigs lip krulde op. 'Perry Singer?'

Dat verraste me. 'Ja.'

'Zijn jullie door die Engelsman gestuurd?'

'Yep.'

'Ik mag hem niet, die Bernard.'

'John ook niet. Hoe heb jij hiermee te maken gekregen?'

'Profielstudies heeft de zaak opgepikt nu er al drie slachtoffers blijken te zijn,' zei hij snel. 'Ik keek naar foto's van de stropdassen en besloot de enige lokale stropdassenwinkel maar eens met een bezoekje te vereren.'

'Twee zielen, één gedachte.'

'En is deze man erbij betrokken?'

Ik schudde mijn hoofd. 'Meneer Singer heeft precies zo'n das als die waar Kissy Raider mee is vermoord, maar hij heeft hem al een tijdje niet meer gezien. Dat hoeft niets te zeggen, maar het blijkt dat hij over zijn verschillende huizen verspreid een collectie van vierduizend stropdassen heeft.' Ik vertelde hem over de knoop. 'Zijn die andere twee ook "four-in-hands"?'

Craig haalde zijn schouders op. 'Ik zou het niet weten. Ik ken alleen maar de knoop die mijn vader me heeft geleerd.'

'Die Nana Mama me heeft geleerd is een Windsor, geloof ik.'

'Een dood spoor dus?'

Ik wierp een blik op Sampson en zag hem meneer Singers broze hand schudden en de bewijszak van het tafeltje nemen.

'Zo ziet het er wel naar uit,' zei ik.

HOOFDSTUK 15

Na een week waren we nog geen stap verder gekomen in de zaak-Kissy Raider, maar toen druppelden de dossiers en uitslagen van de laboratoria binnen, en kregen we antwoorden op de vragen die we bij de FBI en andere bureaus in Florida en Californië hadden ingediend. Ik zat aan mijn bureau en begon te lezen.

Het was opvallend dat alle drie de slachtoffers een slechte relatie hadden met de vader van hun kind. Iedere vrouw had besloten haar jonge zoontje alleen op te voeden.

Althea Marks, de vrouw die in Newport Beach was gevonden, had een zesjarig zoontje. Samantha Bell, het slachtoffer van Boca Raton, had een zoon van vijf. En ook Max, de zoon van Kissy Raider, was vijf toen zijn moeder werd vermoord.

Kissy's zus, Crystal, was onmiddellijk naar het noorden afgereisd om haar neefje onder haar hoede te nemen. Crystal wilde de politie graag informatie verschaffen, al was haar zus op haar zestiende van huis weggelopen om te gaan samenwonen met haar motorvriend Ricco, die haar 'als stront behandelde en regelmatig in elkaar sloeg'.

Toen ze Ricco's ware aard had gezien was Kissy naar een opvanghuis vertrokken om vanuit daar een nieuw leven te beginnen, vertelde haar zus. En daar was ze trots op, ook al moest ze in plekken als de Stallion Club werken om haar zoon te kunnen onderhouden.

Ik checkte of de andere twee vrouwen ook in striptenten hadden gewerkt, maar dat was niet zo. Althea Marks was jarenlang serveerster geweest in verschillende restaurants, ze had haar laatste baantje in een hamburgertent in Laguna Niguel, Californië.

Samantha Bell had alles aangenomen wat voorhanden was, van winkelbediende en werk in de bouw tot barvrouw in een vestiging van Hooters.

Tot mijn verrassing bevond de Hooters zich in Laurel, Maryland. Volgens het dossier dat ik van rechercheurs uit Florida ontving had mevrouw Bell drie jaar geleden in de regio van DC gewoond. Ze had de baan bij Hooters tien weken voor haar dood opgezegd.

Ik keek nog eens terug in het dossier van mevrouw Marks dat de recherche in Newport Beach me had gestuurd en naar een FBI-dossier dat ik van Kyle Craig had ontvangen. Ik vond haar sollicitatieformulier van de hamburgertent en keek naar wat ze als eerdere werkervaringen had ingevuld.

Vijf maanden voor haar dood had Marks haar baan bij een Hooters-vestiging in Fairfax, Virginia, opgezegd nadat ze bijna een jaar in deze regio had gewoond.

Ik had het gevoel dat ik iets op het spoor was en begon koortsachtig de dossiers van Kissy Raider door te nemen. Ik vond haar sollicitatieformulier van de Stallion Club, maar bij de vraag naar eerdere werkervaringen had ze 'niet van toepassing' ingevuld.

En dus belde ik Crystal Raider in Florida.

Toen Kissy's zus opnam hoorde ik op de achtergrond kinderen schreeuwen. 'Met Crystal,' klonk het vermoeid.

'Je spreekt met rechercheur Cross.'

'Ja?' zei ze gespannen. 'Hebben jullie hem gevonden?'

'We zijn nog steeds naar hem op jacht.'

'O,' klonk het teleurgesteld. 'Hoelang zal het duren voordat jullie hem vinden?' vroeg ze bezorgd. Weet u hoe het is om elke ochtend wakker te worden in de wetenschap dat hij nog ergens rondloopt?'

'Nou, dat weet ik eigenlijk heel goed,' zei ik. 'Mijn vrouw is een aantal jaren geleden vermoord, en de moordenaar is nog steeds niet gevonden. Net als bij de zaak van mijn vrouw zal het zolang duren als nodig is. Maar we zullen het bij zulke halsmisdaden nooit opgeven. Nooit.'

Ze zuchtte. 'Hoe kunt u daarmee leven? Met een onbekende moordenaar?'

'Ik stop het weg in een kluisje in mijn hoofd totdat het tijd is om het weer open te maken.'

'Daar ben ik nog niet aan toe.'

'Dat verwacht ik ook niet van je.'

Crystal zuchtte nog eens. 'Waar kan ik u mee helpen?'

'Heeft Kissy ooit bij Hooters gewerkt? Ik bedoel, voordat ze die baan in de Stallion Club kreeg?'

'Nee, ik... Wacht. Ja, misschien wel. Volgens mij heeft ze me weleens verteld dat ze er een paar weken in dienst was. Maar er was daar een griezel die haar bleef lastigvallen, dus heeft ze ontslag genomen.'

'Om in een striptent te gaan werken?'

Crystals stem klonk nu opeens koel. 'Kissy voelde zich veilig in de Stallion Club. Er waren bodyguards die op de meisjes pasten. Voor zover ik weet is dat bij Hooters niet het geval.'

'Sorry dat ik zo uit de hoogte klonk. Ik probeer alleen maar de situatie te begrijpen.'

Het bleef even stil. 'Oké,' zei ze uiteindelijk.

'Weet je ook bij welke vestiging van Hooters ze heeft gewerkt?'

'Ik zou het niet weten. Ergens in de buurt van DC. Hoeveel zouden dat er kunnen zijn?'

HOOFDSTUK 16

Voor de goede orde, er zijn zeven Hooters-restaurants in de regio DC, waaronder een op Seventh Street in het noordwestelijke gedeelte van de stad.

Dat was de vestiging waar Sampson en ik op een klamme juniavond heen gingen. Toen we de manager een foto van Kissy toonden luidde het antwoord dat hij haar nog nooit eerder had gezien. We vroegen hem of hij haar niet op de interne Hooterswebsite kon proberen te vinden, maar hij zei dat hij zoiets eerst met het hoofdkantoor in Atlanta zou moeten opnemen.

Het was bijna zeven uur, wat betekende dat het hoogst onwaarschijnlijk was dat de administratie van het hoofdkantoor nog aanwezig zou zijn. In plaats daarvan besloten we de vestigingen in Laurel, Maryland, en Fairfax, Virginia, te bezoeken – daar hadden in elk geval twee van de drie slachtoffers gewerkt.

Alice Fox, de manager van de vestiging in Laurel, herkende Samantha Bell meteen. 'Zeker,' zei ze. 'Ze had een jong kind. Een harde werker, die meid. Waarom wilt u dat weten?'

'Ze is vermoord in Florida,' zei Sampson.

'Vermoord?' zei ze ontzet. 'Mijn god. Je weet eigenlijk nooit wat er kan gebeuren, hè?'

'Nee, mevrouw, dat weet je nooit,' zei ik. 'Waarom nam ze ontslag?'

Fox fronste en zei: 'Volgens mij had ze problemen.'

'Iets met een vriend?'

'Een paar weken voordat ze vertrok begon ze er een punt van te maken dat er na het werk iemand met haar meeliep naar de auto. Ze dacht dat ze een stalker had.'

'Een klant?'

Ze fronste nog eens, dacht even na en schudde toen haar hoofd. 'Nee, ik geloof van niet. Dan zou ze dat wel hebben gezegd, toch?'

'Dat zou je wel denken.'

'Het spijt me dat ik u hier niet verder mee kan helpen,' zei ze.

'Dat is niet nodig,' zei ik.

Terwijl we naar de Hooters in Fairfax reden wedden we erom hoe groot de kans was dat er ook een engerd of stalker in het leven van Althea Marks was verschenen. Sampson dacht dat het een kans van twee op drie was.

Ik hield het op één op vijf. We liepen het restaurant in en ik zag hoe rondborstige jonge vrouwen in strakke sportbroekjes en witte T-shirts de drankjes en maaltijden naar uitgelaten jongemannen brachten, net zoals we dat in de vestigingen in DC en Laurel hadden gezien.

Het is niet moeilijk om hier jonge vrouwen te stalken, dacht ik terwijl Sampson naar de manager vroeg. Die bleek Peter Mason te heten, en hij verontschuldigde zich omdat hij Althea Marks en Kissy Raider niet op onze foto's had weten te herkennen.

'Mevrouw Marks moet hier gewerkt hebben,' zei Sampson. 'Ze heeft het op een sollicitatieformulier ingevuld.'

Mason fronste. 'Hoelang geleden?'

'Dat zal zo'n drieënhalf jaar geleden moeten zijn geweest.'

Hij dacht even na en leek zich iets te herinneren. 'O ja, ik heb toen tien weken ouderschapsverlof gehad. Ik zal het even aan Stella vragen, zij werkt hier al net zo lang als ik.'

Stella, de assistent-manager, reageerde niet op de naam Althea Marks, maar toen ze de foto zag zei ze: 'Aly. Ja, die heeft hier gewerkt, zo'n zes weken lang. Een goeie serveerster.'

'Heeft ze gezegd waarom ze ermee stopte?' vroeg Sampson.

Stella begon ongemakkelijk te kijken. 'Waar gaat dit over? Gaat het goed met haar?'

'Nee,' zei ik. 'Ze is twee jaar geleden vermoord in Newport Beach, Californië.'

'Vermoord?' riep ze verbijsterd uit. 'O, mijn god. Ze had dus gelijk.'

'Aly had gelijk?' vroeg ik.

'Ik wilde haar helpen en haar meer diensten laten draaien. Maar toen kwam ze opeens met het verhaal dat zij en haar zoontje hier gevaar liepen en dat ze ontslag nam. Ze vroeg me om haar laatste salarisstrookje naar een postbus in Californië te sturen.'

'Door wie voelde ze zich onveilig? Was het een klant?'

Ze schudde haar hoofd. 'Nee, dat dacht ik niet. Er waren geen incidenten geweest, of iemand die ik zou kunnen aanwijzen. Maar u weet hoe het is, het leven is niet makkelijk. Vooral niet voor een jonge moeder.'

Het was bijna tien uur toen we vertrokken, en het leek Sampson een goed idee om het voor gezien te houden voor vanavond.

'Nee,' zei ik. 'We hebben nu al twee keer gehoord dat de vermoorde vrouwen zich onveilig voelden of gestalkt werden. We hoeven alleen nog maar uit te vogelen waar Kissy heeft gewerkt.'

'Wil je al die andere vestigingen van Hooters vanavond nog bezoeken?'

'Nog eentje,' zei ik. 'Die ene in Chantilly, en dan is het genoeg geweest.'

Mijn oude vriend stond niet te juichen, maar hij zei: 'Oké.'

En we hadden het geluk aan onze kant.

Carol Patrick, de manager van de vestiging in Chantilly, herkende Kissy in één oogopslag.

Ze trok wit weg en zei: 'Is alles in orde met Kissy? Zo'n geweldige meid, zeg me alsjeblieft dat alles goed met haar gaat.'

HOOFDSTUK 17

Carol Patrick brak in tranen uit toen we met haar in een zithoek achter in het restaurant waren gaan zitten.

'Kissy vertelde me dat het een psychopaat was,' zei Patrick door haar tranen heen. 'Ze zei dat ze het in zijn ogen kon zien, en dat ze hier weg moest.'

We vroegen haar alles te vertellen wat ze wist. Nadat ze zich had hersteld zei Patrick dat het een man van in de dertig was geweest, die goed gekleed was en een paar keer om Kissy had gevraagd als hij het restaurant bezocht.

'Hij had haar op een avond gevolgd,' zei Patrick. 'Kissy zei dat ze als een gek gas had gegeven en hem was kwijtgeraakt, maar ze was doodsbang geworden en zei dat ze hier wilde stoppen.'

'Hebben we een naam?' vroeg Sampson.

'Ik weet niet of ze zijn naam wist. Ik geloof dat ze hem "*creepy Mike*" noemde.'

'Mike,' zei ik terwijl ik het opschreef. 'Geen achternaam?'

'Nee, alleen maar "creepy Mike met zijn enge blik". En hij droeg een toupet.'

'Betaalde hij met een creditcard?' vroeg Sampson.

'Nee. Niet dat ik weet. Hij betaalde contant en gaf haar elke keer een flinke fooi.'

'En hoe vaak is dat geweest?' vroeg ik.

'Nou, ze heeft hier maar drie weken gewerkt. Ik denk dat het zo'n vier keer moet zijn geweest.'

'En nadat ze bij Hooters was gestopt?'

Patrick dacht even na. 'Ik zie niet iedereen die hier binnenkomt.'

'Maar je hebt hem sindsdien nog gezien?'

'Ja. Twee keer, geloof ik.'

'Heb je hem goed in je hoofd zitten?' vroeg Sampson. 'Genoeg om een compositietekening te laten maken?'

'Ik denk het wel. Wacht eens...' Er leek haar iets te binnen te schieten.

'Wat?' vroeg ik.

'Hoe kan ik dat vergeten... Ik heb hier iemand die jullie zouden moeten spreken.'

Patrick stond op en keerde terug met een jonge vrouw in Hooters-tenue. Haar naam was Marlene Rogers. Ze was een rondborstige blondine van ergens achter in de twintig en zo'n een meter zestig lang.

'Ze zou een zus van Kissy kunnen zijn, hè?' zei Patrick. 'Dat zei ik altijd al.'

Wij kenden Kissy's zus, en die leek totaal niet op Marlene Rogers, maar je kon niet ontkennen dat ze duidelijke overeenkomsten met Kissy Raider, Althea Marks en Samantha Bell vertoonde. Ze waren allemaal hetzelfde type.

'Vertel het ze, Marlene,' zei Patrick. 'Dat wat je me verleden week hebt verteld.'

'Ik weet het niet,' zei ze terwijl ze een streng haar tussen haar vingers nam. 'Het is meer een gevoel dat ik heb.'

'Wat voor een gevoel?' vroeg ik voorzichtig.

'Alsof ik bekeken word... alsof ik door iemand word gevolgd.'

'Wie?'

'Ik... ik weet het niet zeker, maar ik zou zweren dat het die kerel was die hier zo'n zes weken geleden kwam lunchen. Misschien nog wel langer geleden.'

'Goed gekleed,' zei Patrick. 'En met een toupet op, toch?'

Rogers fronste. 'Geen toupet. Hij was kalend. Hij was groot, mager en ja, hij ging goed gekleed.'

'En waar praatte hij over met je?' vroeg Sampson.
'Hij wilde alles over me weten.'
'Zoals?'
'Of ik was getrouwd. En of ik een kind had.'
'En?'
'Mijn echtgenoot is in Irak gestorven, en ik heb een zoontje, Eddie.'
'Hoe oud is hij?' vroeg ik.
'Vier.'
Een blonde, rondborstige alleenstaande moeder met een zoontje.
We vroegen haar of ze zich nog iets bijzonders aan deze man kon herinneren, behalve dat hij pezig was en zich goed kleedde. Ze zei dat ze zich elke keer als ze naar zijn tafeltje liep ongemakkelijk voelde omdat hij haar met een brede glimlach aanstaarde. 'En zijn ogen waren vreemd. Te blauw om echt te zijn, alsof hij gekleurde lenzen droeg.'
Ze kon zich de precieze datum van zijn bezoek niet herinneren, maar het was zeker langer dan een maand geleden. Patrick voegde eraan toe dat ze hun beveiligingsbeelden helaas niet langer dan een maand bewaarden. Dat was het protocol van Hooters.
De serveerster wilde maar al te graag meewerken aan een compositietekening.
'Daar zijn we blij mee, dank je,' zei ik. 'Nog een laatste vraag.'
'Natuurlijk.'
'Wanneer was het de laatste keer dat je het gevoel had dat je bekeken of gevolgd werd?'
'Nou, dat heb ik elke avond sinds die ene keer. Ik kijk altijd over mijn schouder.'
We gaven haar onze kaartjes en vroegen Marlene Rogers ons te waarschuwen als deze klant het restaurant bezocht, of als ze hem ergens anders zag.
'Je kunt me altijd bellen,' zei ik. 'Dag en nacht.'
De hele tijd op weg naar huis, en zelfs toen ik in slaap viel, bleef

ik maar denken dat het dezelfde griezel was van wie Kissy Raider dacht dat hij haar stalkte, het leek me een roofdier.

En er leek geen beter lokaas te zijn dan Marlene Rogers.

HOOFDSTUK 18

De volgende avond bivakkeerden Sampson en ik in een onopvallende auto bij de Hooters in Chantilly terwijl Marlene Rogers haar dienst had.

We keken uit naar een grote, magere en kalende man, of een grote, magere man met een toupet op, maar we zagen niemand die aan die beschrijving voldeed. Ik begon me af te vragen of de serveerster niet het gevoel had dat ze bekeken of gevolgd werd omdat ze geconditioneerd was om zich zo te voelen.

Het idee hield me bezig. Ik had eerder dat jaar een seminar bezocht waarbij de spreker vroeg hoeveel mannen in de zaal zich de afgelopen maand fysiek of psychisch bedreigd hadden gevoeld. Zo'n vier van de tweehonderd mannen staken hun hand op. Toen de tweehonderd vrouwen dezelfde vraag werd gesteld, staken zo'n honderdzeventig vrouwen hun hand op.

Die uitslag had me geschokt, en het gaf me een nieuw besef van wat vrouwen, onder wie Marlene Rogers, elke dag moesten doorstaan. Ik bedacht dat ze genoeg door mannen moest zijn lastiggevallen om te bepalen of een bedreiging reëel was, dus ik geloofde haar als ze zei dat ze door iemand werd gestalkt.

Rond negenen zagen we Rogers, nu niet meer in Hooters-tenue en met een zware handtas om haar schouder, het restaurant via de achteruitgang verlaten. Ze stapte in haar Toyota Prius en reed van het parkeerterrein af. Behalve door ons werd ze door niemand gevolgd.

‘Ze rijdt naar het huis van haar moeder om haar zoontje op te halen,’ zei ik. ‘We wachten haar op bij haar appartement om haar veilig naar binnen te zien gaan, daarna kunnen wij ook naar huis.’

‘Dat lijkt me prima,’ zei Sampson.

Roger woonde rechts op eenhoog in een complex van vier huurappartementen bij het Walmart Supercenter, dat aan de I-66 lag. We parkeerden aan de overkant van de straat en keken op de appartementen uit.

Ik gebruikte mijn verrekijker om de auto’s in de straat te checken, maar ik zag er niemand inzitten. Rogers verscheen na tien minuten, ze parkeerde de Prius op haar vaste plek – met zijn neus in een haag van ceders – en droeg haar slapende zoontje over de trap het appartement in.

We wachtten nog een paar minuten, en net toen ik het welletjes vond kwam Rogers naar beneden en haastte zich naar haar auto toe. Ze opende het portier, boog zich naar voren en pakte haar handtas. Rogers zwaaide hem over haar schouder en wilde naar het appartementencomplex teruglopen.

Een donkere gedaante maakte zich uit de haag los, deed twee stappen naar voren en greep haar van achteren.

HOOFDSTUK 19

Hij was groot en moest minstens vijftig kilo zwaarder zijn dan Marlene Rogers. Hij drukte zijn hand op haar mond en sloeg zijn andere arm om haar nek.

Hij begon de serveerster mee te slepen terwijl we uit de auto schoten en over de straat naar hen toe sprintten. Tegen de tijd dat we haar auto hadden bereikt waren ze al door de haag verdwenen.

Met getrokken pistolen wrongen we ons door de haag en kwamen terecht op een laan achter het parkeerterrein van een volgend, groter appartementencomplex.

Hij was zo'n vijftig meter van ons verwijderd en compleet in het zwart – van zijn laarzen tot aan zijn bivakmuts – en hij droeg handschoenen. Rogers had haar verzet gestaakt en hij sleepte haar naar een beige bestelbusje zonder ramen waarvan de schuifdeur open stond. We renden er op hoge snelheid naartoe, al was ik wat langzamer dan Sampson.

Hij had ons nog niet gezien en draaide een slag om de serveerster het busje in te trekken. Maar ze zette haar hielen in de grond en wierp zich achterover. Hij verloor zijn evenwicht en zijn hand drukte niet langer op haar mond, ze gilde en plantte haar elleboog in zijn ribbenkast.

Hij kreunde, vloekte en zijn hand greep naar achteren.

'Politie!' schreeuwde Sampson, die nog zo'n dertig meter van hem verwijderd was en tussen twee geparkeerde auto's stond. 'Laat haar gaan!'

De man drukte een Glock tegen Marlenes hoofd en zei met vlakke stem: 'Laat me gaan als je wilt dat ze blijft leven.'

'Laat haar nú gaan!' riep ik terwijl ik hem vanuit een andere hoek naderde.

'Blijf waar je bent, of ik maak haar af,' zei hij. 'Ik heb niets te verliezen. Ik jaag die bitch zo een kogel door d'r kop.'

Voordat we iets terug konden zeggen klonk er een schot, en toen nog een.

Sampson en ik doken weg.

Maar dat hoefden we niet te doen.

De schoten waren niet afkomstig van de grote man in het zwart. De eerste kogel ging dwars door zijn rechterschouder, waardoor zijn arm een zwaai maakte en er slap bij hing. De tweede raakte hem een paar centimeter hoger en doorboorde de zijkant van zijn nek.

Hij zakte als een lappenpop in elkaar en liet het pistool en Marlene Rogers los. Toen viel hij achterover, half in het busje en half op de grond.

De serveerster gilde en rende mijn kant op. Ik zat gehurkt en probeerde haar tegen te houden. 'Gaat het?'

'Nee!' schreeuwde ze. 'Ik moet naar Eddie toe!'

Ze was me voorbij gerend en wrong zich hysterisch snikkend door de cederhaag.

Sampson en ik knielden in de schiethouding, gespannen speurden we met de loop van onze pistolen de donkere nacht af.

Special agent Kyle Craig stapte uit de duisternis, zijn rechterhand met het dienstwapen hing langs zijn lichaam. Ten teken van begroeting en geruststelling hief hij zijn geopende linkerhand op.

HOOFDSTUK 20

'Maar goed dat ik hier in de buurt was,' zei Craig, 'anders zou die jongedame nu dood zijn geweest. Of een van jullie.' Hij klonk eerder afstandelijk dan zelfvoldaan.

We lieten verbijsterd onze pistolen zakken.

'Jezus, Kyle,' zei Sampson. 'Waar kom jij in godsnaam vandaan?'

'Ik stond daar achterin,' zei hij terwijl hij naar het lichaam liep. 'Ik schaduwde die kerel. Maar ik had geen idee wat hij van plan was nadat hij door die haag was verdwenen.'

'Wacht even,' zei ik. 'Je volgde hem?'

'Sinds gisteravond al,' zei Craig.

'Weet je wie hij is?' vroeg Sampson.

'Absoluut,' zei Craig, die zijn wapen terug in de holster deed. Hij pakte een zaklamp en scheen op het gezicht van de dode man. Hij trok de bivakmuts van zijn hoofd en zei: 'Een vriendje van je, Sampson.'

We keken naar Bernard Mountebank, de eigenaar van de stropdassenwinkel die ons voor logistiek personeel had aangezien.

'Wat?' zei Sampson, die verstomd stond.

'Ja, toch?' zei Craig op tevreden toon.

Ik hoorde in de verte sirenes naderen, er was natuurlijk over de twee schoten van Craig gebeld, en zei: 'Hoe ben je hem op het spoor gekomen?'

'Ik wist vanaf het begin al dat er iets niet klopte aan die man, je kon het bijna ruiken, vooral toen hij ons allemaal naar die oude man in die cupcaketent had gestuurd. Dus heb ik me wat in hem verdiept. Dit is niet Bernard Mountebank, en hij komt niet uit Engeland. Mag ik jullie voorstellen aan Gerald St. Michel, verdacht van een hele trits zedenmisdrijven op de Britse Maagdeneilanden.'

Hij vertelde ons dat St. Michel in de Verenigde Staten kon blijven nadat hij met een vrouw uit het noorden van Virginia was getrouwd en een werkvergunning had gekregen. Hij had haar niets van zijn criminele verleden verteld, een verleden dat hij ook niet vermeldde in het formulier van zijn permanente verblijfsvergunning of in zijn betrekkingen met zakenpartner Nathan Daniels.

Maar Craig had via een database van de FBI ontdekt dat St. Michel een jaar voordat hij de Maagdeneilanden verliet zijn naam in Mountebank had veranderd. Craig kende mensen op de eilanden, en die hadden hem in contact gebracht met een plaatselijke rechercheur.

'Hij wist niet dat St. Michel een permanente verblijfsvergunning had gekregen,' zei Craig. 'Niemand had ooit inlichtingen over hem ingewonnen bij de autoriteiten van de Maagdeneilanden. Hadden ze dat wel gedaan, dan zou de rechercheur gezegd hebben dat St. Michel van verschillende zedenmisdrijven werd verdacht, waarbij de slachtoffers meestal vrouwelijke toeristen waren.'

De rechercheur geloofde dat St. Michel in zeven jaar tijd vijf jonge vrouwen had ontvoerd. Hij hield zo'n vrouw drie dagen als seksslavin vast, drogeerde haar en liet haar weer vrij.

'Hij droeg altijd een bivakmuts,' zei Craig, die op de muts naast het hoofd van de dode man wees. 'En hij verwijderde al zijn DNA-sporen van de vrouwen. Maar de rechercheur was er zeker van dat St. Michel zijn man was.'

'Denk je dat dit de man is die Kissy Raider heeft vermoord?' vroeg Sampson.

‘Hij lijkt me een zeer geschikte kandidaat,’ zei Craig.

Ik haalde mijn zaklamp tevoorschijn en scheen in het busje, waar een heel setje lag te wachten: lange stroken ducttape – voor de mond en de enkels van het slachtoffer – die boven een paar handboeien hingen die door een handvat waren gehaald dat op het dak van de wagen was gelast.

‘Hij had zijn voorbereidingen getroffen. Het is precies wat er met Kissy is gebeurd.’

‘Niet precies,’ zei ik. ‘Kissy zat vast met nylon banden die door metalen ogen waren gehaald.’

‘Dit is ongeveer hetzelfde,’ zei Craig.

‘Misschien,’ zei ik terwijl ik het portier aan de passagierskant opende.

Het binnenlicht in de cabine stond uit, ik scheen met mijn zaklamp onder de stoelen, in de bergruimtes achter de versnellingsbak en in het handschoenenkastje.

Terwijl de patrouillewagens van de Fairfax County Sheriff het parkeerterrein op reden doorzocht ik St. Michels zakken. Ik vond niets.

‘Is het dezelfde man?’ vroeg Sampson nadat ik opstond en een paar stappen achteruit deed.

‘Ik weet het niet,’ zei ik. ‘Als het hem is, waar is de bleekoplossing dan? En, wat nog belangrijker is, waar is de stropdas om haar mee te wurgen?’

HOOFDSTUK 21

Heden

Uiteindelijk legde ik de dossiers weg en ging weer terug naar bed. De volgende dag, met minder dan vijf uur slaap, zag ik een aantal cliënten in mijn psychologiepraktijk in de kelder. Maar in de pauzes tussen de afspraken keerden mijn gedachten terug naar het verre verleden en zag ik weer voor me hoe Kyle Craig uit het niets was verschenen om Gerald St. Michel dood te schieten.

Maar geen nylon banden. Geen metalen ogen in de wanden van het busje. Geen bleekmiddel. Geen stropdas.

En nu, twaalf jaar later, kon ik nog steeds mijn intuïtieve reactie voelen op deze discrepanties in het patroon. Ik kon me nog steeds herinneren dat ik de plaats delict verliet met twijfels of St. Michel wel onze verkrachter en seriemoordenaar was.

Maar, zoals Sampson altijd had gezegd, St. Michel had een blonde, alleenstaande moeder met een jong zoontje uitgekozen die bij Hooters werkte. Hoe groot was de kans dat twee verschillende moordenaars aan hetzelfde daderprofiel voldeden? Die was erg klein; door deze overweging en het feit dat er zich een tijdlang geen nieuwe moorden voordeden begonnen mijn twijfels naar de achtergrond te verdwijnen.

Maar toen viel een man in Falls Church, Virginia, 's nachts een jonge blonde vrouw aan. Hij had haar handen met een stropdas vastgebonden en haar in een bestelbusje zonder ramen gesleurd.

Ze wist te ontsnappen toen hij voor een stoplicht moest wachten en kon de politie niet meer dan een vage beschrijving van haar aanvaller geven.

Ik was in gedachten verzonken toen er op de deur van mijn praktijk werd geklopt, en ik schrok er zo van dat ik bijna dwars door het plafond schoot.

'Ja?' riep ik fronsend. Ik verwachtte geen cliënten meer voor vandaag.

'Ik ben brownies aan het bakken, Alex,' zei mijn grootmoeder, die haar hoofd om de deur stak. 'En Ali is terug uit school.'

Brownies. Ik keek op mijn horloge. Het was halfvijf, een goede tijd om even pauze te houden.

'Ik kom eraan,' zei ik en ik klapte mijn laptop dicht.

Ik liep de keuken in, waar de heerlijke geur van haar baksel me tegemoetkwam.

'Waag het niet om in die oven te kijken,' zei Nana Mama. 'Ik heb hem op de wekker staan.'

'Ik zou het niet durven.' Ik schonk mezelf een glas jus d'orange in, maar wilde eigenlijk niets liever dan die oven openen en het aroma van mijn grootmoeders fantastische brownies opsnuiven, een recept waar drie verschillende soorten chocola, gehakte walnoten en pistachenootjes ingaan.

Ali liep de keuken in en legde zijn schooltas op het aanrecht. 'Hoi, pap. Hoelang nog, Nana?'

'Tien minuten. Zo lang is dat niet.'

Hij begon tegen te sputteren, maar ik zei: 'Regel nummer een: luister naar Nana. Regel nummer twee: zie regel nummer een.'

'Zo mag ik het horen,' zei mijn grootmoeder, die naar de oven liep, het licht erin aandeed en op haar hurken door het glas tuurde.

Er werd aangebeld.

'Ik ga wel!' zei Ali, en hij was al weg.

Ik besloot om terug naar mijn praktijk te gaan en een evaluatie van een van mijn cliënten af te maken. Net toen ik Nana wilde vragen een warme brownie die kant op te sturen als ze klaar waren, hoorde ik Ali zeggen: 'Hallo, kapitein Abrahamsen!'

'Is dat niet die aardige man die Ali laatst thuisbracht?' vroeg Nana Mama.

'Dezelfde,' zei ik terwijl ik naar de hal liep. De kapitein stond op de veranda in zijn uniform; hij praatte met Ali door de hordeur, zag me en ging rechtop staan.

'Meneer Cross,' zei hij met een glimlach op zijn gezicht.

'Kapitein,' zei ik en wierp Ali een blik toe. 'Ga je hem niet binnenlaten?'

Ali duwde de hordeur open.

Abrahamsen had gelamineerde pasjes op zijn uniform die ik herkende van het Pentagon en het Capitool. Hij hield een plastic boodschappentas op, liep naar binnen en zei: 'Ik moest in de Hill zijn voor een bespreking en ik dacht dat Ali dit wel voor zijn mountainbike kon gebruiken. We hebben het over.'

Ali nam de tas aan en keek erin. 'Wauw!'

Hij haalde er een met elastiek samengebonden profielband uit, alsmede een klein fietspompje, een binnenband en een plakset.

De kapitein grijnsde Ali toe en keek me toen aan. 'Hij moet die plakset echt meenemen als hij alleen gaat fietsen.'

'Daar ben ik het helemaal mee eens,' zei ik. 'Weet je hoe je dat moet gebruiken. Ali?'

Mijn zoon haalde zijn schouders op. 'Zo'n beetje. Ik zag het iemand op YouTube doen.'

'Ik heb twintig minuten,' zei Abrahamsen. 'Pak je fiets, dan zal ik het je laten zien.'

'Krijgt u dan geen smerige handen?' vroeg Ali.

'Niet als jij het doet.'

Ali keek me aan, en ik trok een gezicht. Hij was in twee grote stappen van de verandatrap af en verdween om de hoek.

'Had ik die energie nog maar,' zei Abrahamsen lachend. 'Hij doet me aan mijn halfbroertje denken. Willis is ook tien.'

Hij haalde zijn portefeuille tevoorschijn, bladerde en liet me een foto zien waarop hij geknield zat naast een jongetje met witblonde haren in een honkbaloutfit.

'Waar woont hij?' Ik zag palmbomen op de achtergrond.

'Zuid-Californië,' zei Abrahamsen, 'samen met mijn vader en zijn tweede vrouw. Ik ben dol op die jongen.'

'Wat zijn je bezigheden in het leger?'

'Op het moment?' zei hij. 'Ik geef briefings aan mensen in Capitol Hill. Ik ben verbindingsofficier, zoals dat heet.'

'En je fietst.'

De kapitein grijnsde. 'Ik krijg veel orders, maar daar valt drie keer per week trainen ook onder.'

'Een carrière?' vroeg ik terwijl ik Ali de trap zag beklimmen met zijn fiets op zijn schouder.

'Als het allemaal leuk blijft, dan zou ik daar wel op inzetten.'

'Kapitein?' zei Ali.

'Ik kom zo,' zei hij. 'Zou ik uw toilet mogen gebruiken?'

'Natuurlijk,' zei ik. 'Loop door de hal maar de keuken, dan de eerste deur links.'

'Dank u,' zei hij. Toen hij naar binnen liep botste hij bijna tegen Nana Mama op, die er net aankwam met een bord warme brownies.

'Ik dacht dat u hier wel trek in zou hebben, kapitein Abrahamsen,' zei ze.

Hij lachte. 'Dat moet Nana Mama zijn.'

'De enige echte,' zei ik. 'De kapitein zoekt het toilet.'

'Door de keuken en dan links,' zei Nana. 'Ik zet deze voor jullie op de veranda.'

Mijn telefoon ging. Het was special agent Mahoney. 'Ned,' zei ik.

'Kom naar Reagan National Airport,' zei hij. 'En neem je tandenborstel mee.'

HOOFDSTUK 22

Vier uur later reden Mahoney en ik over de oprit van een prachtig huis in Shaker Heights, Ohio.

Diane Jenkins, een tweeënveertigjarige moeder van twee kinderen, was zevenendertig uur eerder verdwenen. Haar echtgenoot, Melvin, eigenaar van een aantal thuiszorgbedrijven, had verklaard dat zijn vrouw niet was verschenen om de kinderen van school te halen. De kinderen en hun vader hadden urenlang geprobeerd mevrouw Jenkins te bereiken, maar haar telefoon sprong meteen over naar de voicemail.

Jenkins stapte nog diezelfde avond naar de politie van Shaker Heights om haar vermissing te melden. Op het bureau zeiden ze dat ze pas in actie kwamen als een persoon minimaal vierentwintig uur vermist was.

Jenkins realiseerde zich opeens dat zijn vrouw een serviceabonnement van OnStar op haar Cadillac had. De bewuste auto werd door het bedrijf bij een sociaal woningbouwproject gelokaliseerd dat zo'n kleine vijfentwintig kilometer van hun huis lag, een omgeving waar zijn vrouw niets te zoeken had. Toen Jenkins in North Royalton, Ohio, aankwam bleek de auto volledig kaal te zijn gestript.

Toen werd Jenkins gebeld door een man met een vervormer op zijn stem. In ruil voor de veilige terugkeer van zijn vrouw eiste de beller vijf miljoen dollar in cryptovaluta die Ethereum heette. Jenkins kreeg achtenveertig uur om het bedrag te betalen.

Hoewel de ontvoerder hem waarschuwde het niet te doen, schakelde Jenkins de FBI in. Hij bleek het gesprek met de vervormde stem te hebben opgenomen. Een transcriptie hiervan was op Mahoney's bureau terechtgekomen, en dat was de reden waarom we nu bij deze voordeur stonden.

Een FBI-agent uit Cleveland die Andrea Rowe heette liet ons binnen.

We ontmoetten Melvin Jenkins, een pezige veertiger die marathons liep en een emotioneel wrak was. Maar mentaal was hij scherp, alert en direct.

Zijn vrouw was voor het laatst gezien toen ze in het centrum van Shaker Heights met een vriendin lunchte die het zwaar had omdat haar man kortgeleden bij een auto-ongeluk om het leven was gekomen. Ze waren uiteengegaan met het voornemen om elkaar volgende week weer te zien.

'Ze zei dat Diane eerst naar de bibliotheek ging, ze zit daar in het bestuur, en daarna de kinderen zou ophalen,' zei Jenkins. 'Ze is nooit bij de bibliotheek aangekomen.'

'Weten we op welk tijdstip haar telefoon is uitgezet?' vroeg ik.

'Om 14.32 uur,' zei agent Rowe, 'ongeveer veertig minuten nadat ze het restaurant had verlaten.'

'En weten we ook waar hij precies is uitgezet?' vroeg Mahoney.

'Bij het Brecksville Reservation,' zei Jenkins. 'Dat is een bebost wandelgebied, en het is niet ver van waar de auto is gevonden.'

'Kwam ze daar vaak?' vroeg Mahoney.

'Vaak? Nee, ik bedoel, ze is er weleens geweest,' zei Jenkins. 'We zijn er allemaal weleens geweest.'

'Maar ze had niet gezegd dat ze van plan was daarheen te gaan?'

'Nee.'

'Zouden we het telefoongesprek met de ontvoerder mogen horen?'

Jenkins knikte en viste zijn telefoon uit zijn zak. Hij toetste iets in en we hoorden een androgyne, digitaal vervormde stem.

'Ik ben de enige die je vrouw in leven kan houden, Melvin,' sprak de stem.

'Wie ben je?' vroeg Jenkins.

Het bleef even stil voordat de stem zei: 'Je kunt me M noemen als je daar wat aan denkt te hebben.'

HOOFDSTUK 23

Je kunt me M noemen...

Dat was de zin die Mahoney ertoe had gebracht me het vliegtuig naar Ohio te laten nemen. Het was dezelfde zin die nog lang in mijn hoofd bleef doorklinken nadat we Diane Jenkins aan het eind van de opname hoorden snikken en haar echtgenoot smeken het losgeld te betalen.

'Vijf miljoen in Ethereum?' zei Mahoney.

'Ik moest opzoeken wat het was,' zei Jenkins. 'Het is een van die cryptovaluta. Je moet eerst door een uitgebreide juridische molen voordat je geld in Ethereum kunt omwisselen. Dat schijnt wel een maand te kunnen duren.'

'Dat klopt, sir,' zei special agent Rowe. 'Het zal moeilijk worden om toestemming te krijgen voor zoveel cryptovaluta voordat meneer Jenkins met het bedrag over de brug moet komen.'

'Tenzij we een hoge ambtenaar van het ministerie van Financiën kunnen overhalen om het goed te keuren.'

'Over het algemeen moedigen we mensen niet aan om losgeld te betalen,' zei Mahoney, 'maar ik zou het kunnen vragen als u dat wilt, meneer Jenkins. Ik bedoel, kunt u zo'n bedrag betalen?'

'Niet uit de losse pols,' zei Jenkins. Hij aarzelde en voegde eraan toe: 'Maar ik zou het uit de kredietstroom van het bedrijf kunnen onttrekken. Ik zou er een lening van kunnen maken die ik weer terugbetaal.'

'Ik zal er iemand over bellen. Weet u ook welke cryptobeurs u wilt gebruiken?'

'Kraken?' zei Jenkins.

Ned knikte en liep de kamer uit. Jenkins keek me aan en zei: 'Wilt u ook een kop koffie, meneer Cross? Ik wilde net gaan zetten.'

'Ik loop met u mee,' zei ik. 'Ik zit te veel.'

Ik volgde hem door een smalle gang waar foto's van Jenkins, zijn kinderen en zijn vrouw hingen; ze bleek een knappe brunette met een prachtige gulle glimlach te zijn. Ik stopte bij een foto van Diane Jenkins die ergens in een tropische omgeving op een klif bij de zee stond.

Ze zag er stralend uit, en ik vroeg me onwillekeurig af waarom M om losgeld vroeg. Dat was nog nooit eerder gebeurd. Waarom had hij het geld nodig?

'Ze ziet er prachtig uit op die foto,' zei Jenkins. 'En ze kon niet gelukkiger zijn dan toen. De Fiji-eilanden. Het was altijd haar droom geweest om daarheen te gaan.'

'Heeft u de foto gemaakt?'

Hij knikte.

'Je kan haar liefde zien als ze naar u kijkt,' zei ik.

Jenkins' kin trilde. Hij knikte nog eens, draaide zich om en snoof.

We liepen de keuken in, die een laag plafond, donkere balken en een gezellige atmosfeer had. Hij leek hier troost te vinden en zette een pot koffie voor ons.

Mijn telefoon maakte een vreemd gongachtig geluid. Ik haalde hem tevoorschijn en zag een bericht op het scherm: Hoi pap!

Toen verdween het weer. Ik fronste en stopte de telefoon terug in mijn zak.

'Bent u getrouwd, doctor Cross?' vroeg Jenkins, die koffie inschonk.

'Dat ben ik, ja.'

'Kinderen?'

'Drie. En waar zijn uw dochters?'

'Ze zijn bij mijn zus. Ik wilde niet dat ze hier zouden zijn als er nieuws over de ontvoering naar buiten zou komen. Dan zitten ze opeens midden in een mediacircus, en zijn ze blootgesteld aan iets wat ik ze te allen tijde wil besparen, in welke vorm dan ook.'

'Dat begrijp ik. Ik heb het zelf meegemaakt, ze vreten je levend op om hogere kijkcijfers te krijgen.'

'Ik weet er alles van,' zei Jenkins. 'Diane is vroeger liveverslaggever geweest, tot ze er zo van walgde dat ze ontslag heeft genomen.'

'Ze klinkt als een dame die van wanten weet.'

'U moest eens weten,' zei hij met een glimlach die meteen weer verdween. 'Heeft deze M nog andere dingen gedaan? Komt hij in uw databases voor, bedoel ik, een ontvoerder die zich M noemt?'

'Jazeker.'

'Oké,' zei Jenkins opgelucht. 'Dus hij laat zijn slachtoffers gaan?'

Ik wilde niet dat Jenkins de hoop zou verliezen. Hij zou de komende dagen sterker moeten zijn dan hij ooit was geweest, en ik wilde hoe dan ook zijn krachten niet ondermijnen.

Maar uiteindelijk heb ik hem de waarheid verteld. Ik heb geleerd dat het nooit goed is om mensen voor te liegen, hoe goed het ook is bedoeld. Je krijgt het op de een of andere manier altijd op je bord terug. Trouwens, een man als Jenkins zou willen weten wie of wat hij het hoofd moest bieden.

Nadat ik klaar was met het hele verhaal staarde hij naar de vloerplanken, en daarna naar de plafondbalken.

'Dit was Dianes idee,' zei hij terwijl hij om zich heen gebaarde. 'Ze heeft het zo ingericht dat het op de keuken van haar oma's boerderij lijkt, daar was ze als kind altijd zo gelukkig.'

'Het ziet er prachtig uit,' zei ik.

'Ja, hè,' zei hij met verstikte stem. 'Mijn meisjes... ik, ik weet niet wat ik ze moet zeggen.'

Jenkins stortte in elkaar en liet zijn hoofd hangen.

'Probeer positief te blijven, meneer Jenkins.' Ik legde mijn hand op zijn schouder. 'Het is altijd mogelijk dat M zijn patroon verandert.'

Jenkins verstijfde. ‘Het gaat allemaal om ú, is het niet, dr. Cross? Ik bedoel, M laat die berichten voor ú achter. Hij wist dat u op deze zaak af zou komen.’

‘Dat kan ik niet ontkennen, meneer Jenkins.’

‘Dus mijn Diane is een pion in een soort verknipt spel dat u met hem speelt?’

‘Het is geen spel dat ik vrijwillig speel. Het is een spel waar ik ingezogen ben.’

‘Al twaalf jaar lang? Wie doet zoiets? En waarom moet hij u hebben?’

‘Wist ik het maar.’

Mijn telefoon maakte weer dat vreemde gongachtige geluid.

Ik reageerde er niet op.

‘Gaat hij mijn vrouw vermoorden om u te kwellen?’ vroeg Jenkins.

‘Daar kan ik geen antwoord op geven. Maar ik weet wel dat dit de eerste keer is dat hij losgeld vraagt. Dat is een goed teken. Geld is traceerbaar.’

‘Niet als het om cryptovaluta gaat. Ik heb er gisteren over gelezen. Het is niet te traceren, daarom heeft China het ook uitgebannen.’

‘Bíjna niet te traceren,’ zei ik. ‘Er zijn FBI-experts van Quantico onderweg, en die zijn geniaal met al die cyberdingen. Als iemand het spoor van het losgeld kan volgen, dan zijn zij het wel.’

Ik hoorde voor de derde keer de gongslag op mijn telefoon.

‘Sorry,’ zei ik en liep naar de hal. Gelukkig haalde ik de telefoon snel genoeg uit mijn zak om het bericht te kunnen lezen: Ik ben het, pap! Ali! Ga op je telefoon naar Wckr en schrijf iets terug. We zijn spionnen!

HOOFDSTUK 24

De volgende avond naderde de deadline voor de betaling van het losgeld, en ik wist mijn grote ergernis over het feit dat Ali de Wckr-app ongevraagd op mijn telefoon had gezet aan de kant te zetten.

Ik had de app op internet gecheckt en gezien dat hij legaal was, maar ik had Ali gezegd dat hij het me voortaan eerst moest vragen als hij iets op mijn telefoon zette, en er was geen enkele sprake van dat er 'gespioneerd' werd als ik aan het werk was. Maar dan ook nooit. Dat had hij beloofd, en na een 'geheime' uitwisseling van berichtjes tijdens het ontbijt kon ik mijn aandacht weer volledig op de zaak-Jenkins richten.

Er waren hulptroepen ingevlogen: een FBI-freelancer die een excentriek technisch genie was en Keith Karl Rawlins heette, en zijn begeleider, special agent Henna Batra. Ik had eerder met hen gewerkt en vond ze een geweldig team. Toen we die avond met hen in de keuken van de familie Jenkins zaten had ik het idee dat we een goede kans maakten om M en mevrouw Jenkins te traceren.

Rawlins, die de bijnaam Krazy Kat had, of soms gewoon KK, droeg deze keer een groene parachutebroek, slippers en een paars overhemd met borduurwerk erop dat dezelfde kleur als zijn haar had – of, beter gezegd, stukken van zijn haar. De FBI nam zijn vrije geest voor lief, want deze man – met twee doctoraten van Stanford en een derde van het MIT op zak – veranderde in een ware tovenaar zodra hij achter een toetsenbord zat.

‘Gaat het goed?’ vroeg Mahoney, die een blik op de keukenklok wierp.

Rawlins beet op zijn lip, hij zat aan de ontbijttafel achter drie verschillende laptops en een groot beeldscherm.

‘Als de historische gegevens over ontvoeringen nog steeds kloppen, dan hebben we een kans, ja,’ zei Rawlins.

Special agent Batra, een tengere vrouw van in de dertig, zat naast hem. ‘Dat zou zo zijn als het om contant geld zou gaan,’ zei ze snuivend. ‘Cryptovaluta vormen een paradigmatische verschuiving.’

‘Een paradigmatische verschuiving,’ bauwde Rawlins haar na. ‘Je leeft nog in het tijdperk van de millenniumbug, Batra.’

‘De ontvoerder zou overal kunnen zijn,’ snauwde Batra hem toe.

Ik begreep het conflict. Gebaseerd op historische gegevens had de FBI ooit vastgesteld dat de meeste ontvoerders nooit echt ver weg zijn van de plek waar ze hun slachtoffer hebben meegenomen. Uit de vele verhoren van meervoudige ontvoerders bleek dat daar verschillende redenen voor waren. De belangrijkste was dat een lange autorit de kans op een aanhouding verhoogde, het was beter om het slachtoffer snel ergens heen te brengen en van daaruit het losgeld te eisen.

Een ander voordeel was dat het zo makkelijker was om een plek af te spreken waar het geld kon worden opgehaald. Maar dit argument leek minder steekhoudend voor cryptovaluta.

Rawlins had desalniettemin digitale vallen in de operatieve systemen van de zendmasten in de omgeving van Cleveland geplaatst, en ook bij die in het natuurpark waar mevrouw Jenkins’ telefoon ermee stopte. Hij had ook digitale opsporingsbugs verstopt in het metadataverkeer dat de Ethereum-overdrachten omgaf.

Jenkins’ iPhone ging. Op het scherm stond ANONIEM NUMMER.

‘Daar gaan we dan,’ zei ik terwijl ik een draadloze koptelefoon opzette die verbinding had met zijn telefoon.

'Hallo?' zei Jenkins.

De stem klonk precies als op de opname – vlak, hol en androgyn.

'Heb je schone handen, Melvin?'

'Ik begrijp je niet.'

'Heb je de FBI erbij gehaald?'

'Je had me gezegd dat niet te doen.'

'Beantwoord mijn vraag.'

'Nee.'

'Je liegt, Melvin.'

'Nee, ik...'

Er klonk een andere stem door de telefoon, en die was niet vervormd. Het was Diane Jenkins, die wanhopig schreeuwde. 'Nee! Melvin! Wat heb je gedaan?'

Toen hoorde ik een vreemd, zwaar geluid, alsof er een klap op iets werd gegeven, daarna bleef het even stil.

'Dat waren haar trouw- en verlovingsringen, Melvin, samen met haar vinger.'

De ontzetting op Jenkins' gezicht was nu compleet.

'Maar ik heb het geld!' schreeuwde hij uit. 'De Ethereum. Dat wilde je toch? Zeg me alsjeblieft waar ik het heen moet sturen. Geef me een rekeningnummer.'

Er verstreken een paar seconden tot M zei: 'Cross? Jij bent daar, hè?'

Ik sloot even mijn ogen. Na twaalf jaar sprak hij me direct aan. Ik wist dat het niet zijn echte stem was, maar voordat ik antwoordde bad ik er iets diepers in te kunnen horen.

'Ik ben hier, M.'

We hoorden allemaal een tevreden zucht. 'Dat dacht ik al.'

Ik zei niets.

Hij lachte. 'Is het geen giller? Jij en ik, na al die jaren? Als twee penvrienden die elkaar nog nooit hebben ontmoet, maar een diepe band hebben opgebouwd. Zo is het toch, Alex?'

'Tot nu toe is het eenrichtingsverkeer geweest.'

'Sommige dingen zijn het wachten waard; het plannen, het incalculeren. En daar zijn we dan. Eindelijk een gesprek.'

'Meneer Jenkins heeft het losgeld. Wil je het hebben of niet?'

'O, ik wil het graag hebben,' zei hij. 'Dus hier zijn de regels. Als er bugs in de transacties zitten, Cross, verwijder ze dan. Nu meteen. Ik zal erachter komen als ik word gehackt. Als ik het geld heb ontvangen dan zal ik Jenkins zeggen waar hij zijn vrouw kan vinden.'

Toen zei hij een code op die uit zestien cijfers, letters en symbolen bestond.

'Verstuur de cryptovaluta binnen een uur naar deze rekening op de Kraken-beurs. Als de Ethereum er niet om tien uur *eastern time* op staat, dan is het tot de volgende keer maar weer, Cross. En dan spijt het me voor je, Melvin.'

Hij hing op.

We keken allemaal naar Rawlins, wiens ogen van het ene scherm naar het andere schoten.

'En?' zei Mahoney. 'Heb je hem kunnen traceren?'

'Ik ben bepaalde bugs aan het uitpakken,' antwoordde Rawlins.

'Ik wist dat hij niet in de buurt te vinden zou zijn,' zei Batra.

Er klonk een luide ping uit de laptop die het dichtst bij me stond. Rawlins stopte met typen, wierp een blik op het scherm en klapte in zijn handen.

'En toch, Batra, heb ik hem in de buurt gevonden,' zei hij.

HOOFDSTUK 25

De boerderij van de familie Schulte was omgeven door zesendertig hectare land en lag een kleine kilometer van Mennonite Road af. Hij bevond zich in de buurt van het plaatsje Mantua, Ohio, dat slechts zo'n dertig kilometer ten oosten lag van de plek waar Diane Jenkins was verdwenen. Het gesprek tussen M en mij had voor Rawlins lang genoeg geduurd om de prepaidtelefoon ergens op deze boerderij te traceren.

Nadat we special agent Batra hadden aangewezen om toezicht te houden op het overboeken van de cryptovaluta waren Mahoney en ik naar de boerderij gereden. We hadden hulptroepen ingeroepen en hoopten de plek te kunnen omsingelen, maar het zou nog zeker een halfuur duren voordat de agenten hier zouden arriveren. Mahoney zette de auto op Mennonite Road aan de kant en doofde de koplampen.

Ik keek op mijn horloge. Het was 21.44 uur. Nog zestien minuten te gaan.

Mahoney belde Batra en zette zijn telefoon op de speaker.

'Hoelang moet ik wachten voordat ik de cryptovaluta overmaak?' vroeg ze.

'Tot twee minuten voor tien,' zei hij.

We stapten uit en haalden kogelvrije vesten, semiautomatische geweren en nachtkijkers uit de achterbak en liepen naar wat tot drie jaar geleden een bedrijvige zuivelboerderij was geweest. De boer was overleden, en de kinderen Schulte hadden ervoor bedankt om hun hele leven lang koeien te gaan melken.

Het land werd herverkaveld, en de lege boerderij stond voor een astronomisch bedrag te koop. Dat was wat we tenminste wisten sinds we het perceel op Zillow.com hadden opgezocht.

'Een slimme keuze,' zei ik. 'Ze moeten de verwarming en de elektriciteit vanwege potentiële kopers aan laten, en het huis ligt afgelegen genoeg om er iemand onopvallend vast te houden.'

'Nee, hij is niet gek,' zei Mahoney terwijl hij over het stalen toegangshek van de boerderij klom.

Ik deed hetzelfde en zette de nachtkijker op, de oprit lichtte helder op. We liepen snel over het erf en zagen dat er geen lichten in het huis brandden.

'De crypto is overgemaakt,' klonk Batra's stem via mijn oortje.

'Wat betekent dat hij snel in beweging zal komen,' zei Mahoney.

We waren al twintig minuten aan het wachten toen Batra zei: 'Hij heeft de vijf miljoen, Rawlins zegt dat er al verschillende porties van zijn gemaakt die verder worden doorgestuurd. Het goede nieuws is dat we deze transfers nog steeds kunnen volgen.'

'Laten we naar binnen gaan,' zei Mahoney.

Met onze geweren in de aanslag renden we naar de voordeur van de boerderij. Ik duwde de klink omlaag, de deur bleek niet op slot te zijn en we slopen naar binnen. In de kamers die op de hal uitkwamen troffen we meubilair aan dat in plastic folie was gewikkeld, daarna betraden we een lege keuken.

We dachten aan de zware klap die we over de telefoon hadden gehoord, misschien dat hij haar in de kelder of in een van de schuren vasthield. We checkten alles, maar vonden niets.

We begrepen niet hoe dat mogelijk was, tot we in de grote slaapkamer een knipperend lichtje zagen, het bleek een apparaatje te zijn dat in een stopcontact was gestoken. Rawlins legde ons uit dat het een zogeheten *repeater* was.

M had naar het apparaat gebeld, waarop wij door het ding vanuit de boerderij waren gebeld. Toen we terug naar de auto sjokten begon het te regenen.

'Die klootzak,' zei Mahoney. 'Hij heeft gewoon een spelletje met ons gespeeld.'

'Precies,' zei ik terwijl ik naar het portier aan de passagierskant liep. 'We moeten maar hopen dat hij Diane Jenkins vrijlaat nu hij de vijf miljoen heeft.'

Mahoney klikte op zijn sleutelhanger om het autoslot te ontgrendelen en het binnenlicht aan te zetten.

We zagen bloed op de achterbank, een afgesneden vinger met een trouw- en een verlovingsring. En het afgehakte hoofd van een vrouw, met donker haar dat voor haar gezicht hing.

HOOFDSTUK 26

Mijn maag draaide zich om, ik wendde mijn hoofd af en moest even op adem komen om er weer professioneel in te kunnen staan.

'Hij is hier geweest,' zei ik. 'Dit hele gebied is een plaats delict.'

'Weinig kans dat we nog iets zullen vinden met die regen,' zei Mahoney. 'Is het haar?'

Ik dwong mezelf om door het beregende achterraam naar het afgehakte hoofd, het bloed en de vinger te kijken, waarna ik latex handschoenen aantrok en het achterportier opende.

'De ringen zijn van mevrouw Jenkins.' Ik proefde maagzuur achterin mijn keel. 'Ik herken ze van een foto in hun huis.'

Mahoney opende het andere achterportier en wierp een blik op het hoofd, dat aan zijn kant lag. Ook hij had handschoenen aangetrokken, hij streek voorzichtig het haar voor het gezicht weg en zuchtte.

Het was een Aziatisch gezicht.

'Ik weet niet of ik hier nu blij mee moet zijn,' zei Mahoney.

'Waarom zou hij een andere vrouw vermoorden?' vroeg ik terwijl ik haar gezicht bestudeerde.

'Ik heb geen idee wat voor spel deze man speelt. Wacht, zijn dat gummibeertjes in haar mond?'

Ik boog voorover en voelde een volgende golf van misselijkheid opkomen.

'Ja, hij zit vol gummibeertjes,' zei ik. Toen merkte ik iets wits onder het hoofd op.

Ik duwde het iets opzij en er viel een opgevouwen papier in het bloed. Snel pakte ik het op voordat het doorweekt zou zijn. Ik vouwde het open, er stond een geprint bericht op.

Je had toch niet gedacht dat het zo makkelijk zou zijn, Cross? Want het is niet makkelijk. Het zal nooit makkelijk zijn. Niet zolang je met een mastermind als ik te maken hebt.

Weet je, als je me niet had geprobeerd te traceren, dan had ik mevrouw Jenkins misschien wel vrijgelaten. Maar jij moest zo nodig achter me aan, en nu weet ik het niet meer zo allemaal, en ik denk dat jij hetzelfde zult hebben.

Met andere woorden, we zien nog wel.

M

'Wat staat erin?' vroeg Mahoney.

Voordat ik kon antwoorden werden we opeens gevangen in de felle koplampen van verscheidene voertuigen. Ze minderden vaart en stopten op nog geen twintig meter afstand, de lichtbundels verlichtten onze auto en het interieur van achteren.

Mahoney hield zijn arm op om zijn ogen te beschermen, haalde zijn penning en ID tevoorschijn en riep: 'FBI! Zet die verdomde lichten uit!'

De koplampen doofden, en ik zag drie satellietwagens.

Een kleine platinablonde vrouw sprong uit de voorste wagen met een cameraman in haar kielzog.

'Is het waar?' vroeg ze op hoge toon. 'Ligt er een afgehakt hoofd in die auto met gummibeertjes in haar mond? En is er een afgehakte vinger? Is het mevrouw Jenkins? En wie is deze mysterieuze M?'

HOOFDSTUK 27

Mahoney richtte zich op in zijn volle lengte, sprintte op haar af en zei: 'Wegwezen. Nu. Jullie zijn nu te ver gegaan. Dit is een plaats delict, en ik wil dat de boel hier direct wordt verzegeld!'

Haar collega's deinsden terug. 'We hebben recht op antwoorden,' zei de jonge vrouw.

'Nee, u hebt het recht om vragen te stellen,' zei Mahoney, die zijn gezicht vlak voor het hare hield. 'Het is aan mij om ze te beantwoorden. En daar zal ik eerder toe geneigd zijn als ik deze gevaarlijke, onduidelijke situatie onder controle heb. Oké?'

Haar kaken ontspanden zich en ze knikte. 'Oké. Lisa Sutton van Channel Six News. We zullen op gepaste afstand blijven, maar ik neem aan dat ik antwoorden op mijn vragen zal krijgen.'

Mahoney hief zijn handen op. 'Wat u maar wilt, mevrouw Sutton. Maar niet op mijn plaats delict. En nu wegwezen!'

De verzamelde pers deed nog een paar stappen naar achteren terwijl Mahoney zijn telefoon pakte om de lokale sheriff en een forensisch team op te trommelen.

Ik liep naar de auto en keek naar de vinger en het hoofd van de Aziatische vrouw. Wie was ze? En waarom zaten er gummibeertjes in haar mond?

En wat had M met die verdomde gummibeertjes?

Mijn gedachten gingen terug naar twaalf jaar geleden, toen ik voor het eerst een bericht van M had gekregen.

Opeens zag ik John Sampson en mij weer uit een auto stappen, iets ten zuiden van een gat in West Virginia dat Rupert heette.

We waren via een modderig landweggetje gekomen, de auto stond voor een ketting met een overwoekerd grindpad erachter dat de dichte bossen inliep. Er hing een bord met VERBODEN TOEGANG aan de ketting. Aan een naaldboom bungelde een verbleekt bord waar TE KOOP op stond.

'Wat is dat hier met die insecten?' gromde Sampson terwijl hij met zwaaiende armen de zwermen bromvliegen en muggen om zijn hoofd probeerde weg te jagen.

'Het is goedkoper dan een waakhond,' zei ik terwijl ik met de vlakke hand op de achterkant van mijn nek sloeg.

'Nou, het ziet er zeer uitnodigend uit hier.'

Ik keek achter de ketting en zag geen voet- of bandensporen.

'We hadden natuurlijk ook de West Virginia State Police kunnen vragen om hier eens een kijkje te nemen voordat we vier uur geleden in de auto stapten,' vervolgde Sampson.

'Ik heb er een hekel aan als andere mensen mijn werk doen,' zei ik terwijl ik over de ketting stapte.

Sampson aarzelde. 'We hebben geen huiszoekingsbevel.'

'Sinds wanneer ben jij zo'n brave borst geworden?' zei ik en gebaarde naar het bord met TE KOOP erop. 'We zeggen gewoon dat we op zoek zijn naar een leuk visplekje voor onze oude dag.'

'Daar ben ik nog te jong voor.'

'Je kent die tv-reclames toch wel?' zei ik. 'Het is nooit te vroeg om aan je oude dag te denken.'

Sampson perste zijn lippen op elkaar en stapte ook over de ketting. Aan beide kanten van het pad zaagden cicaden in het struikgewas, en ik hoorde ergens kraaien schreeuwen.

In de hoop dat er recente bandensporen zouden zijn bleef ik goed op de modder letten. Maar het had in dit gebied de laatste drie dagen zwaar geregend, en behalve onze eigen voetstappen viel er niets in de natte grond te ontdekken.

'Dit is nu niet direct de omgeving voor een romantisch afspraakje,' zei Sampson.

‘Ieder zijn meug,’ zei ik.

We waren op zoek naar een vermiste zevenendertigjarige vrouw die Arlene Duffy heette. Ze stond aan het hoofd van een succesvolle keten van crèches en was een keiharde werker. Op haar bureau stond altijd een pot met gummibeertjes.

Hoewel ze single was en volgens haar collega’s niet aan het daten was, was Duffy op de dag van haar verdwijning vroeg van haar werk vertrokken om in een winkelcentrum in Falls Church een sexy korset te kopen in de Victoria’s Secrets-vestiging aldaar. Haar auto stond er acht dagen later nog steeds geparkeerd.

Op beveiligingsbeelden van het winkelcentrum viel te zien hoe mevrouw Duffy in een zwarte Chevy Tahoe stapte. Hij had getinte ramen, en de nummerplaten bleken vervalst.

Maar met behulp van digitale beeldverbeteringsprogramma’s hadden we een bumpersticker ontdekt waar SPELLMAN’S VISBENODIGDHEDEN EN AAS op was te lezen.

Sampson en ik bereikten een overwoekerde open plek met een meer erachter. Er stonden een paar dichtgespijkerde huisjes die ten prooi waren gevallen aan een zee van doornstruiken.

Sampson wees naar het grootste huis, waarvan de verandaoverkapping was ingezakt. Aan een spijker hing een roestig bord waar SPELLMAN’S VISBENODIGDHEDEN EN AAS op stond.

We liepen naar het meer.

‘Er is nauwelijks iets met deze plek gedaan,’ zei ik. ‘Een paar huisjes, en dat is alles.’

‘Bedoel je dat dit toch echt een goede investering voor je oude dag zal zijn?’ vroeg Sampson terwijl wat kraaien ergens in het bos ruzie met elkaar kregen.

‘Het is een prachtige plek.’ Ik zag hoe een kraai een duikvlucht in het hoge gras maakte aan de verre kant van de visbenodigdhedenwinkel. Een volgende kwam er schreeuwend achteraan, en ze maakten zich allebei kwaad over iets.

Ik liep erheen en zag dat er een pad het bos inliep. Nadat ik het zo’n vijftien meter had gevolgd stopte ik en riep Sampson.

Hij kwam er snel aan en keek naar het kleurige hoopje dat voor me op het pad lag. 'Gummibeertjes?'

HOOFDSTUK 28

'Hoe komen die gummibeertjes hier in godsnaam terecht?' vroeg Sampson.

'Precies.' Ik pakte er een op en kneep erin. 'En ze zijn vers.'

'Wat is hier de bedoeling van?'

'Op het bureau van Arlene Duffy stond een pot met die dingen, weet je nog?' zei ik terwijl mijn blik het pad volgde. 'Kijk, daar liggen er nog meer.'

Sampson en ik liepen langs het pad verder en baanden ons een weg door klimop en doornstruiken. Na elke meter troffen we weer een paar gummibeertjes aan. We bevonden ons nu in het bos.

Het was hier donkerder, maar ik kon een kraai op het pad zien liggen. Hij trilde en er lagen allemaal gummibeertjes om de vogel heen, het leek of hij een soort attaque had gehad.

'Die snoepjes zijn vergiftigd,' zei ik terwijl ik naar de kraai gebaarde. 'Sommige, in elk geval.'

Voordat we een kleinere open plek in het bos bereikten vonden we een tweede dode kraai en vervolgens nog een derde. Er stond een vervallen huisje dat overwoekerd was door klimop, mos en takken van jonge bomen.

De gummibeertjes hadden ons hierheen geleid, maar toen de wind aantrok en draaide dachten we niet meer aan de snoepjes.

'Jezus,' zei Sampson, die een zakdoek tevoorschijn haalde en er zijn neus en mond mee bedekte. 'We hebben nog kamfer in de auto liggen, als dat nodig mocht zijn.'

Ik haalde adem door mijn mond, zette een eerste stap op de krakkemikkige veranda en hoorde de blauwe vliegen al. Ik pakte mijn kleine zaklamp en knipte hem aan.

De planken waren doorgebogen en bedekt met dorre bladeren, vuilnis en nog een paar gummibeertjes. Ik stapte voorzichtig naar binnen en hoopte maar dat ik niet door de vloer zou zakken.

De vloerdelen kraakten, maar ze hielden me toen ik een volgende stap deed, en toen nog een.

Ik richtte de zaklamp op de zwerm zoemende vliegen. De lichtbundel scheen over een oude houtkachel en de restanten van een bank voordat hij een onthoofd lichaam onthulde dat op een stoel was vastgebonden. Het hoofd stond op de tafel ernaast.

'Het is haar.' Ik werd door woede en verdriet overvallen. 'Arlene Duffy.'

'Shit,' zei Sampson. 'Weet je het zeker?'

'Ze heeft het korset aan,' zei ik terwijl ik de lichtbundel over haar heen liet gaan. 'En hij heeft haar onthoofd, helemaal in de stijl van Meat Man.'

'Dat meen je niet,' zei Sampson, die zich ongetwijfeld de gruwelijke details van een zaak herinnerde waar we tien jaar eerder aan hadden gewerkt.

'Was dat maar zo,' zei ik terwijl ik een stap in haar richting deed. Ze moest al minstens twee dagen dood zijn en haar lichaam ging in de hitte al tot ontbinding over. Ondanks de wolken van vliegen zag ik dat er gummibeertjes in haar mond waren gepropt. Op haar borst was een met lipstick geschreven briefje gestoken.

Ik heb de wereld een plezier gedaan, Alex Cross, stond er. Deze perverse bitch misbruikte kinderen. Ze gebruikte gedrogeerde gummibeertjes om haar slachtoffertjes te bedwelmen. Check die pot op haar bureau maar. En arresteer haar assistente. Als ze het niet al wist, dan had ze tenminste haar vermoedens. – M

HOOFDSTUK 29

Heden

Meer dan tien jaar na dat bericht, en vier dagen nadat M het voor elkaar had gekregen om in Ohio een hoofd en een vinger op de achterbank van onze auto achter te laten betrad ik het bezoekerscentrum van de gevangenis in Alexandria voor mijn afspraak met Martin Forbes.

Ik vertrouwde Forbes' alibiverhaal niet echt. Ik geloofde nog steeds in de mogelijkheid dat hij de referenties aan M in dossiers in Quantico had gevonden, toen de rest had bedacht en me zo hierheen had gelokt om hem te helpen.

Forbes glimlachte toen hij het kamertje in liep en aan de andere kant van het kogelvrije glas ging zitten.

'Ik heb de kranten gelezen,' zei hij. 'Het is nu openbaar bekend. M speelt met je, hè, Cross?'

'Hij heeft een bericht voor me achtergelaten.'

'En wat stond erin?'

'Ik ben niet in de positie om het daarover te hebben.'

Dit irriteerde Forbes. 'Je vertrouwt me niet. Het gaat hier om mijn leven.'

'Dat weet ik, en inderdaad, ik vertrouw je niet. In elk geval niet helemaal. En zo is het nu eenmaal.'

Hij liet dit even op zich inwerken en zei toen: 'Ik ben niet dom. Ik was een prima agent, een goede rechercheur.'

'Daar ben ik het mee eens.'

'Doe daar dan iets mee.' Hij tikte met zijn vlakke hand tegen zijn hoofd. 'Ik zit hier maar de hele dag. Wie was die vrouw? Dat hoofd?'

'Dat weten we nog niet.'

'Kom op, Cross. Betrek me erbij. Ik kan je helpen.'

Ik dacht erover na en besloot om hem iets te vertellen. Ik las een kopie van M's briefje voor.

Forbes luisterde en keek voor zich uit.

'Hij noemt zichzelf Mastermind,' zei hij uiteindelijk. 'De alias van Craig.'

Ik schudde mijn hoofd. 'M noemt zichzelf niet zo. Hij zegt dat hij een Mastermind ís.'

'En toch. Het is iets.'

'Dat is het niet,' hield ik vol. 'Craig is dood. Ik heb met mijn eigen ogen gezien hoe hij zichzelf opblies en door de vlammen werd verteerd. Deze man gebruikt dit woord om ons op de kast te krijgen. Het is misleiding.'

'Ik weet wat ik heb gezien,' zei Forbes.

'Je was gedrogeerd,' zei ik. 'Het kan een hallucinatie zijn geweest. Of M droeg een vermomming om op Craig te lijken.'

Ik zag dat Forbes niet overtuigd was, maar hij liet het onderwerp vallen en zei: 'Hij heeft de media gebeld. Dat was een gedurfde zet.'

'Zeer gedurfd, ja. Nu weten ze dat hij een naam heeft. Of in elk geval een letter.'

'Wordt het verhaal breed uitgemeten in de media?'

'De media kennen de reikwijdte ervan niet,' zei ik. 'Bij lange na niet.'

'Wat bedoel je daarmee?' Hij keek me aandachtig aan.

Ik overwoog om hem over de eerdere briefjes van M te vertellen, maar ik besloot het voor mezelf te houden. 'Ze weten niets van jouw verhaal.'

'Dat komt nog wel een keer naar buiten,' zei Forbes. 'Ik heb het Bureau hierover gesproken.'

Dat was nieuw voor me, maar voordat ik hem er iets over kon vragen zei hij: 'En ik heb jou en mijn advocaat erover gesproken.'

'Dat is mooi, maar ik zou het waarderen als je het verder stilhield tot we in de rechtszaal zitten. Als hij wil dat je hier vastzit, dan moet daar een reden voor zijn.'

Hij keek me aan en schudde toen vol walging zijn hoofd. 'Je bent hier helemaal niet voor mij, Cross. Ik zat ernaast. Ik dacht dat je oprecht was, maar je bent hier alleen maar voor jezelf, net als M, net als iedereen. Ondertussen mag ik hier wegrotten.'

Voordat ik kon antwoorden smeet hij de hoorn van de telefoon op de haak. Hij wierp me nog een woedende blik toe voordat hij opstond en wegliep.

HOOFDSTUK 30

Nana Mama maakte die avond traditionele short ribs met jasmijnrijst en koolsla. Ze had de ribs zo lang laten sudderen dat het zoete en gekruide vlees zo van het bot af viel. Het was zo lekker dat niemand iets zei tijdens het eten.

Jannie trok haar ochtendjas strakker om zich heen en zei: 'Misschien dat ik er niet sterker van wordt, maar ik voel me in elk geval wel stukken beter, Nana.'

Mijn oma stond op en omhelsde mijn dochter.

'Je zult sterker worden,' zei Nana. 'Laat die vitamines hun werk maar doen, er zal een omslagpunt komen.'

Dat maakte Jannie alleen maar chagrijnig. 'Mijn vriendin Jeanette heeft het gehad, en ze vertelde me dat het zes weken duurde voordat ze niet de hele dag in slaap viel. En die jongen, Connor Bartlett? Hij heeft het twee keer gehad. Twee keer!'

'Stop,' zei ik. 'Dat zijn Jeanette en Connor. En zij hadden die vitaminekuur niet.'

Ze rolde haar ogen. 'Mijn maag is er in elk geval niet blij mee.'

'De dokter heeft gezegd dat je ze bij het eten moet nemen en er veel water bij moet drinken,' zei Bree. 'En als je dan ook nog genoeg slaapt, zul je je volgende week beter voelen.'

'Misschien nog wel eerder,' zei ik.

'Of later,' zei Ali.

Ik keek hem geërgerd aan.

'Wat?' zei hij. 'Er zijn geen twee mensen die hetzelfde op een ziekte reageren. Dat stond gisteren nog in *The Washington Post*.'

Ik wilde hier geen discussie over hebben en zei: 'Waarom ga je de tafel niet eens afruimen?'

'Het is Jannies beurt.'

'Ze is ziek.' Ik keek mijn dochter aan. 'Zou jij niet onder een deken op de bank moeten liggen met een groot glas water erbij?'

Jannie stond op, omhelsde Nana, gaf me een kus op mijn hoofd en verdween naar de woonkamer.

Ali was nog niet in beweging gekomen.

'Ik zal je helpen,' zei ik.

'En ik ook,' zei Bree, die haar bord en glas pakte.

We werkten samen terwijl Nana naar *Jeopardy!* keek.

'Pap,' zei Ali. 'Ik heb wat over die M gelezen in de kranten, en ik heb het onderzoek gegoogeld.'

'O ja? Waarom?'

'Omdat jij met die zaak bezig bent.'

'Je weet dat ik niet kan praten over zaken die nog lopen.'

'Dat begrijp ik. Maar weet je wat ik denk?'

Ik zuchtte. 'Nou?'

'Ik denk dat hij een imitator is. M. Ik bedoel, hij laat het hoofd van een vrouw in je auto achter, maar dat is toch net als die moordenaar die je lang geleden hebt gepakt, Meat Man? En M vermoordt iemand met een stropdas, maar dat is toch net als Edgerton?'

Ik keek mijn tienjarige aan. We hadden de overeenkomsten met de moorden van Meat Man en Mikey Edgerton niet besproken. 'Hoe kom je daarbij?'

Hij trok zijn wenkbrauwen op. 'Nou, ik las dat meteen na de executie van die Edgerton iemand een vrouw had vermoord, en precies zoals hij het deed, met een stropdas. En dan dat hoofd van die vrouw, precies zoals Meat Man dat deed. Hij is een imitator, hè pap? Die M?'

Ik wierp een zijdelingse blik op Bree, die bezorgd keek.

'Dat is een goeie theorie,' zei ik. 'Je hebt er blijkbaar over nagedacht, maar ik kan niet praten over zaken die nog lopen.'

Ali leek teleurgesteld, maar toen zag hij hoe laat het was. 'Oké. Hé pap, over tien minuten wordt er op ESPN een grote mountainbikerace in Italië uitgezonden.'

In een handomdraai was Ali weer mijn tienjarige zoon die op zijn laatste bevlieging was gefixeerd.

'Heeft kapitein Abrahamsen je geleerd hoe je de plakset moet gebruiken en hoe je een band moet verwisselen?'

Zijn gezicht klaarde op. 'Ja. Ik had het heel snel door toen hij het me eenmaal had laten zien. Hij is een goeie leraar. Mag ik een keer met hem gaan fietsen?'

'Rijdt hij geen negentig kilometer op een dag?'

'Niet altijd. Soms trainen hij en zijn team op kleinere steile stukken, zoiets zouden we kunnen doen.'

'Heeft hij je gevraagd om een keer met hem mee te rijden?'

'Nee, ik heb het hém gevraagd. Hij zei misschien. Ik denk dat ik snel een heleboel van hem kan leren.'

'Hij zei misschien.'

Toen we later die avond op bed lagen zei Bree: 'Ik vind het niet goed dat Ali zoveel over misdaad en moorden op internet leest. Ik bedoel, hij is tien.'

'Maar soms met het begrip van een zestienjarige,' zei ik.

'Misschien intellectueel gezien, maar hij heeft het emotionele niveau van een tienjarige. Op die leeftijd kan het niet goed zijn dat hij over moordenaars en sadisten nadenkt, toch?'

'Nee. Niet over het soort details waarin hij geïnteresseerd is.'

'Dus wat ga je eraan doen? Hem verbieden naar zulke websites te kijken?'

'Hoe? Hij heeft een telefoon, een laptop en op school toegang tot computers. Als hij ze wil zien, dan zal het hem altijd lukken.'

Ik zag dat ze het niet met me eens was, dus ik hief mijn handen op.

'Maar ik zal met hem praten, dat beloof ik je. En we stimuleren het fietsen. Ik had niet verwacht dat hij er zo gek van zou zijn.'

Bree's gezicht verzachtte. 'Ali is niet alleen maar een stel hersens, hij heeft een van de grootste harten die ik ken. Net zo groot als het jouwe, Alex, en ik wil niet dat zijn hart... ik weet niet... door misdaad wordt vervuild? Niet op zijn leeftijd. Niet zolang hij nog een mountainbikeritje als een magisch wonder beschouwt.'

Ik begon te lachen en ze glimlachte. 'Maar je weet wat ik bedoel?'

'Dat doe ik zeker.' Ik draaide me naar haar toe en drukte haar tegen me aan. 'En het is fijn om te weten dat je net zo veel van hem houdt als ik.'

'Hoe zou ik dat niet kunnen?' zei ze terwijl ze zich in mijn armen nestelde. 'Hij is een stukje van jou.'

HOOFDSTUK 31

Om een uur begon de hond weer te blaffen: doordringend en aan een stuk door in dat irritante zaagpatroon.

Nu was het genoeg. Ik kon er niet nóg een slapeloze nacht bij hebben, dus ik stond op, kleedde me aan en ging naar buiten om de hond te zoeken.

Maar ik kon hem niet vinden.

Toen ik het huis via de voorkant had verlaten klonk het alsof het geblaf van de achterkant kwam. Maar toen ik de steeg daar bereikte zou ik gezworen hebben dat ik hem ergens aan de voorkant hoorde.

Ik liep terug, maar het geblaf leek zich van me te verwijderen. Opeens stopte het. Toen het weer begon, had ik de hond gelokaliseerd.

Hij bevond zich een straat verderop op de veranda aan de achterkant van een klein, onverlicht huis, recht tegenover dat van de Casey's, oude vrienden van mijn grootmoeder. Hij blafte en ik zag zijn vorm in het donker – dat een klein hondje zo'n geluid kon produceren... Het was een terriër of zoiets.

Net toen ik naar de voorkant wilde lopen om aan te bellen ging er een deur open op de veranda en het hondje glipte naar binnen.

Ik bleef nog tien of vijftien minuten wachten om er zeker van te zijn dat het beestje niet zou terugkeren en liep toen terug naar huis. Ik liep de trap op en nam me voor om te gaan slapen.

Maar toen ik voor de slaapkamerdeur stond realiseerde ik

me dat ik klaarwakker was. Ik besloot om in de keuken zo'n onzinnig magnesiumdrankje te maken dat tegen slapeloosheid hielp omdat het invloed zou hebben op je adrenale klieren.

Maar in plaats daarvan merkte ik dat ik diep in gedachten verzonken de zoldertrap opliep. Hoe had Ali kunnen beredeneren dat M oude moorden imiteerde? Had ik zoiets kunnen bedenken toen ik tien was?

Ik betwijfelde het. Toen ik die leeftijd had was ik alleen maar met sport bezig en probeerde ik me thuis te voelen op de nieuwe school nadat mijn moeder was overleden en Nana Mama me naar Washington DC had meegenomen. Nee, er was in die dagen te veel commotie in mijn leven om over dat soort dingen na te denken.

Ik knipte het licht van mijn werkkamer aan en ging aan mijn bureau zitten. Bree had gelijk. Het wás niet goed voor een jongen van tien om zich zo intensief met duister crimineel gedrag bezig te houden.

En toch was ik ergens ook trots op hem.

Hier had je de tienjarige Ali, die in z'n eentje iets had opgemerkt dat de pers die over M en Diane Jenkins schreef volledig was ontgaan. Ze hadden de connectie tussen haar ontvoering en de dood van Arlene Duffy jaren eerder niet gezien, noch het verband tussen de onthoofde vrouw en Meat Man. Maar Ali wel.

Hoe kon zoiets? Hoe kwam hij aan dat inzicht?

Nadat ik hier een tijdje over had zitten peinzen nam mijn bezorgdheid de overhand. Stel dat Ali zijn graafwerk niet zou opgeven, vooral waar het de Edgerton-zaak betrof?

Wie weet wat hij zou ontdekken als hij de kans kreeg?

Mijn aandacht verplaatste zich naar de hoek van mijn werkkamer waar de dozen met oude onderzoekdossiers stonden. Waar lagen ze ook alweer, de Edgerton-dossiers?

Ik wist het niet meer precies, en om de een of andere reden werd ik daar nerveus van. Ze lagen niet op de plek die ik had verwacht, namelijk naast Kissy's oude dossiers, en ik werd door lichte paniek overvallen.

Wat als Ali in mijn werkkamer was geweest om de dossiers in te kijken? Wat als hij ze naar zijn kamer had meegenomen om ze te bestuderen? Hoe ontvankelijk kan een tienjarige zijn?

Maar toen tilde ik een oude verhuisdeken op en daar lagen ze, vier dozen waar M.E. op stond geschreven.

Eigenlijk wilde ik de deken weer over de dossiers trekken en ze daar laten liggen, net zoals dat al jaren zo was geweest. Maar het idee dat Ali ze zou kunnen vinden was genoeg om de deken weg te trekken en de dozen te pakken.

Nadat ik ze naast mijn bureau had neergezet vroeg ik me af wat ik ermee zou doen. Waarom had ik ze sowieso nog? Ik had ze jaren geleden moeten verbranden, zodat al deze geheimen in as waren veranderd.

Maar dat had ik niet gedaan.

John Sampson wel, hij had het twee maanden na Edgertons veroordeling gedaan. Hij vertelde me dat hij ze had meegenomen naar een blokhut van een vriend in de Pocono's en ze één voor één in het haardvuur had gegooid. Zo had hij het achter zich gelaten.

Hoezeer ik het ook wilde, ik kon het niet, hoewel ik niet precies wist waarom niet.

Iets had me ervan weerhouden om zowel de bewijzen van schuld als de bewijzen van onschuld in deze dossiers te vernietigen. Het was geen schaamte of berouw van mijn kant, want dat voelde ik niet als het om Mikey Edgerton ging.

Dus wat was het?

Ik keek naar de dozen en wist dat ik moest gaan slapen. Maar ik hoorde tegelijkertijd een stemmetje in mijn hoofd dat me zei dat ik misschien wel antwoorden in deze dossiers zou vinden, sporen die me naar M zouden leiden.

Of die van mij een verdoemd man zouden maken.

Toen ik me dat realiseerde wist ik genoeg, ik legde de deken over de archiefdozen en verliet de kamer.

HOOFDSTUK 32

Mijn telefoon ging en ik schrok wakker. Ik zag de regiocode van Noord-Virginia op het scherm met een mij onbekend nummer erachter. Ik dacht eraan om hem op de voicemail te laten overgaan, maar nam toch op. 'Alex Cross.'

'U spreekt met kapitein Arthur Abrahamsen, meneer Cross. Ik hoop dat u het niet erg vindt dat Ali mij uw nummer heeft gegeven.'

'Nee hoor, dat is prima.' Ik ging rechtop zitten. 'Wat kan ik voor je betekenen, kapitein?'

'Ali had gevraagd of hij met me mee kon rijden, maar ik moet u eerlijk zeggen dat de trainingsschema's van de komende weken voor mij al behoorlijk zwaar zijn, laat staan voor een jongen van tien.'

'Zoiets had ik hem ook al gezegd,' zei ik.

'O, dat is fijn, dank u daarvoor, sir. Maar ik had het met een vriend over Ali, en hij vertelde me over een fietsgroep voor jongeren die Wild Wheels heet, u kunt hun website bekijken. Er zijn een paar lokale afdelingen, waaronder een mountainbikegroep. Ik zat te denken, ik zou met Ali naar een van hun avondritten kunnen gaan als u het goed vindt. Op die manier kunnen we twee vliegen in één klap slaan – we kunnen samen gaan rijden, en hij kan leeftijdsgenoten ontmoeten die misschien wel toekomstige trainingspartners zullen worden.'

'Dat is aardig van je. Ik zal naar die website kijken en hem aan

Ali laten zien,' zei ik. 'Maar het klinkt goed, vooral ook dat hij met jou kan rijden.'

Abrahamsen grinnikte. 'Hij is als een raketje.'

'Dat is hij zeker, en dank je wel voor je inspanningen.'

'Het is het minste wat ik kan doen voor iemand die zoveel passie voor deze sport heeft als Ali. De volgende Wild Wheels-rit is donderdag om vijf uur in Rock Creek, wat me wel uitkomt want ik moet toch aftrainen die dag.'

'Oké, je hoort snel van ons.'

'Ik zie ernaar uit,' zei hij. We zeiden elkaar gedag en hij hing op.

Ik keek nog even naar de telefoon in mijn hand en zag toen dat Bree's kant van het bed leeg was. Ik wierp een blik op de wekker en gromde. Het was al bijna negen uur.

Maar voordat ik uit bed stapte belde ik Ned Mahoney. 'Kun je iets voor me doen?'

'Dat hangt ervan af.'

'Kun je een legerkapitein voor me natrekken die Arthur Abrahamsen heet? Hij werkt als verbindingsofficier tussen het Capitool en de Hill.'

'Waarom?'

'Ik weet het niet. Abrahamsen is een topracer van het militaire mountainbiketeam die Ali bij toeval heeft leren kennen. Ik wil even zeker weten of hij is wie hij zegt dat hij is.'

'Je zegt het maar, Alex.'

Ik nam een douche. Toen ik me aankleedde ging mijn telefoon.

'Kapitein Arthur Abrahamsen, U.S. Army, militaire inlichtingendienst, verbindingsofficier voor het House Armed Services Committee. Afgestudeerd op West Point. Twee keer uitgezonden naar Afghanistan. Een bijzonder goede mountainbikeracer. Je zoon mag blij zijn met zo'n ontmoeting.'

'Bedankt, Ned.'

'Ach, het is mijn werk,' zei hij en hing op.

Ik trok mijn schoenen aan en voelde me ietwat gedeprimeerd. Ik vond het fijn dat iemand van kapitein Abrahamsens kaliber

Ali hielp, en ik had vroeger ook coaches en leraren die van grote invloed op me waren. Maar ik voelde ook een zekere triestheid omdat ik me realiseerde dat Ali, mijn kleine jongen, op een tijd afstevende waarin hij steeds minder en minder door mij begeleid hoefde te worden.

Mijn telefoon ging weer. Deze keer was het Keith Karl Rawlins.

'De Ethereum is tot stilstand gekomen,' zei hij.

'Oké,' zei ik. 'Waar bevindt hij zich?'

'Op tweehonderdveertien rekeningen, verspreid over de hele wereld. Sommige zijn naar zogeheten *hard wallets* gedownload, maar daar heb ik codes van. Maar er is nog geen bitcoin van uitgegeven, zover ik weet.'

'Dus er wordt niets mee gedaan?'

'Dat klopt.'

'Weten we wie deze rekeningen beheert?'

'Bv's en dat soort constructies, op dat gebied ben ik nog niet veel verder gekomen. Maar misschien heb ik wel iets anders voor je. Het is een idee waar ik al een tijdje mee speel, en ik heb jouw input erbij nodig. Kun je naar het lab in Quantico komen?'

HOOFDSTUK 33

Nog geen dertig uur nadat ik Rawlins had gesproken reed John Sampson ons over een kronkelend landweggetje in Virginia's Shenandoah Valley, niet ver van het plaatsje Graves Mill. Ik had mijn iPad op schoot en bestudeerde met behulp van de OnX Maps-app het land aan beide kanten van de weg, de eigendomsgrenzen en de namen van de landeigenaars.

We waren net voorbij een aantal nieuwe verkavelingen toen we landbouwgronden bereikten, doorsneden met smalle stroken bos die tot aan de Blue Ridge Mountains liepen.

'Wat een prachtig landschap,' zei Sampson.

'De perfecte omgeving voor een trol om zijn trollenhol in te bouwen.'

'Mahoney zei dat hij het eerder een mierenhoop zou noemen.'

'Ik heb de rapportages gelezen. Toch lijkt hij me meer een trol dan een mier. Over anderhalve kilometer begint zijn terrein.'

'Links of rechts?' zei Sampson.

'Rechts bijna vijf kilometer, en links helemaal tot aan Shenandoah National Park. Het is een enorm gebied. Meer dan driehonderd hectare.'

'Hij heeft het geld om te doen wat hij wil.'

'En om ermee weg te komen,' zei ik.

We waren deze landeigenaar door zijn geld op het spoor gekomen. Dertig miljoen, volgens sommige schattingen. Of laat ik zeggen, door zijn rijkdom was hij ons opgevallen, of was hij boven komen drijven.

Kortgeleden leek het nog alsof ons onderzoek was vastgelopen, tot ik dat telefoontje van Rawlins kreeg.

Toen ik bij Quantico aankwam vroeg de FBI-contractant of ik al een gedragsprofiel van M had gemaakt. De vraag verraste me, want vreemd genoeg had ik dat nog niet gedaan, terwijl mijn werk bij de FBI uit het opstellen van dit soort profielen had bestaan.

Waarom had ik daar nog niet eerder aan gedacht?

Voordat ik hem kon antwoorden stelde Rawlins voor om een algoritme te schrijven dat, gebaseerd op mijn profielschets, erop gericht was om vast te stellen wat voor sóórt persoon M hoogstwaarschijnlijk zou zijn. Maar hij voegde eraan toe dat ik deze schets niet op de gebruikelijke manier ging maken.

In plaats daarvan vroeg het computergenie aan John, Ned en mij om een aantal trefwoorden te geven die onze verdachte zo gedetailleerd mogelijk beschreven. Dat deden we, en we begonnen met het woord 'vermogend'.

Gezien de reikwijdte van zijn vermeende daden, inclusief het opsporen en vermoorden van de mensensmokkelaars, waren we het er met z'n drieën over eens dat hij rijk moest zijn. Maar waarom zou hij bij de ontvoering van mevrouw Jenkins om losgeld vragen? Daar hadden we geen antwoord op, desalniettemin moest dat woord als filter worden gebruikt. 'Koelbloedig' was het volgende dat we opschreven, gevolgd door 'vooruitdenkend' en 'amoreel'.

Uiteindelijk hadden we zevenendertig beschrijvingen die ons beeld van M opsomden. Ik moet toegeven dat Rawlins' daaropvolgende berekeningen met deze woorden ver boven mijn pet gingen. Maar zijn digitale filtermethodes deden hun werk en hij had acht uur later een lijst met veertien mogelijke kandidaten.

We beperkten deze selectie tot de vijf die binnen een dag rijden van de verschillende plaatsen delict woonden. Twee van hen vielen meteen af; het waren bejaarde mannen die voor oude en gruwelijke misdaden in de gevangenis zaten. En de derde en vierde man konden ons niet echt overtuigen.

Maar de vijfde man? Hoe meer we in zijn verleden spitten, hoe meer hij ons de hoofdverdachte leek naar wie we op zoek waren.

HOOFDSTUK 34

John parkeerde de auto op een open plek naast de weg die zich op zo'n tweehonderd meter van de noordwestelijke hoek van het gigantische terrein bevond. Mahoney parkeerde achter ons en haalde een drone en een laptop uit de achterbak.

'Is dat wel legaal zonder huiszoekingsbevel?' vroeg Sampson.

'Zolang de drone hoog genoeg vliegt wel,' zei Mahoney. 'We gaan gewoon een kijkje nemen.'

Hij drukte op de joystick. De kleine rotorbladen begonnen te draaien en de drone steeg op.

'Als Dwight Rivers hem ziet,' zei ik, 'dan zal hij waarschijnlijk zijn geweer pakken en het ding uit de lucht schieten.'

'Ik hoop dat hij dat doet,' zei Mahoney. 'Dan hebben we redelijke verdenking om een inval te doen.'

'Je mag dus geen apparaat neerschieten dat je aan het bespioneren is?' vroeg Sampson.

'Niet als het hoog genoeg vliegt,' antwoordde Mahoney.

'Ik zou er niet mee in de rechtszaal willen staan,' zei ik.

'Genoeg erover,' zei Mahoney, die nauwlettend toekeek hoe de drone in zuidwestelijke richting over de boomtoppen scheerde.

Mijn telefoon ging, ik hoorde dat het een Wckr-bericht van Ali was en las het snel.

Ga zo rijden met kapitein A en de Wild Wheels!

Ik grijnsde en schreef terug: Veel plezier! Stuur me een berichtje als je weer thuis bent!

Een emoticon van een grote duim verscheen en verdween weer. Ik stopte mijn telefoon weg. We bogen ons over Neds laptop op de motorkap en zagen wat de drone registreerde: bossen met houtvesterspaden erdoor, toen een snelstromende beek en een weiland waar minstens vijftig enorme zonnepanelen op stonden.

Mahoney liet de drone tot vierhonderd voet stijgen terwijl hij over de zee van zonnepanelen vloog en daarna over een eenzame pijnboom die er verbrand uitzag; misschien dat hij door de bliksem was getroffen, de kroon was verdwenen. Op de overgebleven top was een nest gebouwd dat groot genoeg was voor een arend, maar het leek verlaten.

Toen veranderde Ned de camerastand, en we zagen na een paar honderd meter iets uit het weiland oprijzen wat er voor de buitenwereld uit moest zien als een reusachtige mierenhoop.

Hij was zo'n achttien meter hoog, en deze met groen begroeide mierenhoop moest wel een omvang van zestig meter hebben. De top had een omvang van vijftien meter en werd begrensd door verdedigingsmuren tot heuphoogte met een hekwerk van harmonicagaas erboven.

'Dat is me nogal een heuvel,' zei ik.

'Rivers heeft het allemaal zo bedacht,' zei Mahoney terwijl de drone ons hoog boven de mierenhoop liet zweven.

We konden nu over de verdedigingsmuren kijken. Er stonden drie satellietschotels op een groen met lichtbruine treincontainer die iets boven de mierenhoop uitstak, als een geprefabriceerde bunker op de eigenlijke bunker.

'Hoeveel containers bevinden zich in de heuvel en onder de grond?' vroeg Sampson.

'Volgens onze bronnen nog minstens dertig, allemaal met elkaar verbonden, en met een systeem erin dat alleen Rivers lijkt te begrijpen,' zei Mahoney. De drone liet de mierenhoop en een paar zware, verweerde graafmachines die bij een slingerend landweggetje stonden achter zich en naderde een schitterend huis op een heuvel met een vijver.

Een paleis van bakstenen, houten balken en glas; het had een breed betegeld terras en een koetshuis dat een garage voor drie auto's was geworden. Het was het soort droomhuis dat de omslag van een brochure van een zeer prijzig makelaarskantoor zou kunnen sieren.

'Die Rivers is niet gek, hè?' zei Sampson.

'Hij heeft op Wharton gestudeerd,' zei Mahoney. 'De rest heeft hij zelf voor elkaar gekregen. Stinkend rijk.'

'Oké, maar wat is het dan? Ik bedoel, hij heeft het helemaal gemaakt, hoe komt zo iemand erbij om opeens door te slaan en zo'n fulltime overlevingsfanaat te worden?'

'Ze noemen zich *preppers*, John,' zei ik. 'Doomsday preppers.'

HOOFDSTUK 35

Ik had gehoord over Doomsday preppers die tot het uiterste gingen om voorbereid te zijn op de naderende apocalyps. Mensen die een fortuin uitgeven aan voedsel, brandstof en zaden van gewassen om te kunnen overleven nadat de samenleving is lamgelegd door communisten, zombies of wat voor rampspoed ze dan ook verwachten.

Maar volgens het dossier dat Mahoney had meegenomen om ons te laten lezen, waren er maar weinigen die zo veel voorbereidingen hadden getroffen als Dwight Rivers. Hij had indertijd de jackpot gewonnen met de verkoop van TRUAX, een mondiaal beveiligingsbedrijf dat was opgericht door een groep doorgewinterde ex-militairen. Hij was het zakelijke brein ervan geweest.

Uit FBI-interviews met lokale kraandrijvers en andere arbeidskrachten, en uit UPS- en FedEx-facturen – en dan nog eens de vele ooggetuigen – viel op te maken dat Rivers vanaf het moment dat hij het landgoed had gekocht krankzinnig veel geld had uitgegeven. Tijdens de eerste twee jaar had hij toegezien op het uitgraven van de bodem en de plaatsing van onder- en bovengrondse containers, waarna de mierenhoop eroverheen werd gestort. In het derde jaar was er een stoet van aannemers, elektriciens en loodgieters voorbijgekomen om het interieur te voltooien.

Daarna begon de bevoorrading, genoeg voor Rivers en zijn

kleine leger om nog lang na de apocalyps te kunnen overleven. Hij had drieduizend gallons benzine in het veld naast de mierenhoop laten begraven, en de zonnepanelen daar laadden de rijen grote accu's op die ergens binnen waren geïnstalleerd.

Aanvankelijk was dit allemaal aan de aandacht van de FBI ontsnapt. Toen begon Rivers semiautomatische geweren in te slaan, en veel ook. Hij legde een ondergronds wapenarsenaal aan met genoeg munitie om zich lang, heel lang te kunnen verdedigen. Maar zelfs dat was het federale bureau niet opgevallen.

Er gebeurde pas iets toen zijn naam opdook in een gezamenlijk onderzoek van de FBI en het Bureau of Alcohol, Tobacco and Firearms naar een syndicaat van voormalige militairen en huurlingen die gesmokkelde wapens verhandelden, waaronder granaten, raketwerpers en landmijnen.

Toen de FBI en het BATF hem erover aan de tand voelden ontkende hij alles. Ze vroegen of ze zijn terrein mochten inspecteren, maar hij beriep zich op de grondwet en weigerde.

Zonder bewijs konden ze niets anders doen dan wachten tot Rivers de fout in zou gaan. Net zoals Mahoney, Sampson en ik niets anders konden doen dan op gepaste hoogte een drone over zijn terrein te laten vliegen.

Mahoney zag verder geen activiteiten op het terrein en liet de drone terugkeren. Ik liep het dossier nog eens door. Er vielen me een paar dingen op.

Rivers was twee keer gescheiden. De dossiers van deze procedures waren verzegeld, maar de FBI had contact gezocht met zijn ex-vrouwen. Ze zeiden dat hij een gewelddadige kant had en graag boeken over grote moordzaken las en daarover uitweidde, vooral als het seriemoordenaars betrof.

Ze zeiden ook dat hij vaak de politie uitlachte, dat hij vond dat het grotendeels idioten waren die makkelijk gemanipuleerd en misleid konden worden door een slimme crimineel.

Voordat de kwestie met de wapenhandel aan het licht kwam was Rivers twee keer met de arm der wet in aanraking gekomen, in beide gevallen was hij voor aanranding aangeklaagd. De slachtoffers beweerden door Rivers gedrogeerd en verkracht te zijn. Maar tests hadden niets uitgewezen en Rivers ontkende alles, hij kwam zelfs met alibi's op de proppen die moesten bewijzen dat hij het onmogelijk kon zijn geweest.

Rivers was achter in de veertig toen hij het landgoed kocht en had sindsdien een hele serie jonge vriendinnen afgewerkt. Een van hen, de zevenentwintigjarige Cora James, had met de FBI gesproken.

Volgens haar was Rivers manisch-depressief, iemand die het ene moment charmant en briljant kon zijn en het volgende moment vilein en paranoïde was. En hij kon bijzonder geheimzinnig doen, vooral als het over zijn mierenhoop ging.

'Ik vond het doodeng als hij daarheen ging,' had ze verteld. 'Goed, het kan natuurlijk een plek zijn waar je veilig bent als alles volledig misgaat, dat had hij me ook verteld. Maar ik bleef het gevoel houden dat het eigenlijk een gevangenis was, begrijpt u?'

Toen haar werd gevraagd waarom ze dat dacht, zei Cora James dat ze op een avond naar het bouwwerk was gelopen nadat Rivers erheen was gegaan. Er bleken zich luchtschachten aan de zijkant van de bunker te bevinden.

'Ik dacht dat ik daarbinnen een vrouw hoorde gillen,' zei ze.

James vertelde dat ze bang was geworden en er Rivers mee had geconfronteerd. Hij had gelachen en gezegd dat ze het geluid van een goederenlift had gehoord die hij er had laten installeren.

Hij bood haar zelfs een rondleiding door de bunker aan, maar er was iets aan zijn lichaamstaal wat haar verontrustte en ze had het aanbod afgeslagen. Sindsdien merkte ze dat Rivers haar extra in de gaten hield.

'Ik wachtte tot hij een paar dagen later in zijn auto stapte om boodschappen te doen, en zo snel als ik kon ben ik naar de bewoonde wereld gelopen,' vertelde ze.

De drone landde. Mahoney pakte het luchtvaartuig op en bracht het terug naar zijn auto.

Ik sloeg het dossier dicht en tuurde in de verte.

'Waar denk je aan, Alex?' vroeg Sampson.

Ik aarzelde even en zei toen: 'Als Rawlins' algoritmes kloppen, als Dwight Rivers M is, dan zou ik graag eens een kijkje in die mierenhoop willen nemen.'

HOOFDSTUK 36

Mahoney verwierp het idee meteen.

'Ik heb vanochtend tevergeefs bij twee federale rechters aangeklopt voor een huiszoekingsbevel en toestemming om zijn telefoon af te tappen,' zei Mahoney terwijl hij de drone in de achterbak legde. 'Een mierenhoop vol ingekochte wapens is blijkbaar niet voldoende voor een inval.'

'Toch zouden we het met onze eigen ogen moeten zien,' hield ik vol.

'Niet zonder juridische ondersteuning, Alex,' zei Mahoney scherp. 'Als Rivers jouw M is, dan willen we hem brandschoon hebben, zonder procedurefouten die hem de kans geven de gevangenis of de dodencel te ontlopen.'

Ik zat hier nog over na te denken nadat Mahoney in het tanende licht terug naar Quantico was gereden.

'Zijn we klaar?' vroeg Sampson, die achter het stuur ging zitten. 'Het wordt zo donker, en we hebben best nog wel een eindje voor de boeg.'

'Nog niet,' antwoordde ik terwijl ik door mijn verrekijker over het veld naar het grindpad keek dat langs Rivers' oprit liep.

'Kom op, Alex,' zei Sampson. 'Zonder een drone die hoog genoeg vliegt kunnen we deze man niet in de gaten houden. Je kijkt alleen maar naar een bos.'

'Tenzij we het bos ingaan.'

'Jezus, je hebt Ned toch gehoord?'

‘Wat als Rivers daar een vrouw vasthoudt, John. Wat als hij M ís, en hij Diane Jenkins daar heeft?’

‘Ja, wat dan?’

Ik verkeerde een lang moment in tweestrijd, tot ik de knoop doorhakte.

‘Ik ga erheen,’ zei ik terwijl ik het portier opende.

‘Als jij gaat, dan ga ik mee.’

‘Nee, je blijft hier. Jij bent aan het werk voor Metro DC. Ik ben een contractant die op het moment niet onder contract staat.’

‘En dat betekent?’

‘Dat ik een burger ben. Volgens de regels der wet mag ik gaan en staan waar ik wil.’

‘Nou, veel geluk in de rechtszaal. Je kunt tien jaar voor inbraak krijgen.’

‘Hopelijk zal het niet zover komen. Als ik niet binnen een uur terug ben, gebruik dan de Find My Friends-app en kom me halen.’

Voordat hij kon protesteren sloot ik het portier en liep met een gedimde zaklamp over de weg die naar Rivers’ terrein leidde. Voor Mahoney’s drone was het een kwestie van seconden geweest, mij kostte het tien minuten om de noordelijke grens van het weiland te bereiken.

Ik zag de zonnepanelen, de mierenhoop en daarachter Rivers’ landhuis. Er brandde licht.

Ik richtte de verrekijker op de ramen die op de vijver en de mierenhoop uitkeken, maar ik zag geen enkele beweging. Was hij wel thuis? Of zat hij in de bunker?

Er was geen tijd om hierover na te denken, ik liet het bos achter me en rende zo snel als ik kon naar de mierenhoop.

Toen ik hem op vijftig meter was genaderd ging ik op mijn buik liggen en gebruikte mijn verrekijker om het bouwsel beter te kunnen bekijken. Hoewel de buitenmuren niet volledig verticaal waren was het onmogelijk om ze zonder hulpmiddelen te beklimmen. Ik herinnerde me dat enkele bouwvakkers in het dossier hadden verklaard dat de ingang van de bunker zich aan de zuidwestelijke kant bevond.

Ik kroop om het gevaarte heen tot ik een uitsparing zag met een stalen deur erin waar een hangslot op zat. Het was het type deur dat je eerder op marineschepen zou verwachten.

Er hing een camera boven.

Dat was een tegenvaller. Ik bestudeerde de camera en de hoek waarin hij stond, en kroop een stukje terug. Toen ik buiten zijn bereik was rende ik naar de buitenmuur en sloop in de richting van de ingang.

Ik hurkte neer, greep een handvol vochtige aarde en spuugde er een paar keer in om het nog wat modderiger te maken. Met mijn rug tegen de muur schuifelde ik verder tot ik me onder de camera bevond.

Toen strekte ik mijn arm uit en smeerde de modder op de lens.

Ik hoorde een brommend geluid aan de andere kant van de deur. Een generator? Daarna hoorde ik een zwak piepend geluid. Of was het een gil?

Ik trok de manchet van mijn overhemd over mijn hand om geen vingerafdrukken achter te laten en trok aan het hangslot. Tot mijn verrassing was het niet helemaal dicht geklikt. De deur was dus open.

Of Rivers had zich vergist, of hij was van plan om zo terug te komen. Ik bad dat het een vergissing was, haalde het hangslot eraf en draaide aan het wiel. Het draaide soepel, alsof het onlangs nog was gesmeerd.

De deur zwaaide geluidloos open.

Binnen zag ik een korte gang die verlicht was door zwakke, rode lichtjes in het plafond en op een metalen wenteltrap uitkwam. Het gebrom klonk nu luider, het moest absoluut iets als een machine zijn die in bedrijf was.

Ik aarzelde en deed een stap naar rechts om door mijn verrekijker naar het huis te kijken. Nog steeds geen enkele beweging achter de ramen.

Ik hing het hangslot terug op zijn plek, liep naar binnen en draaide de deur achter me dicht.

HOOFDSTUK 37

Nadat ik had gewacht tot mijn ogen aan het zwakke rode licht waren gewend kroop ik door de gang naar de wenteltrap. Daar pauzeerde ik even, en ik dacht aan wat ik in het dossier had gelezen, dat er minstens vijfentwintig containers onder de grond waren geplaatst, en dat de kern van de mierenhoop nog eens uit vijf of zes bovengrondse containers bestond.

De trappen waren onverlicht, zowel naar onderen als naar boven. De trap naar onderen verdween in de duisternis, wat me een claustrofobisch gevoel gaf, zelfs toen ik mijn zaklamp aandeed en naar beneden scheen.

De werklui die Rivers met het bouwen van zijn mierenhoop hadden geholpen beschreven het als een ondergronds doolhof, een plek waar je makkelijk kon verdwalen. En ergens in mijn achterhoofd hield ik de mogelijkheid open dat het hangslot bewust open was gelaten omdat Rivers zo terug zou komen.

Mijn telefoon ging. Een Wckr-tekst van Ali: Thuis! Het was geweldig! Kapitein A is een beest op de mountainbike!

Ik drukte op de opgestoken duim-emoticon en schreef: Ben aan het werk. Bel je later.

En daar stond ik dan, ik luisterde ingespannen om te horen of er niet iemand om hulp riep, maar er was niets anders dan het gebrom, dat van beneden leek te komen. Ik keek op mijn horloge. Er waren tweeëntwintig minuten verstreken sinds ik Sampson had achtergelaten.

Ik besloot om de trap naar boven te nemen. Ik knipte de zaklamp weer aan en begon aan mijn tocht naar boven. Aan beide kanten van een overloop bevonden zich kleine deuren. Ze waren allebei niet op slot.

De container links bevatte schappen waar eindeloze rijen levensmiddelen op stonden, de rechter was ingericht als een eerstehulppost, compleet met een kluis die waarschijnlijk medicijnen bevatte.

Ik nam de volgende trap en stond weer voor twee deuren. De container rechts deed dienst als wapenopslag, het rook er licht naar wapenolie. Er stonden minstens tachtig machinegeweren in rekken, en ik zag ook drie jachtgeweren met telescopen.

De container links was het munitiedepot, het stond vol met kisten 5.65x44mm kogels en ik kon uit de opschriften opmaken dat het NATO-overschotten waren. Ik keek om me heen en zag een koevoet liggen, maar ik besefte dat het gekkenwerk zou zijn om elke kist open te breken om te zien of hij nog iets anders dan kogels bevatte. Het waren er gewoonweg te veel.

De volgende trap leidde naar een vijfde container die drie werkstations bevatte met een hele serie computers en monitors erop die allemaal uit stonden. Maar in een hoek zag ik twee oplichtende beeldschermen.

Ze waren beide opgesplitst in vier kwadranten waarop realtimebeelden van de beveiligingscamera's waren te zien. Ik zag meteen welk kwadrant het beeld van de camera boven de deur had moeten tonen, het was een donker vlak vanwege de modder die ik erop had gesmeerd. De andere drie beelden op de monitor moesten van camera's zijn die boven op de mierenhoop stonden, ze lieten vanuit verschillende hoeken het donker beschaduwde weiland zien.

Zou hij me gezien hebben? Nee, besloot ik.

Het volgende beeld was een panoramashot dat de weg naar het huis met de graafmachines ernaast liet zien. De laatste twee camera's waren op het huis gericht, één op de voorkant en één op de achterkant. Er bewoog niets achter de ramen, die geen gordijnen of jaloezieën leken te hebben.

Er was geen wenteltrap hier, via een gefixeerde ladder bereikte ik de laatste container, de bunker op de bunker die uit de top van de mierenhoop stak. Het was er donker, ik moest mijn zaklamp gebruiken om iets te kunnen zien.

Ik zag dat er spleten van vijftien bij zeven centimeter op regelmatige afstand van elkaar in de wanden waren gemaakt. Schietgaten.

In de wand die zich tegenover het huis bevond was een schuifraam aangebracht. Ik tuurde erdoor naar buiten, en zag dat er voor bescherming een metalen plaat boven hing die omlaag kon.

Er was een kleine deur waardoor je op de top van de mierenhoop kon komen. Ik opende hem, keek om het hoekje en zag een lier die aan de zijkant van de container was geschroefd, er lag een lang touw bij. Het verwonderde me, tot ik een metalen schuif in de halfhoge verdedigingsmuur zag zitten.

De schuif was een meter breed en ik realiseerde me dat Rivers de lier en het touw moest gebruiken om dingen naar boven te takelen.

Ik stapte weer terug de container in en keek nog een laatste keer rond in de ruimte, op dat moment dacht ik door het schuifraam iets in het huis op te merken. Hoewel het een afstand van zo'n tweehonderd meter was had ik er iets zien bewegen.

Ik draaide me om, klauterde de ladder af naar de container met de monitors en haastte me naar de camerabeelden van het huis. Niets. Maar op de beelden van de weg en de graafmachines zag ik iets. De camera had blijkbaar een infraroodfilter dat actief werd wanneer hij bewegingen registreerde.

Ik zag hoe Dwight Rivers met een jachtgeweer in zijn handen snel over de weg naar beneden liep.

Hij liep in de richting van zijn apocalyptische bunker en begon te rennen.

HOOFDSTUK 38

Ik haastte me twee van de drie trappen af en stopte toen hijgend, want ik wist dat het me niet zou lukken om de bunker uit te zijn voordat Rivers zou arriveren.

Dit mocht absoluut niet mislopen. Zou hij merken dat het hangslot niet dichtzat? Ik trok mijn pistool. Zou hij naar me op zoek zijn?

Ik hield mijn adem in toen ik metaal op metaal hoorde schrapen. Werd het hangslot eraf gehaald? Of werd het juist dichtgeklikt, waardoor ik hier vast zou komen te zitten?

Er werd aan het wiel van de deur gedraaid. Ik drukte me nog verder naar achteren in de duisternis van de overloop.

De deur zwaaide open. Geen lichtbundel van een zaklamp. En een hemeltergend moment lang geen enkel geluid.

'En nu geen spelletjes meer,' zei Rivers dreigend met een lage stem en dikke tong. 'Het is nu genoeg geweest. Het is tijd om je over te geven, schatje.'

Ik knielde en probeerde langs de treden van de metalen wenteltrap de gang in te kijken. Had hij iemand bij zich?

'Tijd om je over te geven, schatje,' zei hij nog eens, en ik hoorde hoe hij de deur achter zich sloot. 'Alleen zij die zich overgeven krijgen cadeautjes in het leven.'

Er klonk geen antwoord. Hij praatte dus in zichzelf. Hij grinnikte, en toen hij slingerend in de richting van de wenteltrap liep wist ik dat hij dronken was.

Ik zag de loop van zijn jachtgeweer en hief langzaam mijn pistool.

Rivers stond in het zwakke schijnsel van de tritiumverlichting. Hij bleef voor de trap staan, keek omhoog en ik schrok bij de gedachte dat er niets anders opzat dan hem uit zelfverdediging neer te schieten.

Maar toen keek hij opzij en grinnikte weer. 'Alles waar je ooit van hebt gedroomd, schatje. Hier ben ik, het is allemaal van jou...' Zijn stem dwaalde af, alsof hij in trance was geraakt. Hij stond er nog steeds, wankelend op zijn benen.

Toen gooide Rivers zijn hoofd in zijn nek en hief een wolvengehuil aan, waarop hij hysterisch begon te lachen om iets wat alleen hij begreep. Toen de echo's waren weggeëbd leunde hij over de reling van de wenteltrap en begon naar beneden te roepen.

'Kun je me horen daar beneden, Maxine? Nou?'

Hij zweeg en luisterde ingespannen, net als ik. Maar er kwam niets terug uit de diepte.

Rivers zette het geweer tegen de reling, greep in zijn broekzak en haalde een buikflesje tevoorschijn. Hij schroefde het open en begon te drinken. Toen hij daarmee klaar was lachte hij in zichzelf en begon weer naar beneden te roepen. 'Je zult me zo horen! Ik zou maar vast gaan rennen, meid, want papa komt je zo halen!'

De bunkerbouwer pakte zijn geweer en begon de trap af te lopen, steeds sneller tot het klonk alsof er iemand op een deur klopte. Zijn voetstappen klonken verder weg, ik sloop de trap af en haastte me naar de deur.

Ik wachtte even om te luisteren, hij hief het wolvengehuil weer aan en ik kon horen hoe hij ergens in de diepte een deur openmaakte. Het brommende geluid leek even harder te klinken.

Eigenlijk wilde ik achter hem aan gaan. Eigenlijk wilde ik graag weten of daar beneden werkelijk een vrouw was die Maxine heette. Zou het de vrouw zijn die Rivers' vriendin door de luchtschachten had horen gillen?

Ja, was er een Maxine daarbeneden?

Ik had er graag achter willen komen, maar ik was al tot het uiterste gegaan. Ik keek op mijn horloge. Ik was vijftig minuten geleden vertrokken.

Ik verliet de bunker, draaide de deur dicht, zorgde dat ik in het donker bleef en bereikte zonder problemen de bosrand. Tien minuten later liep ik het bos uit en zag het silhouet van Sampson op de zandweg staan.

'Ik wilde net gaan kijken,' zei hij.

'Sorry dat ik zo laat ben. Laten we hier wegwezen.'

Toen we een paar kilometers hadden gereden vertelde ik John wat ik in de bunker had gezien en gehoord.

'Denk je dat hij iemand vasthoudt daarbinnen?'

'Het zou kunnen,' zei ik. 'Maar het valt nu nog niet te bewijzen.'

'Dus wat gaan we doen?'

Ik beet op mijn lip voordat ik zei: 'We schaduwen Rivers zodra hij een voet buiten zijn terrein zet. En als...'

Mijn telefoon maakte het gongachtige geluid. Ik haalde hem tevoorschijn en zag een Wckr-bericht van Ali: Pap, Nana vraagt hoe laat je thuis bent voor het eten.

De tekst verdween en ik schreef terug: Ik ben onderweg, mister Bond!

HOOFDSTUK 39

De volgende ochtend was ik als eerste op.

Tegen de tijd dat Nana Mama in haar blauwe ochtendjas en slippers naar beneden kwam had ik koffie gezet, bacon met bruine suiker gebakken en roerei gemaakt.

Mijn oma keek toe hoe ik koffie voor haar inschonk, waarna ze een keurende blik op het ontbijt wierp. Ze nam een stukje bacon en beet erin. 'Dat smaakt goed.'

'Bacon met bruine suiker smaakt altijd goed,' zei ik en ik gaf haar een zoen. 'Ga maar zitten, ik verzorg het ontbijt vandaag.'

Nana hield haar hoofd scheef. 'Wat is er met jou gebeurd?'

'Ik herinnerde me wat je zei toen de kinderen nog klein waren, weet je nog? Dat de maaltijden gezinsmomenten moesten zijn.'

Ze glimlachte en ging bereidwillig aan tafel zitten. Ik bediende haar en daarna Bree, die ook naar beneden was gekomen. We waren elkaar de laatste nieuwtjes aan het vertellen toen Ali arriveerde en meteen losbarstte over zijn rit met de Wild Wheels.

'We waren met z'n twaalven in Rock Creek Park, vier jongens van mijn leeftijd, en je had het moeten zien, kapitein Abrahamsen is waanzinnig op de mountainbike. Hij sprong met zijn fiets over een dikke boomstam alsof het niets was!'

'Dat heb je gisteravond al verteld,' zei Nana Mama. 'Twee keer.'

'En ik kan het nog steeds niet geloven!'

Jannie kwam een paar minuten later naar beneden met haar dekbed om zich heen gewikkeld. Ze gaapte, ging zitten en keek naar de vitaminepillen die ik bij haar bord had neergelegd.

Ze trok haar neus op. 'Het zijn er zoveel. Ik krijg er buikpijn van.'

'Daarom moet je ze ook na het eten nemen.'

'Je ziet er beter uit,' zei Bree. 'Ik denk dat die vitamines werken.'

Jannie leek ertegenin te willen gaan, maar toen knikte ze. 'Ik voel me inderdaad ook beter. Dit is de eerste ochtend dat ik zin had om op te staan. Ik voel me nog niet geweldig, maar het is stukken beter dan vorige week.'

'Dat is mooi,' zei ik terwijl ik Bree een dankbare blik toewierp. 'Eet iets en slik daarna die pillen. Denk je niet dat je je dan volgende week nóg beter zal voelen?'

Ik was blij dat ze roerei, bacon, toast en een banaan at. Daarna nam ze de pillen in en spoelde ze weg met jus d'orange.

Toen ze hier klaar mee was keek ze haar overgrootmoeder aan en zei: 'Wil je dat opstel nakijken dat ik voor mevrouw Schultz moet schrijven?'

Nana trok haar wenkbrauwen op. 'Heb je dat al geschreven dan?'

'Nou, een eerste versie,' zei ze. 'Gisteravond, voordat ik ging slapen.'

'Het gaat echt beter met je. Ja hoor, ik wil er graag naar kijken.'

Bree hielp me met afruimen terwijl Ali naar boven ging om zich aan te kleden voor school.

'Je wilt teruggaan naar die plek? Met John?' vroeg ze. 'Naar die Rivers?'

'Als we een drone hebben gekocht.'

'En wie betaalt dat ding?'

'Dat zal ik zijn.'

Ze zweeg terwijl ze de borden in de vaatwasser zette. 'Denk je dat deze Rivers M is?'

'Hij is er slim genoeg voor. En het ontbreekt hem niet aan geld. Zijn ex-vrouwen en vriendinnen zeggen dat hij alles onder controle houdt, tot op het gewelddadige af. En er is iets met die mierenhoop. Het is een perfecte plek om gijzelaars vast te houden.'

Er volgde een miniem knikje.

'Wat?' vroeg ik.

'Ik weet niet hoelang je Sampson nog kunt hebben,' zei ze.

'Zo lang als het kan, dan maar.'

Bree keek me onderzoekend aan. 'Is dit een obsessie voor je aan het worden?'

'Op een goede manier.'

'Wil je me iets beloven?'

'Zeg het maar.'

'Probeer om de vier, vijf uur even te stoppen en neem afstand van de situatie, alsof je er vanaf de maan naar kijkt.'

'Perspectief.'

'Dat kan geen kwaad.'

Ik nam haar in mijn armen en kuste haar. 'Dat kan zeker geen kwaad.'

HOOFDSTUK 40

Het was vroeg in de middag toen Sampson en ik weer bij het gemaaide veld ten noordwesten van Rivers' terrein stonden. Ik haalde de drone tevoorschijn die ik in een hobbywinkel in Fairfax had gekocht.

'Weet je hoe je hem moet gebruiken?' vroeg hij.

'De jongedame in de winkel heeft me een lesje van twintig minuten gegeven,' zei ik terwijl ik de afstandsbediening aanzette. De drone was in een licht getint camouflagemotief uitgevoerd, de belangrijkste reden waarom ik dit model had uitgekozen. Ik volgde de instructies op die ze me had gegeven en gaf het toestel het commando om te gaan vliegen. Tot mijn grote vreugde steeg hij meteen op tot zo'n vijfentwintig meter, waarna ik hem weer soepel liet landen.

'Ik ben nu al gek op dit ding,' zei ik. 'Zie je de camerabeelden op de laptop?'

'Ja, het zijn zeer scherpe beelden,' zei Sampson, die duidelijk onder de indruk was. 'Maar ik begrijp het niet, Alex. Wat gaan we doen, laten we hem net zo lang over het terrein vliegen tot de accu leeg is?'

'Ik heb nog een extra accu gekocht.' Ik stuurde de drone weer de lucht in. 'Maar ik betwijfel of we die nodig zullen hebben.'

'Wat bedoel je daarmee?'

'Wacht maar af, maatje,' zei ik. Ik liet de drone tot honderd meter stijgen en liet hem toen in zuidoostelijke richting naar

Rivers' huis, weiland en bunker vliegen.

Er was niets veranderd sinds gisteren. Ik liet het toestel over de zonnepanelen, de mierenhoop en het huis vliegen voordat ik hem met een bocht liet terugkeren.

Toen de drone op de terugweg de bunker passeerde liet ik hem snel tot zo'n dertig meter dalen, zodat hij over de top van de mierenhoop scheerde en recht op de verbrande pijnboom met het arendsnest afkoerste. Ik trok de joystick naar me toe, zodat hij boven het nest bleef hangen en richtte de camera erop. 'Zo leeg als wat,' zei ik. 'Nog geen veertje.'

'Alex, je zit te laag, het is privéterrein.'

'Er is iets mis met dat ding,' zei ik gekscherend. Ik liet hem tot vlak boven het nest zakken, draaide hem honderdtachtig graden en zette toen de afstandsbediening uit. Het beeld viel even uit toen hij in het nest zakte. Daarna was het onderste gedeelte donker door de twijgen en bladeren van het nest, maar het bovenste gedeelte toonde duidelijk de bunker en zijn omgeving.

'Meen je dat nou?' vroeg Sampson.

'Een defect,' zei ik schouderophalend.

'We laten hem daar?'

'Dat is beter dan hem uren te laten vliegen. En zo blijft de accu vol.'

'Maar als Rivers hem nou ziet?'

'Waarom zou hij? En hij is gecamoufleerd.'

John keek nog een moment naar het beeldscherm en gooide toen zijn handen in de lucht, ik had het pleit gewonnen. 'Kun je de camera op het huis richten?' vroeg hij.

Na enig gedoe wist ik het camerastandpunt vijfenveertig graden te draaien, nu zagen we het huis op de heuvel met de vijver ervoor. 'Een zoomfunctie zou niet gek zijn geweest, maar dit gaat best zo,' zei ik.

'En wat nu? Gaan we hier zitten en afwachten?'

'Nou, ik ga zitten en wat eten, ja.'

HOOFDSTUK 41

De eerste regendruppels vielen, Sampson pakte snel de laptop van de motorkap. We gingen in de auto zitten, hielden het beeldscherm in de gaten en aten de lunch op die we onderweg hadden gekocht. Om de zoveel tijd veranderde ik de invalshoek van de camera.

Bijna drie uur lang gebeurde er niets. Het begon harder te regenen, en hoewel de cameralens op de drone een beschermkapje had verschenen er druppels op het beeld. Toen zagen we een donker bestelbusje zonder ramen de oprit naar het huis inslaan.

De bestuurder stapte uit en rende naar het huis. Even later kwam hij terug en reed in de richting van de mierenhoop.

De wind blies de regen in de camera, het beeld was vlekkerig toen het busje langs de graafmachines reed en bij de bunker stopte. De bestuurder stapte uit, trok zijn capuchon op en droeg iets wat op een zware gereedschapskist leek. Er volgde er nog een.

Hij verdween achter de bunker, dook toen weer bij de inspringende deur op en ging naar binnen.

'Een werkman?'

'Zo ziet het er wel uit,' zei ik. 'Konden we maar lezen wat er op de zijkant van dat busje staat.'

Ik overwoog de drone op te starten om hem erheen te laten vliegen, maar ik twijfelde aan mijn navigatiekunsten bij deze straffe wind.

De man kwam na vijf minuten weer uit de bunker tevoorschijn, stapte in het busje, keerde het en reed weg over de oprit. Even later volgde er een groene Jeep Cherokee.

'Dat is Rivers,' zei ik terwijl ik de auto startte. 'Hij gaat ergens heen.'

'Hoe moet het met de drone?'

'Ik zet de camera ook uit. Hij ligt daar goed.'

We hadden het busje het terrein niet zien verlaten, maar Rivers verscheen een paar minuten later in zijn Jeep. We volgden hem zo'n tien kilometer naar een bouwmarkt in Madison, Virginia. Sampson ging er ook naar binnen en zag hem een spanzaag, afvalperszakken, plasticfolie, rubberhandschoenen en bleekmiddel kopen.

'Bleekmiddel?' vroeg ik toen Sampson het me vertelde.

'En een spanzaag,' zei hij. 'En alle andere spullen die zo'n engerd nodig heeft als hij van plan is om iemand te vermoorden en het lichaam te laten verdwijnen.'

We volgden Rivers op gepaste afstand terug naar zijn huis, de regen nam af toen hij zijn oprit insloeg. Bij het gemaaide veld zetten we de camera van de drone weer aan en zagen hoe hij voor de ingang van de bunker zijn aankopen uitlaadde.

Rivers verdween in zijn bouwsel en kwam er niet meer uit. Het begon steeds donkerder te worden.

'Ik moet die drone daar wegkrijgen,' zei ik terwijl ik hem met de afstandsbediening aanzette.

Dat werd nog even hachelijk, en ik dacht dat ik het verknald had, want toen ik hem op wilde laten stijgen bewoog hij een moment, waarna de camera kantelde, alsof hij met een van zijn poten in het nest vastzat.

Maar gelukkig schoot hij los toen ik hem iets naar achteren manoeuvreerde. In de avondschemering vloog hij terug en landde bij de auto.

'Ned heeft gelijk,' zei ik, 'dit is een geweldig apparaat.' Ik tilde hem op en liep naar Sampson, die bij de geopende achterbak van de auto stond.

'Dat kun je ook van een spanzaag zeggen,' zei Sampson. 'Misschien is het genoeg voor een huiszoekingsbevel.'

Ik legde de drone in de achterbak en sloot deze. 'Dat lijkt me van niet,' zei ik.

Ik hoorde mijn telefoon weer dat verschrikkelijke gongachtige Wckr-geluid maken. Waarschijnlijk Ali die me vroeg of ik straks thuis zou zijn voor het eten.

Ik liep naar het portier aan de passagierskant en haalde mijn telefoon tevoorschijn. 'John,' zei ik, 'we zullen betere bewijzen moeten hebben dan een...'

Toen ik het scherm zag verstijfde ik.

Hallo, Cross.

Op dit moment ben ik een niet-zo-onschuldig-iemand aan het vermoorden.

Maar waar ben ik, dr. C.? Waar zou ik kunnen zijn?

Bij een Rivier?

Of ergens diep onder de grond?

M

HOOFDSTUK 42

‘Hij is daarbinnen!’ riep ik terwijl ik achter het stuur sprong en de auto startte.

Sampson stapte in. ‘Wie?’

Ik gooide hem mijn telefoon toe. ‘M! Lees maar! Hij is op het moment iemand aan het vermoorden.’

Voordat Sampson kon antwoorden trapte ik het gaspedaal in.

We slipten, schokten en er verscheen een modderregen voordat de achterbanden grip kregen op de landweg. Ik draaide aan het stuur tot ik weer recht op de weg stond en schakelde door.

‘Waar gaan we heen?’

‘Naar de mierenhoop,’ zei ik terwijl ik het gas nog dieper intrapte. ‘Hij is daarbinnen.’

‘M is in de mierenhoop?’

‘Lees het bericht, John! Hij heeft nu zijn hand overspeeld.’

‘Er staat niets op het scherm!’

Ik gaf een klap op het stuur. ‘Dat is omdat het bericht zichzelf vernietigt!’

‘Wat?’

‘Wckr,’ zei ik terwijl ik naar Rivers’ oprit racete. ‘Dat is een app die Ali op mijn telefoon heeft gezet. Na een paar seconden verdwijnt het bericht voor altijd, maar ik zal je zeggen, M zei dat hij iemand aan het vermoorden was en hij daagde me uit. Hij schreef: “Waar ben ik, dr. C.? Bij een Rivier, met een hoofdletter R, of ergens diep onder de grond?”’

'Dat schreef hij?'

'Getekend, M.'

'Wacht, Alex! Denk je dat hij weet dat we hier zijn?'

'Nee. Onmogelijk,' zei ik terwijl ik remde en slippend Rivers' oprit insloeg.

'Maar wat als M zich op een compleet andere plek bevindt?'

'Wat zou je liever op het spel zetten, John?' riep ik. 'Het leven van een onschuldige vrouw, of de naleving van de wet?'

Hij zei niets, maar ik wierp een zijdelingse blik op hem en zag dat hij er niet blij mee was. 'Hoe wil je onze aanwezigheid in die bunker uitleggen als we geen enkel bewijs van dat bericht hebben?' vroeg hij.

'Zo goed als ik kan,' zei ik terwijl ik langs het huis reed en de auto bij de graafmachines parkeerde. 'Laten we gaan.'

Sampson aarzelde.

'Wil je me soms vertellen dat je niet gelooft dat ik dat bericht heb gezien?'

Hij schudde zijn hoofd. 'Nee.'

'Laten we het dan doen, oude vriend van me.'

'Shit,' zei hij terwijl hij het portier openduwde. 'Je speelt het niet eerlijk.'

'Niet als iemands leven op het spel staat.'

Ik stapte uit, met getrokken pistool en mijn zaklamp onder de loop geklemd.

'Hoeveel in- en uitgangen zijn er?' vroeg Sampson terwijl we ons om de bunker heen haastten.

'Eén, zover ik weet,' zei ik terwijl ik mijn passen inhield toen ik Rivers' groene Jeep voor me zag staan.

Ik scheen naar binnen, er lagen dossiers op de passagiersstoel en de autosleutels waren in de bekerhouder achtergelaten.

Het hangslot zat niet op de deur. Sampson gaf me dekking toen ik aan het wiel draaide en de deur opentrok. Ik liep als eerste naar de wenteltrappen en hoorde dat gebrom weer diep onder me.

Ik wachtte en luisterde, maar ik hoorde niets behalve het

gebrom. Ik wilde net een stap terug doen toen ik vanuit de diepte een vage kreet meende te horen.

'Hoorde je dat?' fluisterde ik.

Sampson schudde zijn hoofd. 'Wat?'

'Het zou een schreeuw of een gil kunnen zijn,' zei ik en ik haastte me nu vastbesloten naar beneden, Sampson volgde me.

We stopten op de eerste overloop, waar we twee gesloten deuren met hangsloten erop aantroffen.

We daalden verder af. Op de tweede overloop was een deur die niet op slot zat. We keken in een container die als keuken was ingericht, er stonden twee tafels met stoelen. Het rook er naar kattenpis, en ik zag inderdaad een bak bij de deur staan.

Ik zag nog een tweede deur aan het eind van de overloop, maar die liet ik voor wat hij was. Ik wist zeker dat de schrille kreet van ergens dieper in Rivers' mierenhoop had geklonken.

De enige deur op de derde overloop was ook open. Het brommende geluid klonk meteen harder. Ik zag een lichtschakelaar en knipte hem aan. We bevonden ons in het energiecentrum van de bunker, vol met accu's en elektrische generators die gevoed werden door de zee van zonnepanelen in het veld.

Ik zag nog twee deuren die op deze ruimte uitkwamen, maar ik besloot dat we verder moesten, want ik zou de gil, of wat het ook was, nooit over het geluid van de generators hebben kunnen horen.

'Het bevalt me niets, Alex,' zei Sampson.

'We gaan tot het onderste niveau, nog één verdieping, en dan terug naar boven.'

Hij had er moeite mee, maar haalde toen zijn schouders op. 'Nou ja, we zijn er toch al bijna.'

'Zo ken ik je weer.'

'Wat moeten we in godsnaam doen als we Rivers tegenkomen?'

'Dat hangt ervan af waar hij mee bezig is, en wie hij bij zich heeft.'

'Ik bedoel dat het me niet slim lijkt om hier te schieten, het zijn allemaal stalen wanden.'

'Dan schieten we niet,' zei ik terwijl ik aan de volgende trap begon.

Op de bodem van de bunker stuitten we op twee deuren. De linkerdeur kwam uit op een container met een uitgebreid waterfiltersysteem en een pomp.

Toen we de rechterdeur wilden openen, hoorden we een luide *klang* vanaf de andere kant.

'Er is dus toch iemand thuis,' mompelde ik terwijl ik mijn pistool hief en de klink omlaagdrukte.

HOOFDSTUK 43

De deur ging naar binnen open en we betraden een verlichte werkplaats met links keurige rekken met voorraden en rechts werkbanken met lockers. Er was niemand in de rechthoekige ruimte, maar aan de verre kant zag ik een stalen deur die op een kier stond.

'Kom, we gaan erachteraan,' fluisterde ik. 'Hij heeft die deur achter zich dichtgetrokken, maar hij is weer opengevallen.'

Dat was het enige waar ik aan dacht en ik wilde zo snel mogelijk bij die deur zijn.

Maar Sampson greep me bij mijn schouder voordat ik een stap kon doen. Ik draaide me verrast en geërgerd om. John keek geschrokken en wees naar een werkbank. De spanzaag lag erop. Met een handzaag ernaast die onder het bloed zat. Er lag bloed onder, en een spoor van druppels leidde naar een van de lockers, hij stond halfopen.

Een paar stappen was genoeg om een gescheiden hoofd op de plank in de locker te zien staan. Een blanke man, van achter in de dertig of begin veertig. Zijn matte ogen keken voor zich uit en zijn mond stond open.

We hoorden nog een *klang*, deze kwam van ergens boven ons.

'Hij probeert 'm te smeren.' Ik draaide me om en rende naar de openstaande deur, Sampson volgde me.

We liepen een korte gang in waar een metalen ladder tegen een van de wanden was geschroefd. Ik scheen met mijn zaklamp omhoog en zag een verroeste stalen schacht die naar boven liep, een soort rechtopstaande buis.

Er dwarrelde stof en vuil in de lichtbundel.

'Hij is naar boven gegaan,' fluisterde ik terwijl ik mijn pistool in de holster stopte en een voet op de ladder zette. 'Ga terug naar de wenteltrappen, zodat hij daar niet weg kan komen.'

Sampson knikte en liep terug naar de werkplaats terwijl ik met de zaklamp in mijn linkerhand de schacht in klom. De buis was net breed genoeg om me erdoor te laten, en naarmate ik hoger kwam wist ik met moeite de groeiende claustrofobie te onderdrukken.

Ik klemde mijn kaken op elkaar, focuste me op elke volgende sport van de ladder en klom verder. Na zo'n zes meter liep de ladder door een gat in een vloer van een volgende korte gang die twee containers met elkaar verbond. Toen ik deze gang had bereikt hoorde ik aan de andere kant van een deur de elektrische generators en ik was bijna van de trap gestapt.

Maar er dwarrelde nog steeds stof en vuil in de lichtbundel.

Ik bleef doorklimmen en ik bereikte een volgende korte gang, met een deur die volgens mij naar de keuken moest leiden, en er volgde een derde schacht. Het zweet druppelde van mijn voorhoofd toen ik mijn hoofd in het gat van de volgende verdieping stak, deze ruimte was bij de wenteltrappen afgesloten geweest.

De deur rechts was niet op slot, en ik moest mijn nieuwsgierigheid bedwingen om niet te kijken wat Rivers erachter had zitten, maar de deur links was dichterbij.

Ik duwde de klink naar beneden, trok de deur open en voelde lucht naar binnen stromen. Een moment van verwarring, niet alleen vanwege de kracht van de luchtstroom, maar ook omdat ik in plaats van een volgende container een lange, lage gang zag.

In de lichtbundel waren verse voet- en handafdrukken in de stoffige grond zichtbaar, ze liepen door tot de tunnel na zo'n vijftien meter een bocht naar links maakte en ik niets meer kon zien.

Mijn eerste gevoel was om Rivers achterna te kruipen, om hem te volgen tot ik hem te pakken had.

Maar ik dacht aan de luchtstroom die ik tegen mijn gezicht voelde.

Deze tunnel liep naar buiten. Het was een uitgang. Dat kon niet anders.

Misschien was het beter om me eerst maar eens te oriënteren in dit ondergrondse doolhof, waar zou deze tunnel heen kunnen leiden?

Hij loopt in noordoostelijke richting, dacht ik. Weg van zijn Jeep, naar... het huis?

Dat zou logisch zijn, toch? Zou een Doomsday prepper geen veilige privéroute naar zijn bunker willen hebben?

Meteen nam ik mijn besluit. Het zou de nodige tijd kosten om minstens vierhonderd meter door de tunnel te kruipen, het zou sneller zijn om die afstand bovengronds te overbruggen.

Ik stapte weer op de ladder, daalde één niveau en rende door de keuken naar de wenteltrappen. Terwijl ik me weer omhoog haastte bedacht ik me dat Sampson en ik zo snel mogelijk naar het huis moesten rijden – als we er niet eerder dan Rivers waren, dan toch heel snel erna.

Toen ik de gang bereikte die naar de uitgang liep, zag ik Sampson met een nors gezicht voor de buitendeur staan.

'Die klootzak heeft ons ingesloten. Zeg me alsjeblieft dat er nog een andere uitgang is.'

HOOFDSTUK 44

Het eerste waar ik aan dacht was de tunnel. Maar hoe had Rivers daar zo snel uit weten te komen om ons in te sluiten? Was er nog een eerdere uitgang tussen de bunker en het huis?

Toen herinnerde ik me iets. Ik rende de wenteltrap op en riep: 'Volg me!'

Ik vloog over de drie trappen en beklom de ladder naar de bovenste container, het stalen gevaarte dat boven de top van de mierenheuvel uitstak. Ik duwde de deur naar buiten open en richtte mijn zaklamp op de vastgeschroefde lier en de tros touw die eronder lag.

Tegen de tijd dat Sampson boven was had ik in een gereedschapskist de afstandsbediening van de lier gevonden. Ik maakte een lus in het touw en knoopte dat aan de opgewonden staalkabel van de lier vast.

Ik gaf John de afstandsbediening, pakte het touw en liep naar de schuif in de verdedigingsmuur. Ik ontgrendelde hem, haalde het paneel weg en gooide het touw naar beneden. Zoals ik al had verwacht kwam het niet tot aan de grond.

'Doe het voorzichtig aan,' zei ik terwijl ik hem aankeek.

Ik begon aan de provisorische afdaling langs de steile wand van Rivers' bunker. De vegetatie die op de aarden wand groeide hielp me bij het voetenwerk, ik vorderde sneller dan ik had gedacht.

Sampson moest een goede zes meter van de lierkabel laten vieren tot het touw onder me de grond raakte. Tegen de tijd dat ik op de grond stond was John ook aan zijn afdaling begonnen.

Ik sprintte naar de auto, stapte in en draaide de contactsleutel om, er gebeurde niets.

Niets!

Snel stapte ik weer uit en rende terug. Sampson was bijna beneden.

'Hij heeft de auto onklaar gemaakt,' riep ik en rende verder.

Toen ik Rivers' Jeep had bereikt zag ik dat de sleutels nog steeds in de bekerhouder lagen. Ik pakte de bos, vond de juiste sleutel, stak hem in het contact en juichte vanbinnen toen de motor aansloeg.

Een bezwete Sampson liet zich op de passagiersstoel vallen, zijn handen bloedden. 'Wat een gemeen spul, zo'n staalkabel,' zei hij.

'Hou het nog even vol,' zei ik terwijl ik de koppeling liet opkomen.

Ik gaf plankgas en moest flink aan het stuur draaien om de auto langs de bunker te manoeuvreren, daarna moest ik bijsturen om onze auto en de graafmachines te ontwijken. Pas toen ik de oprit naar het huis was ingeslagen konden we recht de heuvel op scheuren.

Net toen we voorbij de vijver waren lichtten er koplampen op bij het huis.

Een zwarte Porsche reed de garage uit.

Gedurende een fractie van een seconde streken onze koplampen over de zijkant van de sportwagen voordat hij optrok.

Dwight Rivers zat achter het stuur gebogen en wierp ons een ontzette blik toe.

'We moeten hem hebben voordat hij op de snelweg is!' riep Sampson.

Ik begreep het en gaf zo veel mogelijk gas, maar de auto schoof over de oprit terwijl ik Rivers' achterlichten in het zicht probeerde te houden.

De Porsche schoot nu de landweg op, Rivers wist op bekwame wijze zijn hoge snelheid te houden.

Dat kon ik niet doen, ik moest constant afremmen terwijl de SUV nog steeds niet echt hard reed. Toen ik de wagen enigszins onder controle begon te krijgen, zagen we hoe Rivers ver voor ons een bocht nam.

'Hij ontsnapt,' gromde Sampson. 'Hij rijdt minstens honderdzestig.'

'Bel de sheriff,' zei ik toen ik de achterlichten van de Porsche niet meer zag. 'Volgens mij rijdt hij naar Madison.'

Sampson keek moeilijk, maar viste met zijn bebloede, opengehaalde handen zijn telefoon uit zijn broekzak. Hij had de moeite niet hoeven te nemen.

Toen we de bocht uit waren zag ik geen rode achterlichten meer voor me. Rivers had de macht over het stuur verloren, was van de weg af geschoten en via een stenen muurtje in een akker terechtgekomen. De sportwagen lag op zijn kop in de modder, de koplampen beschenen het graanveld erachter. We kwamen slippend tot stilstand.

'Bel 911!' zei ik terwijl ik uit de auto sprong.

Ik sprong over het muurtje en sprintte erheen. Toen ik dichtbij genoeg was hoorde ik de motor hortend en stotend draaien, ik knielde en richtte mijn zaklamp in de Porsche. Hij had een rolstang, wat absoluut Rivers' redding moest zijn geweest.

Hij hing ondersteboven, op zijn plek gehouden door zijn autogordel en de airbag. Hij was bewusteloos en bloedde, maar ik kon zien dat hij ademde.

Ik rook benzine.

'Alex!' riep Sampson. 'De benzinetank!'

'Ik weet het!' riep ik terug. Ik ging op mijn buik in de modder liggen en wrong me in de nodige bochten om door het raam de auto in te komen.

'Zet de motor af!' zei Sampson.

'Ik kan er niet bij,' zei ik. 'Geef me je mes.'

Hij reikte me zijn opengeklapte knipmes aan. Ik strekte me uit en sneed net zo lang in de airbag en de autogordel tot Rivers los was.

Ik sloeg mijn arm om zijn middel en zei tegen Sampson dat hij me er aan mijn voeten uit moest trekken.

Toen hem dat was gelukt rook ik weer benzine. Ik wist dat de ramp zich elk moment kon voltrekken.

Sampson en ik grepen Rivers bij zijn armen en trokken hem weg van het wrak.

Net voordat de Porsche explodeerde en in vlammen opging zagen we een menselijk hoofd uit de auto rollen.

HOOFDSTUK 45

Mahoney was later die avond duidelijk niet blij toen we bij Rivers' bunker stonden en ik hem verslag van de gebeurtenissen deed.

'Er is geen enkele kopie van dat bericht dat hij je stuurde?' vroeg hij argwanend.

'Ik zei het je al, het heeft zichzelf vernietigd, Ned, maar het staat in mijn geheugen gegrift.'

'Daar heb ik niets aan!'

'Voeg er mijn jarenlange ervaring als wetshandhaver en mijn goede reputatie aan toe, misschien dat je er dan wél iets aan hebt. En die hoofden die we vonden? Dat was precies de bedoeling, net als dat Wckr-bericht, Ned. Het is volkomen helder dat hij niet alleen Mikey Edgerton, maar ook Meat Man imiteert.'

'Dat zou kunnen, maar helder zou ik het niet willen noemen,' zei Mahoney. 'Leg jullie verklaringen af, ga naar huis en onderneem niets tot ík de dingen een beetje helder kan zien. Ondertussen moet ik hier een plaats delict afhandelen.'

Ik wilde ertegenin gaan en blijven om bewijsmateriaal te zoeken, maar ik deed wat hij me opdroeg.

In stilte reden we terug naar DC. Ondanks zijn gehavende handen wilde Sampson rijden.

Ik zat in de passagiersstoel en probeerde wakker te blijven, maar mijn ogen bleven dichtvallen. Ik dommelde weg en zag het hoofd in de locker staan, daarna het tweede dat uit de Porsche viel, en dan het hoofd dat M een week eerder in mijn auto had gelegd.

Mijn kin zakte op mijn borst en ik schrok weer wakker met de gedachte *hij imiteert Meat Man, net zoals Ali me...*

In mijn dromen beleefde ik weer wat er meer dan tien jaar geleden in West Texas was gebeurd.

Het was een drukkende middag, en er was een tornado voorspeld. De wind begon al aan te wakkeren.

In het westen lichtten bliksemschichten op aan de donker wordende horizon, en er klonk gerommel in de verte toen Randall Peaks en ik over een afgesloten hek van een veekraal klommen en een stoffig, ruig gebied met alsem en verwrongen eiken doorkruisten. Een woestenij die zich ergens ten noordwesten van Lubbock, Texas, bevond.

'Zijn er ook ratelslangen hier?'

'Ongetwijfeld,' zei de Texas Ranger.

Peaks zag er tamelijk opvallend uit in deze omgeving; hij droeg een gesteven wit overhemd met een bolo, een strohoed, rijkversierde cowboylaarzen en had een met nikkel beslagen Colt Python-revolver in een leren holster aan zijn heup hangen.

'Wat doen we als we er een tegenkomen?' vroeg ik.

'Ik zou een sprongetje maken,' zei Peaks terwijl we een tweede hek bereikten. 'Daar is het.'

Achter het hek strekte zich een groot, overwoekerd en industrieel aandoend terrein uit. Achterin stond een houten gebouw met één verdieping en een dak van verroeste golfplaten dat meer dan honderd meter breed moest zijn. Op de zijkant van het gepotdekselde perceel hing een bord waar in verbleekte letters KING PROCESSING op stond.

'Dus hier is het gebeurd?' vroeg ik. 'De eerste twee? De ouders?'

Peaks knikte. 'Dale en Lucy King. Ze runden deze grote zaak voor veehouders uit de omgeving. Een slachthuis en vleesverpakkingsbedrijf. Het liep als een trein in die dagen.'

Ik werkte al meer dan tien maanden aan de zogeheten Meat Man-zaak. Ik was erbij betrokken geraakt toen er op een verlaten parkeerterrein in het zuidwesten van DC een dicht bestelbusje met het onthoofde lichaam van een man erin was aangetroffen.

Een onthoofd lichaam had ik eerder gezien, maar niet een waarbij het naakte lichaam bezaaid was met onderbroken lijnen die er met een zwarte viltstift op waren gezet.

Twee weken later werd er in de achterbak van een auto een tweede lichaam gevonden. Deze keer betrof het een vrouw, en ook haar lichaam was bedekt met de onderbroken viltstiftstrepen, die we uiteindelijk wisten te herkennen als de hulplijnen die een leerling-slachter gebruikt om een koe op de juiste manier in stukken te snijden.

We lieten een nationaal opsporingsbericht uitgaan over de onthoofdingen en de viltstiftlijnen en kregen meteen reacties uit zeven verschillende staten, waaronder Texas, en ook nog uit drie verschillende landen buiten de Verenigde Staten.

Uiteindelijk bleek dat er in de afgelopen zeven jaar elf onthoofde en met viltstift bewerkte lichamen waren gevonden, en ook nog eens twee van dertien jaar geleden.

'Er is niets steekhoudends dat Tanner Oates ermee in verband kan brengen?' vroeg ik.

Peaks schudde zijn hoofd, kneedde een stukje pruimtabak en stak het in zijn mond. 'Oates was een tijd lang het pleegkind van de Kings, maar dat was jaren eerder. En hij had een waterdicht alibi. Een vrouw die een paar jaar later bij een auto-ongeluk om het leven is gekomen, wat natuurlijk goed uitkwam.'

'Maar denk je dat Oates Meat Man is?'

'Dat denk ik inderdaad,' zei Peaks, die een straal tabak uitspoog. 'Of hoe hij zich ook tegenwoordig mag noemen. Zal ik je de plek laten zien waar het is gebeurd?'

'Graag, ik heb deze reis gemaakt om hem beter te kunnen doorgronden.'

We klommen over het tweede hek en waadden door het hoge gras terwijl de wind floot.

'Hoe weten we dat er een tornado komt?' vroeg ik.

'Hopelijk zien we hem eerst,' zei Peaks, die een volgende

straal tabak uitspoog toen we voor een deur met een kettingslot stonden. 'Als we hem horen voordat we hem zien, nou, berg je dan maar.'

'Wat een vrolijk nieuws.'

'Zo is het nu eenmaal.'

Op de deur was een papier geplakt waarop stond dat het perceel was geconfisqueerd, daarnaast hing een bord met VERBODEN TOEGANG erop. De Ranger negeerde beide, pakte het cijferslot en draaide eraan, hij had de combinatie van de bank in Lubbock gekregen die de beslaglegging had uitgevoerd.

Peaks duwde de deur open. Terwijl we onze zaklampen aanknipten wakkerde de wind nog verder aan; het was nu geen fluiten meer, het was een gehuil en geloei dat door het dak van het oude slachthuis heen kwam.

HOOFDSTUK 46

Het verlaten slachthuis en vleesverpakkingsbedrijf was voor het grootste gedeelte kaal gestript voor hergebruik en wachtte op de sloop.

'Heeft Oates hier als kind gewerkt?' vroeg ik.

'Van zijn negende tot zijn vijftiende, geloof ik. Hier heeft hij het vak geleerd.'

'Qua tijd zou het dus goed kunnen,' zei ik terwijl Peaks over een brede goot sprong waarvan hij me net had verteld dat die er was om het bloed en het vleesafval af te voeren.

Je zou denken dat een plek als deze nog steeds stonk, maar dat was niet zo. Het was er wel stoffig en vies, de muren leken op me af te komen.

Toen we een oude metalen wenteltrap bereikten leek de wind te gaan liggen. We klommen naar boven en ik meende een brommend geluid te horen, iets wat ik toeschreef aan de draaiende wind, want het werd meteen overstemd door nieuwe windvlagen die de muren deden trillen.

Naar aanleiding van de verontrustende dossiers die Peaks me had laten lezen probeerde ik me de plek als een druk bedrijf voor te stellen met de jonge Oates erbij.

Tanner Oates was als baby in een steeg in Galveston achtergelaten.

De jeugdzorg in Texas had op z'n minst een paar steekjes laten vallen in het geval van Oates. Toen zijn spraak zich niet verder ontwikkelde dan wat gegrom en gehuil begon zijn pleegvader, die ziek van deze geluiden werd, hem te slaan.

De jongen reageerde op zijn beurt als een wild dier, wat nog meer lichamelijk geweld tot gevolg had.

Pas op zijn negende werd hij gediagnosticeerd met een zware hardhorendheid. Vanaf dat moment kreeg hij in elk oor een gehoorapparaat en werd hij overgedragen aan de zorg van het echtpaar King, die hem leerden praten en lezen. Hij bleek een uitzonderlijk hoog IQ te hebben.

'Hier is het,' zei Peaks.

We stonden op een overloop, hij duwde een deur open die een grote lege kantoorruimte onthulde. Hij wees naar een hoek.

'Het lichaam van meneer King lag hier in een plas bloed. Het lichaam van zijn vrouw lag er loodrecht op. Ze waren allebei onthoofd. De hoofden zijn nooit teruggevonden.'

'Net als bij alle anderen,' zei ik. 'Het zijn z'n trofeeën.'

'Allemaal schedels nu,' zei Peaks.

'Je zei dat we een kijkje in het oude huis van de familie King konden nemen.'

'Ik zei dat ik het zou vragen.'

De Ranger haalde zijn telefoon tevoorschijn en keek op het scherm. 'Geen bereik hier. Ik probeer het even buiten.'

'Waar een tornado in aankomst is,' zei ik terwijl ik hem de trap af volgde.

'Dat klopt.'

Ik hield in en probeerde me voor te stellen wat Oates moest hebben meegemaakt om de enige mensen die ooit goed voor hem waren geweest te onthoofden. Het lukte me niet.

Toen ik halverwege de trap was liep Peaks al naar buiten. Ik verwachtte min of meer dat de wind de deur uit zijn hengsels zou trekken, maar net als eerder ging hij weer liggen.

En toen hoorde ik dat brommende geluid weer, het moest van de andere kant van de muur komen. Ik richtte mijn zaklamp en zag een deur, recht onder die van de eerste etage.

Terwijl de wind weer toenam liep ik erheen en probeerde de deurknop. Hij draaide.

Ik duwde hem open, liep naar binnen en zag de oorzaak van het brommende geluid: een Honda-generator stond voor een gat in de buitenmuur dat erin was gemaakt om de uitlaatgassen van het apparaat te ventileren. Vanaf de generator liep een dik elektriciteitssnoer dat achter een warboel van oude dozen, afval en andere troep die door de slooppleog was achtergelaten verdween. Ik volgde het snoer naar een grote, raamloze kamer die ook vol met rotzooi stond.

Ik liet mijn lichtbundel door de ruimte gaan en volgde het snoer, dat bij een grote, smerige witte kist bleek te horen. Ik schopte lege blikken en ander afval weg, liep ernaartoe en realiseerde me dat het een ouderwetse vrieskist was.

Toen ik de deksel opendeed schoot er een krachtige stroboscooplamp aan die me verblindde. Maar net voordat dit gebeurde had ik minstens twaalf menselijke hoofden in de ijskoude vriezer zien liggen.

Ik wankelde naar achter, sloot de deksel en hief mijn armen op om mijn ogen te beschermen tegen het licht, dat vanaf de muur achter de vrieskist leek te komen. Hoewel de wind hard raasde, meende ik in een fractie van een seconde iets te horen voordat er iets zeer krachtig van achteren om mijn nek sloeg.

HOOFDSTUK 47

De man hield zijn enorme onderarm zo hard tegen mijn luchtpijp aangedrukt dat ik dacht dat hij hem zou verbrijzelen. Zijn hoofd was vlak bij het mijne, over de wind heen hoorde ik zijn fluitende adem en gesnurk.

Ik ben zeker geen klein persoon, maar Oates sleepte me naar achteren alsof ik een kind was terwijl ik naar adem hapte en mijn pistool probeerde te pakken. Hij hakte in mijn rechterpols met een mes of iets dergelijks, het lemmet sneed tot op het bot door mijn vlees en pezen.

Ik schreeuwde het uit van pijn. Hij gromde van genot en sleepte me verder de ruimte in.

'Ik weet niet wie je bent,' zei Meat Man met een vreemd nasaal stemgeluid. 'Maar niemand komt hier onuitgenodigd op bezoek.'

Ik voelde hoe hij zijn voeten in de grond plantte om weer uit te halen met dat mes. Een diepe, instinctieve overlevingsdrang nam het van me over. En ik had mijn jarenlange training.

Ik drukte mijn kin stevig op zijn onderarm, zette me schrap en duwde mezelf naar achteren. Het bracht hem uit balans, wat me net genoeg ruimte gaf om linksom te draaien en mijn elleboog met volle kracht in zijn solar plexus te planten. Hierdoor had hij even geen adem meer, waardoor zijn greep verslapte en ik me los kon rukken.

De stroboscoop knipperde nog steeds en ik zag witte vlekken toen ik een paar stappen van hem af deed. Ik probeerde met mijn linkerhand mijn pistool te pakken, maar ik struikelde en viel op een groot verfblik. Ik voelde dat ik een rib moest hebben gebroken.

Over het gebrul van de wind heen schreeuwde Oates me iets toe, en ik wist dat hij eraan kwam. Ik kroop weg op handen en voeten en dacht: maak ruimte, pak het pistool, schiet hem neer.

Toen voelde ik iets in mijn kuit klieven, dwars door het vlees heen.

De pijn was verzengend. Ik rolde me op mijn rug en greep naar mijn kuit.

In het pulserende stroboscooplicht zag ik hem over me heen staan, en nu ook het grote, bebloede hakmes dat hij in zijn hand hield.

Oates ademde en snurkte nu zo hard dat hij wel een astmatisch varken leek. Hij leek in extase toen hij het hakmes hoog boven zijn hoofd hief om me af te slachten.

Er klonk een schot.

Oates' lichaam schokte, hij gaf een schreeuw en liet het hakmes midden in de uithaal uit zijn hand schieten.

Ik hoorde het met een klap vlak naast mijn hoofd neerkomen.

Er klonk nog een schot.

Meat Man stuiptrekte, wankelde, knalde tegen de vriezer met de afgehakte hoofden van zijn slachtoffers aan en zakte toen tussen het afval levenloos in elkaar.

Peaks rende naar me toe, greep mijn hand en drukte die op de gapende wond in mijn kuit waar het bloed uit spoot. Hij trok zijn kraakheldere witte overhemd uit, scheurde het in tweeën en bond een helft strak om mijn kuit en de andere om mijn pols. Toen hij hiermee klaar was zei hij: 'Er moet hulp voor je komen.'

'En hij?'

De wind buiten klonk niet meer als de branding van de zee. Het klonk alsof er een zware goederentrein door een tunnel op ons afkwam.

'Jezus,' zei Peaks.

'Wat is dat in godsnaam?'

'De tornado! Hij komt recht op ons af!'

HOOFDSTUK 48

Toen ik drie dagen na de toestand bij Dwight Rivers het George Washington University Hospital in liep, moest ik aan Meat Man en de tornado denken. Zelfs na zoveel jaar was ik er nog steeds verbaasd over hoe het natuurfenomeen Randall Peaks en mij op tweehonderd meter was gepasseerd. De tornado had niets overgelaten van de bijgebouwen, maar het slachthuis was intact gebleven.

Ik zag John Sampson in de hal naar me toe lopen.

'Heeft Mahoney je iets gezegd?' vroeg ik.

'Alleen maar om hierheen te komen. We moeten naar de vijfde etage.'

Sinds de avond waarop we het hoofd in Rivers' bunker hadden gevonden, waren we volledig buiten de zaak gehouden. Alles wat we erover wisten hadden we uit de media, die niet veel te melden hadden omdat Mahoney's team de details voor zich hield.

Toen ik gisteravond een item in het lokale nieuws bekeek, waarin de Shenandoah County Sheriff en een commandant van de Virginia State Police zich beklaagden over het feit dat ze buiten het onderzoek werden gehouden, kreeg ik een bericht van Ned met het verzoek of ik morgenochtend om negen uur in het ziekenhuis kon zijn.

Mahoney wachtte ons voor Rivers' kamer op. 'Zijn advocaat is binnen.'

'Zie je het al wat helderder?'

'Helder genoeg om je hierheen te laten komen, maar kun je me een plezier doen?'

'Altijd.'

'Als je nog eens zo'n zelfvernietigend bericht van M krijgt moet je tegelijkertijd de aan/uitknop en de homeknop indrukken. De telefoon maakt dan een screenshot dat in je fotomap terechtkomt.'

'Echt?'

'Dat heeft Rawlins me verteld.'

Voordat ik Mahoney kon zeggen hoe dankbaar ik was voor het in mij gestelde vertrouwen liep Sheila Cowles, Rivers' advocaat, de kamer uit. Cowles was een lange, magere vrouw van in de veertig, ze trok haar colbert recht en zei: 'Ik heb hem geadviseerd om jullie pas te spreken als hij zich beter voelt. Maar hij wil met jullie praten omdat hij zo snel mogelijk zijn versie van de gebeurtenissen wil geven.'

'En die willen we graag horen,' zei Mahoney. We volgden haar gedrieën de kamer in.

Rivers lag in een bed waarvan het hoofdeinde iets hoger was gezet. Er piepten monitors om hem heen en er zat een infuus in zijn linkerarm. Hij had gecompliceerde breuken in zijn rechterenkel en scheenbeen aan het ongeluk overgehouden, en dat been zat dan ook in het gips. Zijn gezicht was opgezwollen, maar niet genoeg om zijn diepblauwe ogen te verhullen, die ons oplettend aankeken toen we de kamer betraden.

Mahoney en Sampson toonden hun penningen. Ned deelde mee dat ik een FBI-consultant was.

Rivers bekeek me aandachtig: 'Dus u bent degene die mijn leven heeft gered?'

Hij had bij het ongeluk op zijn tong gebeten, dus was hij enigszins moeilijk te verstaan, maar ik knikte.

'Dank u wel,' zei hij.

'Geen dank.'

Mahoney zette de video-app op zijn telefoon aan, zette hem op een kleine standaard, richtte de camera op de patiënt en zei: 'Uw advocaat heeft verklaard dat u wil praten.'

'Ik wil jullie helpen. Op welke manier dan ook.'

Dat verbaasde me. Wat voor spel speelde Rivers? Het lag voor de hand dat hij zou zwijgen, toch?

'Meneer Rivers, voordat u iets zegt, u kunt u ook op uw zwijgrecht beroepen,' zei Mahoney.

'Dat weet ik. Maar ik heb niemand vermoord.'

'Meneer,' zei Sampson, 'we vonden het hoofd van een nog ongeïdentificeerde man op het derde kelderniveau van uw bunker, en daarna viel er een volgend hoofd – dat van een nog ongeïdentificeerde latino van in de veertig – uit uw Porsche nadat u het auto-ongeluk kreeg.'

'Dat heb ik gehoord. Ik wist niet dat het er lag.'

Rivers beweerde dat hij het grootste gedeelte van de bewuste dag in zijn werkkamer in het souterrain van het huis had doorgebracht, hij had achter zijn computer gezeten en een aantal telefoon- en FaceTime-gesprekken gevoerd met managers van bedrijven waarin hij investeerde. Hij zei dat hij aan de telefoon zat toen de donkere bestelbus in de regen arriveerde en bij zijn garage stopte.

Rivers zei dat hij zoveel leveranciers aan de deur kreeg dat hij een bericht op de garagedeur had geplakt met de mededeling dat ze hun levering daar moesten achterlaten als het pakket aan hem persoonlijk was gericht, ze moesten het in de hal van de bunker zetten als er PREP op het pakket stond.

'Dus u laat die bunker gewoon open?' zei Mahoney ongelovig.

'Overdag wel. Anders zou ik nergens meer aan toe komen. Dat is nooit een probleem geweest, ik woon op het platteland, begrijpt u? Niemand heeft er de deur op slot.'

'Wat was het voor levering?' vroeg Sampson.

'Dat weet ik niet precies. Ik koop veel dingen online. En er zijn mensen uit de buurt die voor me werken.'

'Die de bunker voor u hebben gebouwd,' zei Mahoney.

Rivers verstijfde. 'We leven in een vrij land. Iedereen mag zijn geld naar eigen inzicht uitgeven.'

Daar wilde ik wel over doorvragen, want wat was het voor paranoia die iemand ertoe bracht om in het westen van Virginia een Doomsday-fort te bouwen? Maar Ned was me voor: 'U hebt beveiligingscamera's bij de oprit staan.'

'Twee bewegingsgevoelige camera's aan het begin van de oprit en een bij de garage, de server staat in mijn werkkamer. De beelden van alle andere camera's komen op harddrives in de bunker terecht.'

'Geeft u ons toestemming om de beelden te bekijken?' vroeg Mahoney.

Ik kneep mijn ogen samen. Toestemming? Er zijn daar twee menselijke hoofden gevonden. De FBI had deze beelden allang moeten bekijken. Ze hadden Rivers' mierenhoop allang binnenstebuiten moeten keren.

'Natuurlijk, u bent vrij om alle beveiligingsbeelden te bekijken,' zei Rivers.

'Kunt u ons vertellen wat we erop zullen aantreffen?'

HOOFDSTUK 49

Rivers zei dat de beveiligingsbeelden zouden laten zien dat hij iets na vieren in de stromende regen zijn terrein had verlaten om in Madison een spanzaag te kopen voor de snoei van de appelbomen, bleekmiddel om een gedeelte van zijn bunker te behandelen tegen ongedierte en plasticfolie voor een schilderklus.

Rivers zei dat hij bij zijn terugkomst direct met zijn aankopen naar de bunker was gereden, precies zoals we het op de camera van mijn drone hadden gezien. Hij was naar binnen gegaan en had drie pakketten in de hal achter de deur aangetroffen.

Hij liet ze voor later staan, beklom de drie bovengrondse wenteltrappen naar de container met de computers om te zien of de beveiligingscamera's werkten en was toen naar zijn ondergrondse werkplaats gegaan.

'Toen zag ik de met bloed bedekte handzaag liggen en...' Zijn stem dwaalde af en werd zachter. 'En toen zag ik dat... dat hoofd.'

Hij sloot een moment lang zijn ogen. 'Nog nooit in mijn leven ben ik zo geschrokken.'

Rivers beweerde dat hij met weke knieën naar het hoofd was blijven kijken en zich afvroeg wie het daar had neergezet en wat hij moest doen.

'Toen hoorde ik mensen over de trap naar beneden komen,' vervolgde Rivers. 'Ik hoorde ze voor de deur van de werkplaats staan en ik dacht: dat zijn vast de moordenaars. Ze hebben dat hoofd daar neergezet, en nu komen ze voor mij.'

Hij zei dat hij naar de andere kant van de werkplaats was gerend en de ladder was opgeklommen om de tunnel naar zijn huis te bereiken.

Ik sloot mijn ogen even. Wij waren het geweest die hem uit de werkplaats hadden verjaagd. Wij waren de mensen die over de trap naar beneden kwamen.

'Heeft die tunnel nog een andere uitgang?' vroeg ik.

'Nee,' zei Rivers. 'Hoezo?'

Ik dacht aan het feit dat iemand ons in de mierenhoop had opgesloten, en ik hoopte dat het Rivers was geweest, dat zou zijn verhaal onderuithalen. 'Ik wilde het alleen maar even weten,' zei ik.

Rivers vervolgde zijn verhaal. Toen hij de kelder van zijn huis had bereikt overwoog hij 911 te bellen, maar hij besloot uiteindelijk dat het een beter idee was om direct naar het bureau van de sheriff in Madison te rijden.

'Ik sprong in mijn Porsche, reed de garage uit en daar waren ze,' zei hij. 'Ze reden met een noodgang vanaf de bunker naar me toe, de koplampen schenen recht in mijn ogen. Ik wist dat ik ze met de Porsche het nakijken kon geven, maar ik ging op die gladde weg te hard door de bocht en de wagen sloeg over de kop.' Rivers trok een gezicht. 'En dat is alles wat ik weet. Ik bedoel, het verbaast me eigenlijk dat ik nog in leven ben.'

Mijn maag draaide zich om. Ik was degene geweest die hem had opgejaagd, niet degene die het hoofd in de kelder had achtergelaten.

Zijn advocaat hield haar hoofd scheef en keek eerst Sampson en daarna mij aan. 'Hoe kan het dat jullie zo snel ter plekke waren na het ongeluk?'

'Die vraag zullen ze zo beantwoorden, mevrouw,' zei Mahoney net iets te snel. Hij keek Rivers aan. 'Hoe denkt u dat die hoofden daar terecht zijn gekomen?'

Rivers zoog wat water uit een glas met een rietje en zei: 'Dat heb ik me ook af zitten vragen. Het moet die man van de pakkettendienst zijn geweest, of iemand anders die mijn terrein is binnengedrongen toen ik in de bouwmarkt was. Kijk maar naar de beveiligingsbeelden.'

'Dat zullen we doen,' beloofde Mahoney. 'Zou iemand een reden kunnen hebben om u erin te luizen, meneer Rivers? Vijanden?'

'Mijn twee ex-vrouwen? Drie of vier boze ex-vriendinnen? Nee, dat denk ik niet. Misschien dat ze om de een of andere reden mijn ballen eraf zouden willen hakken, maar ik zie ze geen hoofden afhakken om mij ervoor op te laten draaien.'

'Wie is Maxine?' vroeg ik.

Rivers fronste. 'Bedoel je mijn kat?'

'Uw kat?' zei Sampson.

Ik sloot mijn ogen weer.

'Ja,' zei Rivers. 'Ik houd haar in de bunker om de muizen te vangen. Maar ze kan erg lastig zijn. Probeer dat loeder maar eens te vinden als ze haar medicijn moet hebben.'

Rivers' advocaat maakte aantekeningen en hield ons nauwlettend in de gaten. Ze zei: 'Ik heb wat vragen voor jullie.'

'Als we ze kunnen beantwoorden, dan zullen we dat doen,' zei Mahoney.

'Dit houdt allemaal verband met die ontvoeringszaak in Ohio, toch?' zei ze. 'Diane Jenkins? Er was een hoofd in een FBI-wagen achtergelaten bij een poging het slachtoffer te bevrijden. De betrokken agenten werden niet genoemd, maar daar was u toch bij, special agent Mahoney?'

'En ik,' zei ik op effen toon.

Cowles knikte en zei: 'En dit is allemaal het werk van de mysterieuze M?'

'Wie is M?' vroeg Rivers.

'We kunnen die vraag vooralsnog niet beantwoorden,' zei Mahoney tegen Cowles.

'Maar de zaken zijn aan elkaar gerelateerd?' vroeg de advocaat.

'Ja,' zei ik.

Ze hief haar kin. 'Ik wist het. Maar waarom zou M twee hoofden op het terrein van mijn cliënt achterlaten? En, ik zeg het nog eens, waarom waren jullie daar sowieso, doctor Cross? Rechercheur Sampson?'

'Mevrouw Cowles, dit is een gecompliceerd federaal onderzoek...' begon Mahoney.

'Maar alleen de waarheid zal ons hieruit kunnen helpen,' zei ik terwijl ik mijn handpalmen ophield. 'Meneer Rivers, mevrouw Cowles, u hebt het recht om te weten hoe het is gegaan, wat voor consequenties dat ook voor mij zal hebben.'

HOOFDSTUK 50

Als ik iets van Nana Mama heb geleerd, dan is het dit: als je het hebt verknald, geef het toe en aanvaard de consequenties. Als je een grens hebt overschreden, geef het toe en aanvaard de consequenties. Als je tekort bent geschoten in je oordeel of voorringenomen bent geweest, geef het toe en aanvaard de consequenties.

'Elke andere reactie is misleiding en vluchtgedrag, wat de consequenties uiteindelijk alleen maar zwaarder zal maken,' vertelde mijn oma me toen ik een jongen was. 'Wie zijn billen brandt moet op de blaren zitten, Alex, en daarna ga je weer verder.'

Nana Mama's advies was maar al te vaak waar gebleken, dus ook in Rivers' ziekenhuiskamer nam ik het ter harte. In de daaropvolgende twintig minuten vertelde ik hen het verhaal in grote trekken, van het eerste contact met M tot het Wckr-bericht, dat ik vlak voordat Rivers het menselijke hoofd in de ondergrondse vertrekken van zijn bunker ontdekte had ontvangen. Waarna ik hem had opgejaagd en uiteindelijk uit het wrak van zijn sportwagen had bevrijd.

'We dachten nog steeds dat u M was. Gelukkig waren we bij u voordat de auto explodeerde.'

'Gelukkig?' zei Rivers' advocaat. 'Mijn cliënt zou geen ongeluk hebben gehad als u hem niet had opgejaagd. Hij zou niet op de vlucht zijn geslagen als hij u en rechercheur Sampson niet die trap af had horen komen. En zijn rechten zouden niet zijn geschonden als u zijn bunker niet wederrechtelijk zou hebben betreden, doctor Cross, en dat twéé keer!'

Ik hief mijn handen op. 'Dat is waar. Maar daar wil ik tegenin brengen dat ik, in weerwil van alles, erop hoopte dat ik Diane Jenkins, of bewijs van haar aanwezigheid in meneer Rivers' bunker zou aantreffen.'

'Nee, u hoopte dat u bewijs zou vinden dat mijn cliënt M was.'

'Dat ook, dat geef ik toe.' Ik richtte me tot Rivers, die me aandachtig aankeek. 'Ik ben al jaren op jacht naar M, meneer Rivers. M heeft me getart, bedreigd en hij cirkelt om me heen. Hij betrekt rechercheur Sampson en special agent Mahoney er ook nog eens bij. Ik ben obsessief, maar mijn hart zit op de goede plek. Ik wilde alleen maar dat er niet nog meer ontvoeringen, verwurgingen en onthoofdingen uit naam van M zouden plaatsvinden.'

Cowles snoof uitdagend en zei: 'Leuk geprobeerd. Kijk wat er met mijn cliënt is gebeurd nadat uw obsessie de overhand kreeg. Tot ziens in de rechtbank, heren.'

'Dat is dan duidelijk,' zei Mahoney misprijzend. 'Ik denk dat we hier klaar zijn.'

'Nee,' zei Rivers. 'En er zal geen rechtszaak van komen.'

'Dwight...' zei zijn advocaat.

'Er komt geen rechtszaak, Sheila,' zei hij resoluut. 'Zelfs als ze me niet achtervolgden, zou ik veel te hard hebben gereden op zo'n weg. Ik had wel dood kunnen zijn als zij er niet waren geweest.'

'Nou, zo zie ik het absoluut niet.'

Rivers keek me ingespannen aan. 'Hij is je professor Moriarty, toch, Cross? Deze M?'

Ik begreep de verwijzing naar Sherlock Holmes eeuwige tegenstander en haalde mijn schouders op. 'Zo zou je het kunnen stellen, ja,' zei ik.

'Holmes was zo geobsedeerd met Moriarty dat het hem bijna het leven kostte.'

'Dat klopt.'

Rivers bleef me ingespannen aankijken. 'Ik weet niet of ik

nu blij moet zijn of moet walgen van het feit dat u dacht ik M zou kunnen zijn, of eigenlijk, dat jullie computers dat hadden bepaald.'

'Mijn excuses voor de computers en mijn acties.'

Hij lachte. 'Als ik één ding heb geleerd van de tech-wereld, dan is het wel dat je nooit de daden van een computer kunt excuseren. Hij volgt de commando's op die hij krijgt. Niets meer, en niets minder.'

'Dwight,' zei zijn advocaat. 'Ik denk dat...'

Zijn ogen lichtten op. 'U heeft hem nu toch, denkt u niet, doctor Cross? M? Hij zal op de beveiligingsbeelden staan. U bent er bijna, toch?'

'Wel als M de koerier was. Ik hoop het...'

Cowles beet op haar lip.

'Maar hoe wist M dat u mij in de gaten hield? Hij heeft de hoofden in mijn werkplaats en auto achtergelaten en u een bericht gestuurd, dus hoe wist hij dat?'

'Dat weet ik niet.'

Rivers wenkte zijn advocaat. Hij fluisterde zo zacht dat ze zich dichter naar hem moest toebuigen terwijl hij zijn woorden herhaalde. Ze luisterde, wierp een blik op me en knikte.

Cowles liep naar me toe en fluisterde: 'Neem uw telefoon mee naar de gang en zet hem uit.'

HOOFDSTUK 51

Ik haalde mijn iPhone tevoorschijn, wierp er een blik op en keek toen Rivers aan. Hij knikte.

Ik liep naar de gang en zette hem uit, daarna liep ik naar de verpleegkundigenpost en vroeg of ik hem daar even achter mocht laten. Toen ik terug in de kamer was zei Rivers: 'Ik zou hem in de DFU-mode zetten als ik u was.'

'Wat is dat?'

'Het vernietigt elke app die een hacker op de microfoon en de camera van je telefoon heeft geïnstalleerd. Googel het maar. DFU.'

Ik knikte en voelde me overvallen, bekeken en bespioneerd. Ik moest erachter zien te komen hoe M mijn telefoon had gehackt en wie weet wat verder nog. Maar hoe?

Er kwam een verpleegkundige binnen om te zeggen dat Rivers een scan moest hebben.

'Goed, we laten u verder met rust,' zei Mahoney, die naar Sampson en mij gebaarde om te vertrekken.

Ik stopte bij de verpleegkundigenpost om mijn telefoon op te halen, daarna liepen we door de gang naar de lift.

'Je had al naar die beveiligingsbeelden gekeken,' zei Sampson toen de deuren dicht waren gegleden en de lift in beweging kwam.

'Ja, naar elke minuut ervan,' zei Mahoney. 'En het verhaal van Rivers klopt volledig.'

‘Heb je de pakketbezorger gezien?’

‘Vanuit verschillende hoeken. En op geen van de beelden is zijn gezicht te zien.’

‘En de bestelbus?’

‘Getinte ramen. Geen opschriften. Gestolen nummerborden.’

‘Dus het was hem,’ zei ik. ‘M.’

‘We hadden zijn gezicht kunnen hebben als jij geen modder op die camera boven de deur had gesmeerd,’ zei Mahoney. ‘We konden alleen maar zijn gestalte zien toen hij de dozen afleverde en daarna terugkwam om jullie in te sluiten.’

Ik perste mijn lippen op elkaar en blies mijn wangen op. ‘Wat een blunder.’

‘Dat zou ik ook zeggen.’

De deur gleed open.

We liepen de lift uit en verlieten het ziekenhuis.

‘Ik denk dat Rawlins onmiddellijk naar je telefoon moet kijken,’ zei Mahoney.

‘Ik begrijp het,’ zei ik. ‘Ik breng hem nog vandaag.’

Mahoney aarzelde en keek me toen indringend aan. ‘Rivers had je helemaal gek kunnen procederen, Alex, en hij zou het nog gewonnen hebben ook.’

‘Nou, als het aan Cowles ligt, gaat dat nog steeds gebeuren.’

‘De FBI houdt er niet van als haar medewerkers voor de rechter worden gesleept.’

Ik voelde me rood worden. ‘Ik heb het begrepen. Het zal nooit meer gebeuren, dat beloof ik je.’

‘Zelfs de besten van ons slaan weleens de plank mis.’ Hij schudde mijn hand en liep weg. Sampson, die opvallend stil was geweest, zei dat hij naar zijn kantoor ging om nog wat werk af te maken.

‘Alles goed?’ vroeg ik.

Samson sloot een oog en knikte lichtjes. ‘Dat wel, maar ik word er niet vrolijk van. Het had nog erger kunnen zijn dan de rechtbank. Wat jij deed had me mijn baan kunnen kosten.’

Ik voelde een knoop in mijn maag, want diep vanbinnen wist ik dat hij gelijk had. 'Het spijt me, John.'

'Dat weet ik. Geef me wat tijd om het te laten bezinken, oké?'

De beste vriend die ik ooit heb gehad schonk me een triest glimlachje, draaide zich toen om en sjokte weg.

Ik keek hem na tot hij om de hoek was verdwenen. Ik besloot om naar huis te wandelen zodat ik alles nog eens rustig kon overdenken en vanavond met een lichter gemoed de zoveelste universiteitscoach kon ontvangen die Jannie bij zijn of haar team wilde inlijven.

Terwijl ik wandelde probeerde ik Sampson uit mijn hoofd te zetten en moest ik aan Rivers denken. Als hij gelijk had, dan volgde M op dit moment mijn route. Of dat zou hij gedaan hebben als ik mijn telefoon zonet niet had uitgezet.

Ik was nu dus onzichtbaar voor hem, maar ik vroeg me wel af hoe M in godsnaam mijn telefoon had weten binnen te dringen. Volgens de Wckr-website hoefde iemand me alleen maar te bellen als hij via de app contact met me wilde maken. Zolang ik de app had zou er dan een bericht verschijnen.

Ik nam aan dat er verschillende manieren waren om aan mijn nummer te komen, maar dat verklaarde nog niet hoe hij mijn wandelgangen kon volgen en misschien wel gesprekken kon afluisteren. Was M dichtbij genoeg geweest om mijn telefoon over te nemen terwijl ik hem gebruikte? Maar wanneer? En waar?

Het was gekmakend dat M me steeds drie stappen voor was. Of was hij juist drie stappen achter me en werd ik op dit moment gevolgd?

Ik voelde een golf van paranoia door me heen gaan, en ik keek om me heen om te zien of ik niet werd gevolgd. Er liepen mensen achter me op het trottoir, en ook aan de overkant van de straat. Maar niemand die me in de gaten leek te houden of zich verdacht gedroeg.

Ik maakte een paar omwegen om er zeker van te zijn dat niemand me volgde, en tegen de tijd dat ik de National Mall bereikte wist ik zeker dat ik alleen was. Toen ik in zuidoostelijke richting Fifth insloeg bedacht ik me dat ik Rawlins maar beter nu kon bellen om hem te vragen naar mijn huis te komen. Ik zou hem natuurlijk nog niet vertellen waar het om ging.

Ik zette mijn telefoon aan, belde hem en liet een bericht achter waarin ik hem vroeg me thuis op mijn vaste lijn te bellen. Ik zag dat ik twee WhatsApp-berichten had; een van Jannie die me eraan herinnerde op tijd thuis te zijn voor het bezoek van de coach en een van Nana Mama die me vroeg een pak melk mee te nemen.

Ik vroeg me af of M mijn berichten kon lezen en wilde de telefoon net weer uitzetten toen ik het bekende gongachtige geluid hoorde. Er verscheen een Wckr-bericht op het scherm.

Je wordt lekker in de vissoep gaargekookt, hè? Of zal ik zeggen, een pan vol vissenkoppen? Snap je 'm? Vissenkoppen. Vissenkoppen. Slok ze maar allemaal op, yummie!
Genoeg gekkigheid. Het begint nu interessant te worden, Cross.
Binnenkort wordt alles duidelijk.
M staat voor...

Voordat het bericht weer weg zou zijn deed ik wat Mahoney me had gezegd: ik drukte tegelijkertijd de aan/uitknop en de homeknop in.

Het scherm flitste, net voordat het bericht verdween.

HOOFDSTUK 52

Het screenshot zat in mijn fotomap toen Keith Karl Rawlins naar mijn huis kwam om de telefoon op te halen. Het was halfzeven 's avonds en we spraken elkaar op de veranda nadat hij had aangeklopt.

'Denk je dat je kunt uitvinden hoe hij mijn gangen weet te volgen?'

'Absoluut,' zei Rawlins nadat hij het screenshot had bekeken. Hij zette de telefoon uit en stopte hem in een beschermend hoesje. 'De truc is om het zo te doen dat hij het niet merkt.'

'En, kun je dat?'

Hij wierp me een hooghartige blik toe en zei: 'Met m'n ogen dicht.'

'Rivers zei dat ik hem in de DFU-mode moest zetten, maar ik heb er geen idee van wat dat is.'

'Dat staat voor "device firmware update",' zei hij knikkend. 'Het zal het virus eruit halen, maar ik wil eerst eens kijken wat voor gemeens hij erin heeft geplant voordat ik dat doe.'

Rawlins vertrok. Ali kwam eraan gefietst op zijn mountainbike, grijnzend en bezweet.

'Lekker gefietst?' vroeg ik.

'Het is ongelooflijk wat sommige jongens met hun mountainbike kunnen.'

'En kapitein Abrahamsen?'

'Hij was er niet. Hij had een lange rit met z'n team.'

‘Ga douchen. Na het eten komt er een coach op bezoek voor Jannie.’

‘Hebben ze ook beurzen voor mountainbikers op die universiteit?’

‘Ik heb geen idee. Douchen!’

We waren net de vaatwasser aan het inruimen en Jannie was naar boven om haar huiswerk te mailen toen de bel ging. Ik deed de deur open en trof een lange, slanke vrouw van achter in de dertig aan in een blauw broekpak met een aktetas in haar hand.

Ze glimlachte, gaf me een hand en zei: ‘Ik hoop dat ik niet te vroeg ben.’

‘Absoluut niet, coach Wilson. We zijn vereerd. Kom binnen.’

Coach Rebecca Wilson trainde het prestigieuze dames-atletiekteam van de University of Texas in Austin.

‘Fijn dat u tijd voor me heeft, doctor Cross,’ zei ze.

‘We besteden onze tijd graag aan iemand die belangstelling voor Jannie heeft,’ zei ik terwijl ik haar binnenliet.

Wilson had zich in haar jongere jaren met de zevenkamp beziggehouden. Ze was er twee keer nationaal kampioen in geworden, dat was waar we haar van kenden.

Jannie had tot op heden haar beste prestaties op de baan geleverd, maar een privécoach die mijn dochter al vroeg in de kijker had gekregen zei altijd dat ze bredere atletiekkwaliteiten had en dat ze uitermate geschikt was voor de zevenkamp, het zwaarste atletiekevenement. We hoopten dat coach Wilson haar een alternatief kon bieden voor haar toekomstige prestaties in een universiteitsteam.

‘Wat ruikt het hier heerlijk,’ zei ze terwijl ze haar jas ophing.

‘Mijn grootmoeder heeft een appeltaart voor u gebakken.’

‘O, dat is een favoriet van me,’ zei coach Wilson. ‘En een van de redenen waarom ik elke dag na het opstaan een flink eind ga hardlopen.’

‘Ik kan me voorstellen dat dit soort kennismakingstripjes afmattend zijn.’

'Als je het beste wilt hebben, dan moet je daar tijd in stoppen. Waar is Jannie eigenlijk?'

'Ze is boven haar huiswerk aan het mailen.' Ik ging haar voor naar de keuken, waar Nana Mama, Bree en Ali zaten te wachten.

Nadat hij had gehoord dat de University of Texas geen beurs aan mountainbikers toekende vertrok Ali om een video van een race te bekijken. Ik had iedereen aan elkaar voorgesteld en we kletsten wat toen Jannie naar beneden kwam. Ze zag er beter uit dan in lange tijd, al was ze wel wat vermagerd en had ze nog steeds ietwat ingevallen ogen.

Coach Wilson glimlachte haar toe, gaf haar een hand en bekeek haar aandachtig. 'Wat fijn om je eindelijk eens te ontmoeten, Jannie.'

'Insgelijks, coach Wilson,' zei mijn dochter. 'We zijn blij dat u hier helemaal naartoe hebt willen komen.'

'Ik denk dat ik niet de eerste coach ben die interesse in je heeft.'

Jannie glimlachte. 'Dat klopt, er zijn er al een paar langs geweest.'

'Oregon?'

'Ja.'

'En wie nog meer, als ik het vragen mag?'

'Arizona, University of Southern California en Duke,' zei ik.

'Dat is indrukwekkend voor een junior. Hebben ze ook aanbiedingen gedaan?'

'Alleen nog maar mondeling,' zei ik.

'Niets op papier? Je hebt nog geen contracten getekend?'

'We hebben het aangehoord en denken erover na,' zei Nana Mama. 'Zoals u al zei, ze is nog een junior.'

Wilson leek hier tevreden mee te zijn. Ze trok een zakelijk gezicht en haalde een schrijfblok tevoorschijn.

'Ik heb wedstrijden van je gezien toen je eerstejaars was, ook nog de twee tweedejaarsraces, en ik heb indrukwekkende video's gezien,' begon ze. 'En natuurlijk dat hoogtepunt tijdens de ESPN, toen je je voet blesseerde op de vierhonderd meter. Hoe is het met die voet, trouwens?'

Jannie wierp me een blik toe voordat ze zei: 'Beter dan ooit, ik heb nergens meer last van.'

'Mooi. Dat is goed om te horen. Doctor Cross, heeft u daar een medisch attest van?'

Ik fronste, dat was me nog nooit eerder gevraagd. 'Ik weet zeker dat we aan de orthopeed kunnen vragen om iets dergelijks op papier te zetten, maar is het niet belangrijker hoe zij zich voelt?'

'Natuurlijk,' reageerde coach Wilson. 'Maar wij overwegen om veel tijd en geld in uw dochter te investeren, en dan willen we graag zeker weten of het de moeite waard is. Ik neem aan dat u dat begrijpt.'

Voordat ik iets kon antwoorden richtte ze zich weer tot Jannie. 'Ik hoorde dat je ziek bent geweest?'

'De ziekte van Pfeiffer,' zei Jannie. 'Maar ik voel me al stukken beter.'

De coach schreef iets in haar schrijfblok en keek op. 'Ben je vaak ziek, Jannie?'

HOOFDSTUK 53

Jannie keek me aan. Nana Mama en Bree ook. Dit gesprek ging een onverwachte richting op.

Ik haalde mijn schouders op en zei: 'Ze is niet vaker ziek dan mijn andere kinderen, toch, Nana?'

'Dat klopt,' zei mijn grootmoeder. 'Waarom vraagt u dat, coach Wilson?'

Wilson glimlachte en legde haar pen en schrijfblok weg. 'De zevenkamp is zwaar, zowel fysiek als mentaal. Twee dagen, zeven onderdelen. En de training ervoor is nog zwaarder, het is een ware uitputtingsslag.'

'Leg dat eens uit,' zei Bree.

Wilson haalde een dik boekwerk met een ringband eromheen uit haar aktetas. 'Dit is het trainingsschema voor mijn huidige atleten. Ze moeten er elke dag mee aan de slag, driehonderdvijfenzestig dagen per jaar.'

Ze begon de trainingsonderdelen te beschrijven – gewichten, plyometrics en behendigheidstrainingen buiten het seizoen, dan eindeloze trainingssessies en het schaven aan de techniek als de wedstrijden komen, die je conditioneel aan moet kunnen en waar je goed van moet kunnen herstellen.

'Begrijpt u nu hoe dat een jonge vrouw kan uitputten?' vroeg Wilson. 'Begrijpt u hoe iemand kan instorten in zo'n omgeving, zo'n snelkookpan?'

'Dat begrijp ik,' zei Nana Mama. 'Is er ook nog tijd om te studeren in dat boek van u?'

'Zeker,' zei Wilson. Ze aarzelde een moment en zei toen: 'Ik zal het jullie eerlijk zeggen, en ik hoop dat de andere coaches die jullie spreken dat ook zullen doen. Als je op het hoogste niveau wilt meetellen bij de zevenkamp, en daar bedoel ik een niveau mee dat je tot de Olympische Spelen zal brengen...'

'Ja?' zei Jannie.

'... dan geloof ik dat je vanuit zo'n trainingsperspectief je studie-inspanningen tot het minimum zal moeten beperken.'

'Wát?' zeiden mijn oma en ik tegelijkertijd. Dat klonk niet goed.

Wilson hief haar handen op. 'Luister. Tijdens mijn NCAA-carrière beperkte ik mijn studie tot het minimum, om extra tijd te hebben om te trainen. Voor de vakken die ik wel deed zette ik me volledig in. Uiteindelijk kostte het me vijfenhalf jaar om af te studeren, maar ik ben wel cum laude geslaagd. Daarnaast ben ik twee keer nationaal kampioen geworden en heb ik aan de Olympische Spelen deelgenomen.'

Hier waren we even stil van.

Jannie keek me aan. 'Dat klinkt logisch, pap. Ik bedoel, ik maak me zorgen hoe ik straks op de universiteit trainen en studeren moet combineren.'

'En die zorgen zijn op zijn plaats,' zei de coach. 'Ik weet hoe zwaar het voor een meid als jij kan zijn als ze zowel topatleet als modelstudent wil zijn.'

Het bleef even stil, waarop Bree zei: 'Ik zie de logica er wel van in. Het minimum aan studieprestaties, bedoel ik. Als ze tenminste besluit om voor de zevenkamp te trainen.'

'Wat als ze alleen maar hardloopt?' vroeg ik.

'Ze zou fulltime kunnen studeren als ze alleen maar hardloopt, maar dat zal dan waarschijnlijk niet aan de University of Texas zijn.'

Daar schrokken we van.

'Dus u bent niet in Jannie geïnteresseerd als ze alleen maar zou hardlopen?' vroeg ik.

'Ik zou natuurlijk van gedachten kunnen veranderen, maar op dit moment niet.'

'Ik begrijp het niet,' zei Nana Mama. 'Er zijn al vijf universiteiten met een grote atletiekreputatie langs geweest om haar een aanbod te doen.'

'Dat weet ik, en ik doe haar vandaag geen aanbod.'

We zeiden allemaal niets. Jannie rechtte haar rug. 'Doet u me geen aanbod als hardloopster, of doet u me geen aanbod voor de zevenkamp?'

'Allebei niet, en ik zal je vertellen waarom,' zei coach Wilson rustig en op vriendelijke toon. 'Ik heb video's van je bekeken uit je eerste juniorjaar en ik heb met je coaches gesproken, en ik heb zelden zo'n talent als jij gezien. Je was als een eenhoorn met een grenzeloos potentieel. Maar toen brak je een voetbeentje.'

'We hebben u al gezegd dat die voet goed is genezen,' zei ik geërgerd. 'En ze heeft geschitterd op haar laatste indoorwedstrijden.'

'Ik heb het gezien, geloof me maar. Maar ik zal u mijn dilemma uitleggen. Sinds haar eerste jaar als junior heeft ze negen wedstrijden gelopen, waarvan er maar één outdoor was. En met het voorjaarsseizoen aan de deur heeft ze Pfeiffer gekregen, dus het is niet waarschijnlijk dat ze nog een behoorlijke outdoorrace zal lopen, niet zoals het er nu voorstaat, tenminste... en voor zover ik weet heeft ze nog niet aan wedstrijden van de andere disciplines van de zevenkamp meegedaan.'

'Ted McDonald, een onafhankelijke coach, heeft haar de afgelopen drie jaar in elke zevenkampdiscipline getraind.'

'Ik heb het er met coach McDonald over gehad. Hij is de belangrijkste reden waarom ik hier ben.'

Nana Mama sloeg haar armen over elkaar. 'Om haar te vertellen dat ze geen beurs van Texas zal krijgen? Dat had u ook over de telefoon kunnen afhandelen.'

Coach Wilson glimlachte. 'Ik ben hier om Jannie aan te moedigen zo goed mogelijk te herstellen, en om fit genoeg te worden om deze zomer een serie keurwedstrijden in het land te lopen. Ik of een van mijn assistenten zal bij al deze races aanwezig zijn, en dan zullen we zien of de eenhoorn er nog steeds is...

Als Jannie in de zevenkamp is geïnteresseerd, wat mijn voorkeur heeft, dan zal ze meer moeten doen dan deze wedstrijden. Ik zou graag zien dat ze aan ten minste twee wedstrijden in andere disciplines meedoet. Verspringen, en, laten we zeggen, speerwerpen. Maar die keuze is aan haar. Als deze prestaties me bevallen, dan zal ik terugkomen met het aanbod van een beurs voor vijf jaar, en dat op papíer, en met een volledig trainingsschema.'

Coach Wilson stond op en verliet ons een paar minuten later, ik liet haar uit terwijl de rest aan de keukentafel bleef zitten.

'Ze was anders dan al die eerdere coaches,' zei Nana Mama toen ik terug was. 'Die vielen allemaal op hun knieën voor Jannie.'

'Misschien dat ik gewoon maar de coach van Oregon moet bellen om hem te zeggen dat ik zijn aanbod accepteer,' zei Jannie gelaten.

'Dat zou de makkelijke weg zijn, Jannie,' zei ik. 'Maar weet je, coach Wilson was je daarnet niet aan het neerhalen. Ze probeerde je te stimuleren.'

'Dat ik moet bewijzen dat ik het waard ben?'

'Daar gaat het om, toch? Dat je het dubbel en dwars waard bent?'

'Dat zal wel, ja,' zei ze met weinig enthousiasme.

'Je dacht toch niet dat het allemaal zó makkelijk zou gaan?' vroeg mijn grootmoeder.

'Dat gevoel had ik wel bij de andere coaches.'

'Wie iets wil bereiken zal zich daarvoor moeten inspannen, jongedame.'

Jannie zuchtte, liep naar haar overgrootmoeder toe en omhelsde haar. 'Je hebt gelijk, Nana. Hoe komt het toch dat je altijd gelijk hebt?'

'Niet altijd,' zei Nana. 'Maar wel vaak genoeg.'

HOOFDSTUK 54

Ik pakte een trainingsjack met capuchon en liep naar de veranda. Het was zo'n zestien graden, een prachtige maartse avond met de geur van bloesem in de lucht.

Maar mijn hart voelde zwaar toen ik in Nana's schommelstoel ging zitten.

Bree kwam naar buiten en ging naast me zitten.

'Je weet het maar nooit, toch?' zei ze.

'Wat niet?'

'Welke kant het op zal gaan.'

'Met Jannie?'

'Ja. Ze is het nog aan het verwerken. Wat vind jij?'

'Ik vind het goed zo.'

'Zo zie je er niet uit.'

'Sampson,' zei ik en ik vertelde haar het hele verhaal.

Toen ik klaar was, zei Bree: 'Hij had gelijk. En het was goed van hem om het je te zeggen.'

'Dat weet ik, en ik voel me er nu ellendig over... maar op dat moment dacht ik dat ik het juiste deed.'

Ze boog zich naar me toe en sloeg haar arm om mijn schouders. 'Je ging op het gevaar af, dat is wat meer dan negenennegentig procent van de mensen zou doen.'

'Het was erger dan dat, Bree.'

'Nee, dat was het niet. Of was het soms je bedoeling om Sampson mee te trekken in een situatie die hem zijn baan had kunnen kosten?'

'Nee.'

'Nou dan,' zei Bree en ze omhelsde me stevig. 'Je bent even uit koers geraakt, maar je hebt geen schipbreuk geleden. Een navigatiekwestie, dat is alles.'

Ik glimlachte. 'Het leven als een schip op zee?'

Ze lachte en kuste mijn wang. 'Zoiets.'

'Dank je.' Ik kuste haar terug.

'Waarvoor?'

'Voor je geloof in mij.'

'Voor altijd en eeuwig, Alex Cross.'

Ik voelde me stukken beter over Bree en mij, maar tussen mij en Sampson was er nog niets veranderd. Mijn gezicht moest boekdelen hebben gesproken, want ze zei: 'Misschien dat je even met John moet praten.'

'Jij hebt ook alles door, hè?'

'Zo ken ik er nog een.'

'Ik rij er even heen om bij hem aan te kloppen. Om het goed te maken.'

Bree gaf een klopje op mijn borst en zei: 'Je zult er beter door slapen.'

'Dat denk ik ook.'

'Ga dan maar, ik zal op je wachten.'

Ik ging achter het stuur zitten, zette de koplampen van mijn oude Mercedes aan en sloeg even later Fifth in.

Ik zag een lichtbundel langs mijn achteruitkijkspiegel glijden, ik wierp er een blik in en zag zo'n honderd meter achter me een zwarte SUV hetzelfde doen.

Ik reed naar Sampsons huis, een route die ik geblinddoekt kon afleggen, of in elk geval zonder op te hoeven letten, wat me goed uitkwam, want ik was ergens anders met mijn gedachten.

Het screenshot met M's laatste bericht zat in mijn telefoon, maar ik hoefde het er niet bij te pakken om mijn geheugen op te frissen. De eerste drie of vier zinnen, de tergende toon en dat gedoe over de vissenkoppen waren bedoeld om me angst aan te jagen, om me eraan te herinneren dat M bizar en onvoorspelbaar was, en dat hij het op mij had gemunt. Hij probeerde me onder druk te zetten, maar het was niet moeilijk om die eerste vier zinnen naast me neer te leggen.

Met de laatste drie zinnen lag dat anders.

Het begint nu interessant te worden, Cross. Binnenkort wordt alles duidelijk.

M staat voor...

Volgens mij was zijn spel erop gericht om me in tijdnood te laten komen, om me mentaal op te laten branden terwijl ik op zijn volgende zet wachtte. Maar er was meer.

'Hij weet dat die letter M me dwarszit,' mompelde ik terwijl ik remde omdat het stoplicht op Pennsylvania Avenue van oranje op rood sprong. 'Waar het voor staat, wie hij werkelijk is.'

Werktuigelijk wierp ik een blik in mijn achteruitkijkspiegel en zag vijf andere auto's in de rijstrook naast me – een onderhoudswagen, een pick-up truck, een minibusje, een witte Jeep en een kleine zwarte SUV.

Het licht sprong op groen. Ik reed verder in de richting van de Beltway, het netwerk van snelwegen dat de hoofdstad omsluit, en mijn gedachten keerden weer terug naar die laatste zin: M staat voor...

Moriarty.

Het schoot me net te binnen. Rivers had dat vanmiddag geopperd. En toch, hoewel ik wist dat het onmogelijk was, bleef ik maar denken aan...

Mastermind.

M staat voor Mastermind. Het alias van Kyle Craig.

Terwijl ik over de I-295 in noordelijke richting reed verwierp ik het idee dat Craig op de een of andere manier in leven zou zijn en nog steeds dat langdurige en fatale spel met me speelde. Maar er was in elk geval íemand die een langdurig en fataal spel met me speelde. Of was dit het spel van kat en muis, waarbij het roofdier het knaagdier af en toe zijn klauwen liet voelen om zich wat te vermaken voordat hij het zou doden?

Er werd achter me geclaxonneerd, ik schrok op uit mijn gepeins. Ik keek in mijn spiegel en zag de pick-up in de rijstrook naast me optrekken en in de richting van East Capitol Street rijden waardoor de zwarte BMW-SUV achter hem zichtbaar werd.

Het had puur toeval kunnen zijn, een andere zwarte SUV, maar mijn instinct schreeuwde dat ik gevolgd werd.

Ik besloot mijn instinct te volgen en trapte het gaspedaal dieper in toen ik de bocht bereikte.

Toen ik uit de bocht kwam zag ik dat de snelweg voor me nagenoeg leeg was, daarna wiep ik nog een blik in de achteruitkijkspiegel.

De BMW scheurde sneller dan ik had verwacht de bocht uit en zat nu opeens vlak achter me in dezelfde rijstrook, dit was geen onopvallende achtervolging meer.

Wie er ook achter het stuur zat, hij hoefde blijkbaar niet meer ongezien te blijven.

Hij kwam achter me aan.

En hij was snel.

HOOFDSTUK 55

Ik gaf nog meer gas, pakte mijn pistool uit de schouderholster en legde hem op mijn schoot.

De BMW bleef achter me en had zijn groot licht aan.

Mijn linkerhand zocht de bediening van de linkerbuitenspiegel, ik liet hem naar buiten kantelen en minderde vaart. De SUV slechtte het gat tussen ons terwijl we de metrohalte Minnesota Avenue passeerden.

Hij probeerde zo dichtbij mogelijk te komen, zijn felle koplampen verlichtten het interieur van mijn Mercedes. Maar toen liet ik de rechterbuitenspiegel kantelen.

Mijn oudste zoon Damon had twee jaar geleden met die spiegel tijdens het achteruit manoeuvreren op een vol parkeerterrein een lantaarnpaal geraakt. Sindsdien was de stand enigszins verbogen, maar we hadden ontdekt dat dit een opmerkelijk voordeel opleverde: als er iemand vlak achter je zat met zijn grootlicht aan, dan kon je de spiegel iets omhoog en naar binnen laten kantelen, zodat de lichtbundel in het gezicht van de bestuurder werd teruggekaatst.

En dat was precies wat er gebeurde. Toen de BMW zo'n vierenhalve meter van mijn bumper was verwijderd, werd zijn rechter grootlicht door de spiegel weerkaatst en scheen het recht in zijn ogen.

Hij hief zijn arm op en trapte op de rem. Ik gaf plankgas, wat me een voorsprong van zo'n zestig meter had opgeleverd toen ik Eastland Gardens passeerde.

Maar ik was zó in shock door wat ik net had gezien, dat ik het nauwelijks besefte.

Het was in een fractie van een seconde, net voordat hij zijn arm ophief en op de rem trapte, dat ik de bestuurder zag: een veertiger in een donker pak, met dito stropdas, zwarte handschoenen, een getinte bril, zandkleurig haar en de onmiskenbare neus, jukbeenderen en de prominente kin van de ontaarde en overleden FBI-agent Kyle Craig.

Het beeld van Craig die zijn arm ophief om zijn ogen tegen het felle licht te beschermen was zo intens dat ik bijna niet had gezien hoe een dichte bestelbus over de oprit van de Maryland State Highway 50 op me af reed.

Ik trapte op de rem, de bestelbus ontweek me claxonnerend en reed nu vlak voor me. We hadden elkaar bijna geraakt.

Nu dat niet was gebeurd keek ik koortsachtig in mijn binnen- en buitenspiegels of ik de BMW ergens zag. Maar hij zat niet achter me.

Nee, ik zag geen koplampen meer in mijn spiegels. Maar dat was onmogelijk.

Mijn vingers vonden de bediening van de rechterbuitenspiegel en nu liet ik hem zo ver mogelijk naar buiten kantelen. Ik zag dat de BMW me met gedoofd licht op de rechterrijstrook naderde, en wel zo snel dat ik me doodschrok.

Ik wist dat ik hem moest zien te ontwijken of dat ik op de rem moest trappen. Maar in plaats daarvan liet ik het raam aan de passagierskant omlaagglijden en probeerde ik door de getinte ramen een blik op Craig te werpen, terwijl ik toch zeker wist dat deze man zo dood als een pier was.

De bestelbus voor me remde plotseling af. Ik kon niets anders dan hetzelfde doen. De BMW haalde me rechts in en verscheen in het licht van mijn koplampen.

Het raam aan de bestuurderskant gleed omlaag. Ik kon zijn gezicht niet zien, maar ik hoorde zijn stem maar al te goed. Hij kwam bulderend op me af.

'M zei dat je het ook nooit zal leren, Cross!'

Toen verscheen er een hand uit het raam die iets mijn kant op smeet. Er spatte een blauwe ballon uit elkaar op mijn voorruit, die bedekt werd met een donkere vloeistof, waardoor ik niets meer kon zien.

Ik trapte hard op de rem, schoot op de rechterrijstrook en bad dat ik nog iets in de gekantelde buitenspiegel kon zien. Toen ik uiteindelijk op de vluchtstrook tot stilstand kwam hapte ik zwetend naar adem. De vloeistof was over mijn hele voorruit uitgelopen en bedekte ook de koplampen die een soort van koperen tint hadden gekregen.

Bijna had ik de sproeier aangezet, maar ik bedacht me. Ik pakte mijn zaklamp uit het handschoenenkastje en stapte vanwege het voorbijrazende verkeer aan de passagierskant uit.

De BMW en de bestelbus waren nergens meer te zien toen ik naast mijn auto stond en de voorruit bescheen. De vloeistof was diep donkerrood en begon al enigszins plakkerig te worden in de avondkoelte.

Ik doopte mijn vinger erin, wreef het tussen mijn vingers en rook meteen aan de ijzergeur dat dit echt bloed moest zijn.

HOOFDSTUK 56

John Sampson richtte de lichtbundel van zijn zaklamp op mijn voorruit.

'Was dit al je zicht terwijl je hierheen reed?' vroeg hij en gebaarde naar het kleine stukje boven het stuur dat ik had schoon gewist.

'Ik wilde zo min mogelijk aan het bewijsmateriaal komen.'

'Waarom bloed?' vroeg Ned Mahoney.

Ned was nog ergens in de stad aan het werk geweest en was meteen gekomen nadat ik hem had gebeld. We stonden op Sampsons oprit. Er was een forensisch team van de FBI onderweg.

'Geen idee,' zei ik.

'Heb je de persoon die de ballon gooide kunnen zien?' vroeg Mahoney.

'Ja. En het zal je niet bevallen. Het bevalt mij zeker niet.'

'Dat klinkt me bekend in de oren,' zei Sampson.

Ik deed een paar stappen van de auto af en worstelde nog steeds met het idee. Toen draaide ik me om en keek hen aan, de twee mannen die ik het meest vertrouwde in mijn leven.

'De persoon in die auto leek precies op Kyle Craig.'

'O, kom op, Alex,' gromde Mahoney. 'Wees reëel, die man is dood.'

'Je hebt hem gedood, Alex.'

'Ik weet het! Ik weet het! Maar wie het dan ook was die de BMW bestuurde, hij leek griezelig veel op hoe Craig... als hij...'

Ze keken me allebei met samengeknepen ogen aan.

'Nou?' zei Sampson.

'Dat is het!' zei ik. 'Die man leek precies op Kyle Craig voordat hij die plastische chirurgie had gekregen, maar dan wel een oudere versie ervan. Net als die foto's waarbij het gezicht door de computer ouder is gemaakt. Probeer het je voor te stellen. De echte Craig had zijn gezicht volledig laten verbouwen door die plastisch chirurg in Florida, zodat hij zich als FBI-agent kon voordoen. Tot ik het ontdekte en hem uitschakelde.'

Het bleef even stil.

'Tenzij het niet de echte Craig was die je hebt gedood,' zei Mahoney uiteindelijk.

'Ik krijg er schele hoofdpijn van,' zei Sampson. 'Is zoiets mogelijk?'

'Nee,' zei ik. 'Het wás Kyle Craig die op die avond aan zijn einde kwam. De man die ik zag zóu hem kunnen zijn vóórdat hij de gezichtsverandering onderging. Zelfs zijn stem klonk als Craig.'

'Wat, jullie hebben tijdens een achtervolging op de snelweg nog een praatje met elkaar gemaakt?' vroeg Mahoney.

'Hij schreeuwde naar me door het open raam, het klonk zo hard dat het wel versterkt leek. "M zei dat je het ook nooit zal leren, Cross!" riep hij. Hij had precies dezelfde lijzige stem als Craig indertijd.'

'En toen smeet hij die ballon naar je?' vroeg Sampson.

'Dat klopt.'

'Wat is die ellendige klootzak in godsnaam van plan?' zei Mahoney.

'Ellendige klootzakkén, meervoud,' zei Sampson. 'Als we deze pseudo-Craig moeten geloven, dan zei M tegen hém dat je het nooit zal leren.'

'Pseudo-Craig,' zei ik glimlachend. 'Dat is een goeie, en je hebt gelijk, John.'

Tot mijn opluchting glimlachte John terug.

Het forensische team verscheen, ze deden enkele bloedmonsters in bewijszakjes en gaven ons het sein om Sampsons tuinslang op de ruit te zetten en de rest eraf te spuiten.

'Je denkt toch niet dat ik gek ben geworden, hè?' vroeg ik aan Mahoney.

'Dat je Craig hebt gezien? Nee. Als je zegt dat je iemand hebt gezien die zijn oudere broer van vóór de plastische chirurgie zou kunnen zijn, dan geloof ik je. Maar nu ga ik naar huis om wat slaap te pakken.'

'Dank je wel, Ned.'

'Geen probleem.'

We zagen hem vertrekken.

'Biertje?' vroeg Sampson.

'Absoluut.'

Hij liep naar een koelkast in de garage, haalde er twee flesjes uit en reikte me er een aan. Ik nam een grote slok, het was heerlijk om het koele spul naar binnen te klokken.

Ik liet de fles zakken en zei: 'Ik was naar jou op weg voordat pseudo-Craig m'n auto met bloed besmeurde.'

'O?'

'Ja. Ik was van streek en wilde je nog eens mijn excuses aanbieden. Onze vriendschap en broederschap is iets bijzonders. Het zal nooit meer gebeuren.'

Sampson gooide zijn hoofd in zijn nek en keek me in de ogen. 'Het is goed.'

'Dank je,' zei ik en ik hief mijn flesje op. 'Ik heb iemand als jij nodig in mijn leven, John, nu meer dan ooit.'

We proostten en hij zei: 'Dat geldt ook voor mij, Alex.'

HOOFDSTUK 57

De volgende middag haastte ik me rond enen langs de beveiliging van het bezoekerscentrum van de gevangenis in Alexandria. Hulpsheriff Estella Maines van Fairfax County had dienst.

'Komt u weer voor Dirty Marty?'

'Meneer Forbes, ja.'

'Hij is populair. U bent al zijn derde bezoeker vandaag.'

Ze drukte op een knop en de stalen deur ging zoemend van het slot. Een andere hulpsheriff ging me voor naar een kamer, waar ik zeker tien minuten moest wachten voordat de gevallen FBI-agent naar binnen schuifelde. Hij had zich zo te zien twee dagen niet geschoren en zag er gammeler uit dan ik me herinnerde; zoals hij tegenover me zat maakte hij een bijna tengere indruk.

Forbes keek me een paar tellen aan. 'Bedankt voor je komst,' zei hij uiteindelijk met een gespannen, hese stem.

'Ik had liever een telefoongesprek gehad.'

'Je zou me niet geloofd hebben.'

'Marty, ik heb vijftien minuten de tijd.'

Hij zat voorover, zijn handen gevouwen alsof hij bad en hij keek me aan met een intense blik. 'Raad eens wie hier vanochtend op bezoek kwam.'

'Ik hoorde dat je twee bezoekers had vanochtend.'

Hij knikte. 'Mijn advocaat, en daarna een oude vriend van ons.'

'En wie was dat?'

'Kyle Craig.'

Mijn maag kromp ineen. 'Die is dood.'

'Dan is hij uit het graf opgestaan, net als Lazarus. Ik zal je zeggen, Cross, die klootzak zat nog geen vier uur geleden op de stoel waarop jij nu zit.'

Ik kreeg er kippenvel van. 'Het is Craig niet. Die is dood.'

Forbes reageerde opgewonden. 'Cross, je moet luisteren naar wat ik...'

'Zag hij er precies uit als de laatste keer dat je hem zag?'

Hij werd rustiger. 'Nee, hij was ouder dan ik me herinnerde, maar dat zijn we allemaal.'

'Zei hij je dat hij Kyle Craig was?'

'Dat hoefde hij niet te doen. Hij glimlachte alleen maar om mijn verbijsterde reactie, en haalde toen een zakdoek uit zijn zak om de hoorn van de haak te nemen. En op die lijzige toon van hem zei hij: "Dat is lang geleden, Marty."'

Forbes zei dat hij met stomheid was geslagen omdat dit geen geest was. Deze man was echt, had precies de goede leeftijd en leek geamuseerd.

'Heb je hem bij die naam genoemd? Craig?'

'Ik noemde hem Kyle. Ik geloof dat ik naar adem hapte en toen zijn naam zei.'

'Hoe reageerde hij daarop?'

'Hij bleef me glimlachend aankijken en grinnikte toen een beetje, alsof hij een binnenpretje had. Ik begrijp niet hoe hij het kon zijn. Na al die jaren.'

'Het is Craig niet,' herhaalde ik. 'En wat wilde deze persoon – laten we hem Pseudo-Craig noemen – van je?'

'Hij was er om een boodschap over te brengen die voor jou en mij was bedoeld.'

'Voor ons tweeën?'

'Dat klopt. Een boodschap van M.'

Ik ging rechtop zitten. 'Hoe luidde die boodschap?'

'"Je zult het nooit leren."'

'Dat was alles?'

'Dat is precies wat ik tegen hem zei. Maar hij bleef glimlachen, hing op en liep weg.'

Ik gaapte hem aan. '"Je zult het nooit leren?"'

'Ik weet bij god niet wat hij ermee bedoelde. Je gelooft me toch, Cross?'

Ik dacht aan de bloedballon die op mijn voorruit uiteenspatte, meteen nadat de versterkte stem precies dezelfde zin had uitgesproken.

'Cross?'

Ik stond op. 'Ik geloof je, Marty. Maar nu moet ik een paar dingen uitzoeken.'

HOOFDSTUK 58

Ik trof Mahoney en Sampson in Neds favoriete café op Capitol Hill, waar ze achter een cheeseburger zaten. Ik schoof een manilla-envelop naar het midden van de tafel.

'Pseudo-Craig is eerder deze dag bij Forbes in de Alexandria-gevangenis op bezoek geweest. Een deputy daar heeft me geholpen om de beveiligingsvideo stil te zetten en de beelden te printen.'

'Echt waar? Waarom Forbes?' vroeg Ned terwijl hij de foto's uit de envelop nam. Hij zette zijn leesbril op en bestudeerde de beelden met opgetrokken wenkbrauwen voordat hij er twee aan Sampson doorgaf. 'Jezus, je had gelijk, Alex,' zei hij hoofdschuddend. 'Deze kerel lijkt precies op een oudere Kyle Craig. Hetzelfde zandkleurige haar, hetzelfde kapsel.'

'Griezelig gewoon,' zei John.

'Kijk naar de laatste pagina, dat is een kopie van zijn ID.'

Mahoney bladerde verder en tuurde naar een rijbewijs uit Pennsylvania.

'Gordon Harris, Flintlock Lane 27, Lancaster, Pennsylvania. Ziet er legaal uit.'

'Bijna legaal. Er was een Gordon Harris die op Flintlock Lane 27 in Lancaster woonde tot hij vijf maanden geleden gewurgd in zijn garage werd gevonden.'

'Met een stropdas gewurgd?' vroeg Sampson.

'Een pianosnaar. Ik heb de plaatselijke rechercheurs Moordzaken nog niet gesproken, maar ik durf erom te wedden dat zijn rijbewijs is verdwenen.'

Mahoney dacht hierover na. 'Waarom was je bij Forbes op bezoek?'

Ik vertelde hen over het bericht van M en Forbes' bewering dat iemand met hetzelfde initiaal hem voor de moorden op de mensensmokkelaars voor de kust van Florida had laten opdraaien.

'Dat heb je me nooit verteld,' zei Mahoney.

'Mij ook niet,' zei Sampson.

'Ik heb Marty de eerste twee keer in mijn hoedanigheid als therapeut bezocht. Vanwege mijn beroepsgeheim kon ik me er niet over uitlaten.'

Ned was hier niet blij mee, maar hij zei er verder niets van en begon de foto's van Pseudo-Craig nog eens te bestuderen.

'Zien jullie de tweede foto?' zei ik. 'Die ene waarop hij tegenover deputy Maines staat en zijn hand op de balie laat rusten? Dat is het enige moment waarop hij iets in de strafinrichting aanraakt. Maines heeft een forensisch technicus ingeschakeld voor vingerafdrukken, maar de kans is erg klein, want god mag weten hoeveel mensen daar op een dag hun hand laten rusten.'

'Er zullen ook camera's in de directe omgeving van de strafinrichting staan,' zei Sampson.

'Op verschillende posities,' zei Mahoney.

'We zouden hem dus kunnen volgen vanaf het moment dat hij de gevangenis verlaat.'

'Waarschijnlijk tot aan zijn auto,' zei ik. 'Een zwarte BMW.'

Neds telefoon ging. Hij keek op het scherm, veegde naar rechts en hield hem tegen zijn oor.

'Wil je ook iets eten?' vroeg Sampson me.

Ik keek op mijn horloge, het was twee uur. 'Ik eet thuis. Ik heb Nana beloofd dat ik haar om drie uur naar de dokter breng.'

Mahoney beëindigde het gesprek en keek me verbijsterd aan. 'Dat was het lab met de resultaten van de bloedmonsters op je voorruit die ze gisteravond hebben genomen, Alex.'

'Was het menselijk bloed?' vroeg Sampson.

'Absoluut,' zei Ned. 'Maar het was niet van één persoon afkomstig. In die ballon zat het bloed van acht verschillende mensen.'

HOOFDSTUK 59

Bloed van acht verschillende bronnen. Allen menselijk.

Op weg naar huis maalde dit feit door mijn hoofd. Ik zette het van me af toen ik thuis Jannie aantrof, ze was weer op de been en in een beter humeur.

'Ik voel me zó goed,' zei ze, en ze zag er beter uit dan in weken. 'Misschien dat ik zo maar even ga joggen.'

'Geen sprake van,' zei ik. 'Ik heb de instructies van de dokter gelezen. Een medeoorzaak van je ziekte was dat je te veel van jezelf vergde. Dat moet ophouden.'

'Pap...'

'Ik meen het. Je moet er wat voor overhebben om de rust te krijgen die je nodig hebt om later wedstrijden te kunnen lopen.'

Tot mijn verrassing ging Jannie hier niet tegenin. 'Ik moet langer slapen en beter eten om te bereiken dat coach Wilson me een beurs gaat aanbieden.'

Ik glimlachte. 'Ik dacht al dat je de uitdaging zou aannemen.'

'Ik ga ten minste twee zevenkampdisciplines bij de zomerwedstrijden proberen te doen. Ik zal ervoor gaan trainen en er het beste van maken. Mocht blijken dat ik geen multidisciplinaire atleet ben, dan heb ik daar vrede mee. Dan zal ik wel bij Oregon of een andere universiteit gaan hardlopen. Hoe dan ook, het zal goed zijn.'

Ik drukte haar tegen me aan. 'Dat is de juiste manier om ertegenaan te kijken, schat.'

'Nana zegt dat ik maandag weer naar school kan.'

'Geen koorts?'

'Nee, al vijf dagen niet meer.'

'Laten we zondag kijken hoe het gaat.'

Mijn grootmoeder kwam de kamer binnen.

'Je ziet er geen dag ouder uit dan tachtig, Nana,' zei Jannie.

Nana Mama lachte. 'Ik zie er precies zo uit als mijn leeftijd, maar dank je wel.'

We verlieten het huis en ik reed haar naar de dokter, wier praktijk zich in de Cleveland Park-buurt van DC bevond. We verbleven een uur bij dokter Patricia Long, een gerontoloog die mijn grootmoeder al meer dan tien jaar behandelde.

'Mevrouw Hope, u blijft een wandelend wonder,' zei dokter Long, die nog eens naar de uitslagen van de laboratoriumtests keek die ze een week eerder had afgenomen. 'Uw slechte cholesterol is zeer laag. Uw goede cholesterol reikt tot aan de hemel. U ziet eruit als een gezonde zeventiger!'

'Dus u wilt zeggen dat ik er voorlopig nog wel even ben?'

'Als u geen ongeluk krijgt, dan durf ik daarom te wedden.'

Dat was een hele geruststelling, en terwijl ik mijn grootmoeder terug naar huis reed dankte ik God dat ze deel uitmaakte van mijn leven en dat al zo lang. Ze was zowel mijn baken als mijn drijvende kracht.

We hadden een prettige, rustige avond. Bree belde dat ze later thuis zou komen. Ali had een stevige trainingsrit met de Wild Wheels-ploeg achter de rug.

'Er is over drie weken een wedstrijd in Pennsylvania,' zei hij. 'Tien kilometer door de bossen, als in een tijdrit. Mag ik gaan?'

'Hoe wil je daar komen?'

'Ze hebben een busje en begeleiders. De coach zei dat er donderdag een brief over komt.'

'Laten we die dan maar even afwachten.'

'Kapitein Abrahamsen denkt dat het een goed idee is,' zei Ali. 'Als eerste race, weet je?'

Jannie schudde haar hoofd. 'Wat is er met je boeken gebeurd?'

Ali fronste. 'Niets. Hoezo?'

'Jij wordt verondersteld de nerd van de familie te zijn.'

'Wilde je soms zeggen dat je niet zowel slim als sportief kunt zijn?' zei Ali geërgerd.

'Nee, laat maar. Ga mountainbiken. Ik hoop dat je nog eens een keer de X Games haalt.'

Haar broertje grijnsde. 'Dat zou geweldig zijn!'

Na het eten, toen Ali en Jannie hun huiswerk maakten en mijn oma naar een aflevering van de *Antiques Roadshow* keek, liep ik naar mijn werkkamer op zolder, sloot de deur, deed hem op slot en zocht de archiefdozen met de Kyle Craig-dossiers op.

Eigenlijk wilde ik ver van deze verontrustende dossiers vandaan blijven. Craig was een seriemoordenaar die recht onder mijn neus – en onder de neuzen van de beste FBI-agenten – had geopereerd. Hoeveel levens hadden we niet kunnen redden als de bewijzen of verbanden die hem ontmaskerden eerder boven water waren gekomen?

Dat was een van die vragen waarom ik ver van deze dossiers vandaan wilde blijven.

En ik moest eerst twee dozen van de Edgerton-zaak doorwerken, die pas zijn volle omvang kreeg nadat Craig de eigenaar van de stropdassenwinkel had neergeschoten.

Alleen al de aanblik van de bewuste archiefdozen bracht me van mijn stuk. Er zou iets tussen kunnen zitten dat me naar M zou kunnen leiden, maar er zaten zéker dingen tussen die me in een zwart gat zouden doen belanden.

Ik koos wat me het minste van twee kwaden leek en opende een doos met Craig-dossiers. Op goed geluk nam ik er een uit, sloeg het open en stuitte op een foto van Craig op de dag dat hij van de FBI-academie afzwaaide.

Hij was toen zesentwintig en al aan het moorden, maar op die foto had hij het gezicht van een wraakengel. Dat was in elk geval mijn indruk. Hoewel nog jong, de gelijkenis met Pseudo-Craig was onmiskenbaar.

In de volgende uren bestudeerde ik de dossiers die Craigs jonge jaren bestreken, waarbij ik speciale aandacht aan zijn familie besteedde. Ik maakte aantekeningen van iedere neef die ruwweg zijn leeftijd had, tot drie jaar ouder of jonger.

Ik vond er vier die in deze categorie vielen. Twee waren de zonen van zijn moeders zus. Een was de zoon van de broer van zijn vader, en de vierde was de zoon van zijn vaders zus.

Ik kwam een evaluatie tegen uit de tijd dat Craigs antecedenten werden nagetrokken vanwege zijn aanmelding op de FBI-academie. Er zat een kort verslag bij van agenten die zijn neef Ted Shaw hadden gesproken, de oudste van zijn tantes zonen.

Shaw vertelde de agenten dat Craig als kind wreed tegen dieren was. Hij stak rotjes in de bek van kikkers, zo luidde het.

Hoe hadden ze dat over het hoofd kunnen zien? Wreedheid tegen dieren was een veeg teken. Veel van de gruwelijkste moordenaars uit de geschiedenis gedroegen zich sadistisch tegenover weerloze...

Ik schrok, er werd op de deur geklopt.

'Alex?' riep Bree.

'Hé, schat, ik ben even met iets bezig. Laat het me even opbergen, dan kom ik naar beneden.'

'Ik ben verderop in de straat, daar tegenover de Casey's.'

'Dat huis met die blaffende hond?'

'Een dubbele moord,' zei ze. 'Ik ben er net over gebeld.'

HOOFDSTUK 60

Geüniformeerde agenten stonden bij een patrouillewagen die voor het huis van Nana Mama's vrienden Jill en Neal Casey was geparkeerd. Het echtpaar stond met bezorgde gezichten voor hun huis.

'Wij hebben gebeld,' zei Jill. Ze was in de tachtig en tenniste nog steeds.

'Ik heb ze gevonden,' zei Neal, die, hoewel minder kwiek dan zijn vrouw, ook nog steeds goed bij de les was.

Ze vertelden dat het huis tegenover hen onlangs aan de Richardsons was verhuurd, een jong stel uit Newark. Mary was nachtzuster in het GW Medical Center. Keith was een beurshandelaar, die zonder zijn gehoorapparaat 'zo doof als een kwartel' was.

De Richardsons hadden een jack russell die Otto heette.

'Dat beest blafte altijd de hele nacht door,' zei Jill. 'Je kon erheen gaan en op de deur kloppen, maar als Keith zijn gehoorapparaat niet in had dan kon je het wel schudden.'

'Zo ging het vanmiddag ook weer,' zei haar echtgenoot. 'Ik probeerde wat te lezen, die hond was de hele tijd aan het blaffen, tot het opeens ophield. Ik liep erheen om er wat van te zeggen en zag de voordeur op een kier staan. Ik keek naar binnen en zag genoeg om 911 te bellen.'

Bree en ik dankten hen voor de informatie en liepen toen naar de agenten toe.

‘Zijn jullie al binnen geweest?’ vroeg Bree.

‘We hebben gewacht tot u er zou zijn, hoofdinspecteur.’

‘Fijn, dank je wel.’ Ik volgde haar naar de veranda, waar we overschoenen en latex handschoenen aantrokken voordat we mondkapjes opdeden.

Bree duwde de deur open. We zagen een hal met rechts een trap naar boven. Op de onderste tree lag de blaffende terriër, dood, waarschijnlijk was zijn nek gebroken.

In de woonkamer achter de trap lag Mary Richardson bij een grote tafel op de vloer. Ze droeg een groen ziekenhuisschort, latex handschoenen en een gasmasker. Een stropdas met blauw-rode strepen was strak om haar hals getrokken.

Keith Richardson had dezelfde outfit aan en lag onderuitgezakt op een van de hoge stoelen die om de tafel heen stonden. De stropdas die hem had gedood had een schreeuwerig geel-rood paisleymotief.

De tafel van de twee slachtoffers was ingericht als verdelingspunt voor crystal meth. Voor een pakje van een kilo meth lag een getypt briefje.

Ik ben doorgaans een geduldig mens, Cross, maar die rothond hield maar niet op met blaffen, en dit tuig verkocht het spul aan kinderen. Blij je van dienst te kunnen zijn.

M

HOOFDSTUK 61

Het was allang twee uur geweest toen Bree en ik die nacht thuiskwamen. Vanwege de chemicaliën in de keuken hadden we op de explosievenopruimingsdienst moeten wachten voordat de plaats delict verder kon worden onderzocht.

Dit tuig verkocht het spul aan kinderen. Blij je van dienst te kunnen zijn.

'Hoe wist hij dat de Richardsons in meth handelden?' vroeg Bree.

'Ik zou het niet weten, maar ik weet zeker dat hij ergens een fout heeft gemaakt.'

'Tot nu toe niet,' zei ze gapend. 'Ik moet slapen.'

Ik ook, maar dat viel niet mee. Elke keer als ik wegdoezelde zag ik de foto's van Pseudo-Craig voor me, en het bloed van acht verschillende mensen dat op mijn voorruit uiteenspatte, en de zijden stropdassen om de nekken van de meth-dealers.

De dode hond kwam ook in mijn onrustige dromen voor, evenals de ongeopende archiefdozen met de Edgerton-dossiers, en dat alles langs een bospad dat ik volgde in mijn jacht op M, een donkere gedaante die kleiner was dan ik had verwacht.

Iemand wurgen is niet het makkelijkste klusje. Het vereist kracht en massa. Dat geldt ook voor een onthoofding. En toch was de M in mijn droom tenger, met smalle schouders, iemand die maar voor me uit bleef rennen en rennen…

Om vijf uur schrok ik wakker, buiten tjilpten de eerste vogels.

Hoewel ik me verdoofd voelde kon ik me de tengere, snelle M uit mijn droom herinneren die over het bospad rende waar de Mikey Edgerton-dossiers langs lagen.

De Edgerton-dossiers. Ik heb weleens gehoord dat als angst je weerhoudt om iets te doen, je de moed moet hebben en het toch moet doen, anders zul je altijd twijfels en zorgen blijven houden.

Ik kroop stilletjes uit bed en sloop naar de zolder.

Nadat ik de deur achter me had dichtgedaan opende ik de laatste archiefdozen met dossiers over de verkrachter en seriemoordenaar wiens elektrocutie ik een paar weken geleden had aanschouwd. Ik had een zure smaak in mijn mond toen ik begon te lezen. Lang verdrongen beelden uit mijn verleden keerden terug, eerst wazig, maar geleidelijk aan steeds scherper, en allemaal zeer verontrustend.

HOOFDSTUK 62

Elf jaar eerder

John Sampson keek me aan en schudde zijn hoofd. Mijn maag keerde zich om. Het zuur brandde in mijn keel.

'Er moet hier toch nog iets anders te vinden zijn dan stropdassen,' zei ik. 'Een kerel als hij? Die moet ergens trofeeën hebben liggen.'

We waren een drieslaapkamerappartement aan het doorzoeken in Arlington, Virginia, met een riant uitzicht op de Potomac en het Jefferson Memorial. Het was het adres van Michael 'Mikey' Edgerton.

Nadat Kyle Craig met een welgericht schot Gerald St. Michel had neergeschoten – de stropdassenverkoper die een verleden van talloze zedendelicten bleek te hebben – geloofden veel mensen dat St. Michel verantwoordelijk was voor de moorden op de andere jonge vrouwen, waaronder die op Kissy Raider. Maar ik had mijn twijfels.

M blijkbaar ook, want de eerste keer dat ik van hem hoorde was drie weken na het voorval.

Het tweeregelige bericht was op een A4-tje getypt dat in een simpele witte envelop zonder afzender zat.

Het is St. Michel niet. Bedank me later maar – M.

Toevallig was ik het met deze M eens, wie hij ook mocht zijn, en ik legde de envelop apart.

En toen werd Gladys Craft – die 's avonds laat in Falls Church, Virginia, aan het joggen was – door een man gegrepen. Hij gebruikte een stropdas om haar handen vast te binden en duwde haar in een bestelbusje.

Het lukte Craft om te ontsnappen toen de bus voor een rood licht moest stoppen, en ze wist de politie later een globale beschrijving van haar aanvaller te geven, en ook nog de twee laatste cijfers van het nummerbord uit Virginia.

Toen we over de stropdas hoorden waren Sampson en ik meteen geïnteresseerd in deze zaak. We gebruikten computerprogramma's om de mogelijke matches uit te filteren tussen eigenaars van auto's die een kentekennummer met die laatste twee cijfers hadden en criminelen die een verleden van zedendelicten hadden.

We kregen een klinkende match met Michael Edgerton, een inwoner van Arlington die een vestiging van zijn families import-en-exportbedrijf runde, en die verdacht werd van drie verkrachtingen toen hij in New York aan het Fashion Institute of Technology studeerde.

Deze zaken waren allemaal op verzoek van de slachtoffers ingetrokken. Ze waren door Edgertons ouders afgekocht. Toen we met deze vrouwen contact opnamen – allemaal rondborstige blondines – stelden ze zich terughoudend op, totdat we beschreven hoe de vier vrouwen waren gestorven.

Zodra we hen vertelden dat de vrouwen met een stropdas waren gewurgd, barstten ze zonder uitzondering in huilen uit omdat Edgerton bij hen ook een stropdas had gebruikt tijdens de verkrachting.

We raakten ervan overtuigd dat Edgerton, en niet de dode stropdassenverkoper, verantwoordelijk was voor de verkrachtingen en moorden op Kissy Raider en de andere drie slachtoffers. We lieten hem schaduwen en bleven verder graven in zijn verleden.

Toen we enig bewijs hadden kunnen verzamelen dat hij zich tijdens de moorden in de buurt had bevonden, kregen we van de rechter een huiszoekingsbevel. En dat was wat ons op die dag naar Edgertons appartement had gebracht.

'Ik zie geen trofeeën,' zei Sampson.

'Ik weet het,' zei ik. 'Maar hij ís onze man. Ik voel het aan mijn water.'

'Ik denk het ook. Maar hij bewaart zijn trofeeën niet hier.'

'Kennelijk niet.' Ik liep de badkamer in.

Het was er smetteloos, voor een vrijgezel. Aan de muur hing een ingelijste foto van een jongere Edgerton met zijn ouders, broers en zus op een zeilboot – iedereen straalde.

Het hele gezin wist dat Mikey een psychopaat was, zelfs toen hij die leeftijd had, dacht ik. Op het moment dat deze foto was genomen hadden pa en ma al drie jonge vrouwen afgekocht.

Het maakte me woedend – als we niet snel enig bewijs in handen hadden zou deze man wéér met verkrachting en moord wegkomen. En daarbij, als we hier niets vonden zou het knap moeilijk worden om een huiszoekingsbevel voor een andere plek te krijgen waar hij herinneringen aan zijn wreedheden had bewaard.

Voordat ik het wist haalde ik een plastic bewijszakje tevoorschijn. Er zat een haarlok van Kissy Raider in. Net toen ik de lok uit het zakje haalde liep Sampson de badkamer in. Hij keek naar het zakje en naar de haarlok.

'Hij heeft zijn trofeeën ergens anders verborgen,' zei ik en liet de haarlok op de vloer vallen.

John keek me een lang moment zwijgend aan. Toen zei hij: 'Ik zal het forensische team hierheen laten komen.'

HOOFDSTUK 63

Heden

Die ochtend vroeg keek ik onbewogen naar een oude kopie van het laboratoriumrapport waarin stond dat de haarlok die ik had laten vallen met Kissy Raider matchte. Ik sloeg het dossier dicht en begon aan het volgende, waarin ik dezelfde kopie aantrof, maar nu als voldoende bewijs om alle percelen en bedrijven van de familie Edgerton te doorzoeken.

Ik las een lijst waarin items stonden beschreven die onder de vloerplanken van Mikeys kamer in een van de panden van de Edgertons waren gevonden, een vakantiehuis aan een meer in het westen van Maryland. Ik liet er mijn blik over glijden tot ik het volgende las:

Acht (8) blonde haarlokken in plastic zakjes.
Acht foto's, polaroid, van acht vrouwen, allen blond.

De foto's zaten er niet bij, maar ik kon ze helder voor de geest halen. Alsof ik ze gisteren nog had gezien. Op elke foto – Kissy zat er ook tussen – was een levende vrouw te zien, die geboeid en met een prop in haar mond in doodsangst verkeerde.

Ik sloeg ook dit dossier dicht en deed alles terug in de archiefdoos. Ik hoefde niet verder te kijken, niet naar de DNA-resultaten die de acht haarlokken aan Edgertons slachtoffers linkten.

En de haarlok die ik had laten vallen? Ik heb er geen minuut langer van wakker gelegen. Nooit.

Mickey Edgerton had deze vrouwen verkracht en vermoord. Daar was geen twijfel over mogelijk.

Je zou je af kunnen vragen of het doel de middelen heiligde, en in dit geval zou ik volmondig 'ja' zeggen. De families van Kissy Raider en de andere slachtoffers kregen gerechtigheid toen hij werd veroordeeld, en ze kregen dat nog meer toen híj voor de elektrische stoel koos. In mijn ogen was de wereld weer een stukje veiliger geworden.

Ik greep naar de prepaidtelefoon die ik een dag eerder had gekocht. Er was een bericht van Sampson.

Maak de hoofdinspecteur wakker. Neem haar mee en we zien elkaar op de hoek van Seventeenth en R Street. Ze zal dit graag willen zien.

HOOFDSTUK 64

Bree en ik stapten twintig minuten later uit haar auto en liepen naar twee patrouillewagens met een wegafzetting erbij op de hoek van Seventeenth en R Street in zuidoost-DC.

Sampson haastte zich naar ons toe.

'Hoeveel slachtoffers?' vroeg Bree. De trottoirs waren leeg, maar er hingen mensen in pyjama en ochtendjas uit de ramen om te kijken wat er aan de hand was.

'Zes,' zei Sampson. 'En we moeten de honden nog inzetten om te zien of er meer zijn.'

Ik zag hoe het gewicht van deze mededeling op Bree's schouders drukte. Zes lijken.

Sampson leidde ons naar een bakstenen gebouw waar ooit een oude drukkerij was gevestigd, maar dat nu al lange tijd leegstond. Er hing een kettingslot aan de deur en de ramen waren vervangen door triplexplaten die onder de graffiti zaten.

Bij de ingang waren balken uit de constructie gewrikt, waardoor de dubbele voordeur er half uit hing. We gingen naar binnen en roken meteen de stank van urine, fecaliën en zweet.

Het was er een enorme bende, maar John keek er niet naar en liep door naar de achterkant waar zich na een laadperron een parkeerterrein van gebarsten asfalt bevond.

Aan de verre kant stond een rij betonnen paaltjes, die zo'n vierenhalve meter van elkaar af stonden en verbonden waren door zware kettingen.

Op de eerste zes paaltjes was een menselijk hoofd geplant, de opengesperde ogen staarden ons wezenloos aan. Er liep bloed uit de hoofden dat over de paaltjes omlaag sijpelde, als de tentakels van een rode kwal.

'We zullen een compleet leger moeten inzetten hier,' zei Bree.

Ze trok haar portofoon uit haar koppelriem en liep de verlaten drukkerij in. Ik hoorde haar orders geven en forensische teams oproepen terwijl ik met Sampson naar de hoofden toe liep.

'Een moordenaar die de gelijkheid hoog in het vaandel heeft staan,' zei Sampson en ik begreep wat hij bedoelde.

De zes slachtoffers waren een Afro-Amerikaanse man, een Aziatische man, een latino, een latina, een blanke vrouw en een blanke man.

De latino en de blanke vrouw leken achter in de dertig, begin veertig te zijn, de rest zag eruit als twintigers.

Ik merkte de diepgrijze bleekheid van de blanke man op en trok latex handschoenen aan om zijn wang te voelen. De huid was ijskoud.

'De hoofden zijn bevroren geweest,' zei ik. 'Daarom stroomt er nog bloed uit.'

'Je moet wel lef hebben om midden in de nacht zes bevroren hoofden te vervoeren. Wat voor iemand doet zoiets?'

'Meat Man zou het gedaan hebben.' Ik had weer het gevoel dat er met ons gespeeld werd. 'Bevroren hoofden waren de fetisj van Tanner Oates.'

'Oates is dood. Je hebt hem zien creperen.'

'Ik heb Mikey Edgerton ook aan zijn einde zien komen,' zei ik. 'En Kyle Craig.'

Voordat Sampson kon antwoorden hoorde ik ergens achter me een doffe klap, die direct gevolgd werd door een zware explosie die door de verlaten drukkerij trok en de triplexborden van de sponningen blies. De knal had me bijna tegen de grond gedrukt en mijn oren suisden. Maar toen realiseerde ik me wie zojuist het gebouw was ingelopen.

'Bree!' schreeuwde ik terwijl ik naar de achterdeur rende.

HOOFDSTUK 65

Vaak, als ik mijn ogen sluit, zie ik mezelf weer die sprint inzetten. Recht in de grijze rook en de vlammenzee die me vanuit de weggeslagen ramen, de achterdeur en het laadperron tegemoet sloeg.

Mijn ervaring zei me om niet naar binnen te gaan en te wachten tot de brandweer er zou zijn. Maar ik herinnerde me de indeling van de drukkerij – betonnen vloeren, stalen staanders en rommel. Geen hout. Weinig brandbaars. Ik sprong de korte stenen trap op, trok mijn jas over mijn hoofd en stormde door de chemische rook en hitte naar binnen.

'Bree!' schreeuwde ik. 'Bree!'

Mijn oren suisden nog steeds van de knal. Rechts van me kroop het vuur over afvalhopen. De vlammen flakkerden traag, het zag er surrealistisch uit.

'Bree!'

De hitte was zo verzengend dat ik naar links moest uitwijken, ik kon nauwelijks iets zien. Ik duwde de stof van mijn jas in mijn mond en zoog zo schonere lucht naar binnen. Ik wierp me op mijn knieën en bewoog me op handen en voeten verder om onder de hitte en rook te blijven.

Vanaf deze lage positie kon ik meer zien. Ik zag de voeten van de stalen pilaren in de rook terwijl ik verder kroop en om de zoveel tellen 'Bree!' riep.

Geen antwoord. Ik speurde de ruimte af naar een menselijke gestalte.

En toen zag ik iemand, uiterst links, een vrouw die op haar zij lag met haar rug naar me toe. Ik kroop erheen en vreesde het ergste.

Toen ik de vrouw had bereikt draaide ik haar op haar rug, ik zag dat het een van de agenten was. Ze had flinke brandwonden, maar ze ademde nog.

Ik stond op, greep haar kraag en begon haar naar buiten te slepen.

Ik zag vaag de voordeuren, de zon scheen als een stralenkrans door de rook toen ik er hoestend en kuchend naartoe strompelde. Terwijl ik de agente het gebouw uit sleepte snelden andere agenten ons tegemoet. Mijn ogen voelden verschroeid. Ik kon bijna niets meer zien en hoorde sirenes naderen.

'Hoofdinspecteur Stone!' riep ik ze toe. Mijn paniek ging nu over in hysterie. 'Waar is ze?'

'Alex!'

Ik draaide me om, en de angst haar te verliezen was weg zodra ik haar op me af zag rennen. Het deed er niet toe dat mijn keel en ogen in brand stonden toen ze me omhelsde.

'O, mijn god,' zei ze terwijl ik haar tegen me aan drukte. 'Ik stond in de straat en...'

'Ik dacht dat je binnen was,' zei ik. 'Ik dacht dat ik je kwijt was.'

'Nee, schat,' zei ze geëmotioneerd. 'Je zult me nooit kwijtraken. Hoor je me?'

'Ik moet iets aan mijn ogen doen, ik moet zuurstof hebben. Die rook, er zit iets chemisch in.'

Ze kwam meteen in actie. Ze richtte zich tot de mensen die vanuit hun huizen toekeken. 'Wie heeft er een tuinslang?'

Een vrouw riep terug dat ze er een had, en even later liet Bree koud water in mijn ogen lopen. Sampson was vanaf de achterkant het hele huizenblok omgelopen en vroeg de gearriveerde brandweerlieden me een zuurstofmasker te geven.

De politieagente werd naar een ambulance gedragen die met zwaailichten en een gillende sirene wegreed.

Bij elke ademhaling en hoestbui werd het benauwende gevoel van de rook in mijn longen minder, en ik begon me iets beter te voelen. En hoewel het nog steeds was alsof ik recht in een brandende zon had gekeken was mijn gezichtsvermogen al verbeterd tegen de tijd dat de brand onder controle was.

'Ik vind nog steeds dat je naar de Spoedeisende Hulp moet gaan om naar je ogen en longen te laten kijken,' zei Bree. 'Alsjeblieft?'

Ze zei het met zoveel liefde en bezorgdheid dat ik knikte.

'En weet je?' zei ik.

'Ja?'

'Ik denk dat die hoofden een lokaas waren. Iemand wilde dat we daar waren om die bom op dat moment te laten afgaan.'

Voordat Bree kon antwoorden voelde ik mijn prepaidtelefoon trillen. Ik haalde hem uit mijn zak en keek naar het scherm, maar mijn blikveld was nog steeds te wazig om het bericht te kunnen lezen. Ik reikte hem haar aan. 'Wat staat er?'

Bree nam de telefoon aan, zweeg even en zei toen: 'Er staat "Jij en je gezin zullen beter moeten oppassen, Cross" en het is ondertekend met "M".'

HOOFDSTUK 66

Keith Karl Rawlins belde me die avond om me te vertellen dat mijn telefoon inderdaad gehackt was, hij had een geniepige code gevonden die waarschijnlijk in China was geschreven. Een code die ervoor zorgde dat alles wat ik op mijn telefoon deed naar een adres op het dark web werd gestuurd.

Dus M heeft geluisterd, geobserveerd en gelezen, dacht ik terwijl ik in bed ging liggen. Hoe lang al? En hoe was hij achter het nummer van mijn prepaidtelefoon gekomen? Dat had ik alleen maar aan mijn gezin en mijn belangrijkste collega's gegeven, waren zij dan soms ook gehackt?

Die laatste gedachte was het verontrustendste. M had mijn telefoon afgeluisterd, hij had me elektronisch geschaduwd. En misschien deed hij wel hetzelfde bij alle anderen die achter hem aanzaten.

Wat zou hij verder in de afgelopen week hebben gehoord? De afgelopen maand? Het afgelopen jaar?

Ik sliep nauwelijks. Ondanks de verzachtende oogzalf die ik bij de Spoedeisende Hulp had gekregen brandden mijn ogen nog steeds. En om het uur kreeg ik een hoestaanval.

Maar de volgende ochtend was ik als eerste op, ik struinde door het huis en checkte alle ramen en deuren. Ik overwoog om beveiligingscamera's bij ons huis te laten plaatsen en vroeg me af of we niet alle elektronische apparaten die we gebruikten moesten laten controleren.

Mijn bezorgdheid over de veiligheid van mijn gezin nam alleen maar toe nadat Ali en Jannie waren opgestaan. Ik vroeg ze naar hun plannen voor die dag.

Hoewel ze zich nog beter voelde dan gisteren bleef Jannie vandaag thuis om haar huiswerk te doen zodat ze volledig bij was. Ali had met zijn klas een uitstapje naar het Smithsonian en ging daarna met het Wild Wheels-team rijden.

'Ik rij je vandaag wel naar school,' zei ik.

'Maar ik ga toch altijd met de metro?'

'Ach, ik moet toch die kant op.'

Mijn zoon is opmerkelijk bijdehand voor zijn leeftijd. Hoewel hij niets zei voelde ik zijn argwaan. Even later kwam Bree haastig naar beneden, ze keek grimmig.

'Gaat het?' vroeg Ali.

'Nee,' zei ze gedeprimeerd. 'Nancy Petit, een van onze agenten, is vannacht aan de verwondingen overleden die ze tijdens de uitoefening van haar werk heeft opgelopen.'

Dit ging me aan het hart. Agent Petit was de vrouw die ik uit de brandende drukkerij had gesleept. 'Wat verschrikkelijk,' zei ik.

'De commissaris wil er een speciale eenheid op zetten, ik moet zo op pad om die samen te stellen en een bijeenkomst te beleggen.'

'Wil je dat ik erbij ben?'

'Ja,' zei ze. 'We beginnen om tien uur.'

Nadat ze haar koffie en toast op had liep ik met haar mee naar dc auto.

'Wees alert. Hij bedreigde ons allemaal in dat bericht.'

'Dat weet ik,' zei ze. 'Daarom ga ik de commissaris ook om politiebewaking vragen.'

'Goed idee. Ik hoop dat M een fout heeft gemaakt door die tekst te versturen, misschien dat Rawlins hem kan lokaliseren.'

'Laat het me weten,' zei Bree. Ze kuste me, zei dat ze van me hield en reed weg. Twintig minuten later vertrokken Ali en ik.

'Wat is de werkelijke reden dat je me naar school brengt?' vroeg hij zodra we in de auto zaten.

Ik wist dat het geen zin had om een ontwijkend antwoord te geven. Mijn jongste zoon is soms slimmer dan goed voor hem is. 'Een crimineel heeft mijn telefoon gehackt en ons bedreigd,' zei ik. 'Dus ik rij je uit veiligheidsoverwegingen naar school vandaag, en ik wil dat je op je qui-vive bent. Je weet wat dat betekent, hè?'

'Zoiets als waakzaam?'

'Ja, waakzaam en verstandig.'

'O, dat lukt me wel.'

'Dat weet ik, en zo wil ik dat het voorlopig blijft. Als je ergens heen gaat, dan wil ik weten waar, waarom en met wie je daarheen gaat.'

'Dat doe ik altijd.'

'Mooi. Houd het zo. Als je iets vreemds opmerkt, of iets aan iemand ziet, dan vertel je me dat meteen. Goed?'

'Kan ik je een Wckr-bericht sturen?'

Ik kreunde. 'Geen Wckr meer. Ik heb het niet eens op mijn nieuwe telefoon zitten.'

Ali leek teleurgesteld en zei tijdens de rest van de rit niets meer.

Maar toen ik voor het schoolgebouw stopte, keek hij me aan met een blik die een tienjarige niet zou moeten hebben.

'Er gaat toch niets gebeuren, pap?'

HOOFDSTUK 67

Hoofdinspecteur Bree Stone checkte het zwarte lint dat over haar penning zat voordat ze naar de lessenaar liep die voor in de vergaderruimte van het hoofdbureau van DC Metro stond opgesteld.

De stoelen werden bezet door de door haar uitgenodigde rechercheurs, onder wie Alex Cross en John Sampson. Er waren ook verbindingsagenten aanwezig van het Bureau of Alcohol, Tobacco and Firearms en special agents van de FBI, onder wie Ned Mahoney.

Bree liet een moment lang haar blik door het zaaltje gaan terwijl ze haar gedachten ordende en probeerde het feit te negeren dat haar baas, commissaris Bryan Michaels, met zijn armen over elkaar achterin stond. Sinds ze hoofdinspecteur was geworden had de commissaris druk op haar uitgeoefend om resultaten te behalen.

In het begin vond ze dat zijn verwachtingen onrealistisch waren, maar ze had gemerkt dat deze kritische houding nu eenmaal bij haar baan hoorde. Als zij toezicht op de omvangrijkste zaken in de stad moest houden, dan hield Michaels toezicht op haar.

'Goedemorgen,' begon Bree. Het werd stil in het zaaltje. 'Bedankt dat jullie hier op zo'n korte termijn hebben kunnen komen.'

Ze zag een lege stoel. 'Weet iemand waar Ron Dallas is?'

'Ik heb hem drie keer gebeld, maar hij neemt niet op,' antwoordde zijn partner, Elaine Conrad.

'Goed, dan beginnen we zonder hem,' zei ze en ze drukte op

een knop van haar laptop. Een recente foto van agent Nancy Petit in uniform verscheen op een scherm links van haar.

'Zoals jullie weten was Nancy Petit een uitmuntende agent. Als je haar dossier leest, als je de vele eervolle vermeldingen ziet die ze de afgelopen jaren heeft ontvangen, dan begrijpen jullie dat dit een zwaar verlies is. Niet alleen voor haar familie, maar ook voor haar verloofde, Bill, en voor onze afdeling. We hebben een fijne collega verloren.'

Bree zweeg even, boog zich toen dichter naar de microfoon toe en zei met haar meest gezaghebbende stem: 'Dit laten we niet over ons heen gaan, laat dat duidelijk zijn. Dit laten we niet over ons heen gaan. We zullen alles doen wat in onze macht ligt om degene die verantwoordelijk is voor die bevroren hoofden en de bom die Nancy Petit van het leven beroofde berecht te krijgen.'

Ze zweeg weer een moment en voelde dat de stemming van woede naar vastberadenheid omsloeg, en dat was precies wat ze wilde. Haar blik kruiste die van commissaris Michaels en ze knikte kort voordat ze verder ging.

'Er is een hoofdverdachte,' zei ze. 'En zoals jullie weten noemt hij zichzelf M.'

Bree bracht de speciale eenheid op de hoogte van de geschiedenis van M, van het eerste briefje dat Alex lang geleden had ontvangen, tot het bericht dat na de bomexplosie op zijn telefoon was verschenen.

'Dus we opereren onder de aanname dat M zowel achter de hoofden als de bom zit?' vroeg Sampson.

'Gezien de timing van het bericht lijkt me dat een redelijk uitgangspunt, ja.'

'Een meer dan redelijk uitgangspunt,' voegde Alex eraan toe. 'Hij was het, of mensen die voor hem werkten.'

Mahoney stak zijn hand op. 'Zijn de hoofden al geïdentificeerd?'

'De patholoog-anatomen zijn op het moment hun gebitsgegevens en DNA aan het onderzoeken,' zei Bree. 'Maar het zal enige tijd kosten om ze te identificeren.'

Een BATF-agent die zich voorstelde als Fred Allen zei dat zijn mannen fragmenten van de bom en monsters van het chemisch residu uit de oude drukkerij naar hun lab hadden meegenomen, en deze ook naar het FBI-lab in Quantico zouden doorsturen.

Mahoney beloofde zijn volledige medewerking, maar hij herinnerde Bree er ook fijntjes aan dat de FBI de leiding over de jacht moest hebben omdat de aan M toegeschreven misdaden in verschillende staten hadden plaatsgevonden, en omdat ze sowieso al met de ontvoeringszaak bezig waren.

'Absoluut,' zei Bree. 'Maar we gaan ons allemaal volledig op deze zaak storten, en delen de informatie met elkaar.'

Commissaris Michaels deed een paar stappen naar voren. Hij was een lange, magere man die in een vorig leven U.S. Army Ranger was geweest, en diep vanbinnen was hij dat nog steeds.

'Hebben we geen beschrijving van deze M?' vroeg hij. 'Heeft iemand hem ooit gezien?'

'Niet dat ik weet,' zei Bree. 'Is dat correct, doctor Cross?'

HOOFDSTUK 68

Ik dacht hierover na en zei toen: 'Ik kan niet bevestigen dat ik M heb gezien, maar ik kan wel met zekerheid zeggen dat ik iemand heb gezien die beweert dat hij met M in contact staat. We noemen hem Pseudo-Craig, omdat hij precies op Kyle Craig lijkt, of op hoe Kyle Craig eruit zou hebben gezien als hij nog leefde en geen plastische chirurgie had gekregen.'

Commissaris Michaels keek me met samengeknepen ogen aan. 'Heb je een foto van deze Pseudo-Craig?'

'Die hebben we,' zei Bree, die haar laptop een commando gaf. De foto's uit de strafinrichting verschenen op het scherm.

'Ik kan me niet meer herinneren hoe Craig eruitzag,' zei de commissaris.

Bree typte en zei: 'Ik kan u de laatst bekende foto van hem laten zien.'

Er verscheen een derde foto, deze was genomen toen Craig voor het eerst in het u.s. Federal Bureau of Prisons-systeem werd geregistreerd. Met een gevangenisoverall aan en handboeien om keek hij arrogant in de camera.

'Dat is inderdaad een ongelooflijke gelijkenis,' zei Michaels. 'Weten jullie zeker dat het Craig niet is? Wat als hij zijn gezicht eigenlijk nooit heeft laten veranderen?'

'Maar dat heeft hij wel.'

'Hoe weet je dat?'

'Dat had hij zelf verteld. Hij bespotte me ermee tot het moment waarop ik zag hoe hij zichzelf opblies.'

'Dat is nog steeds geen antwoord op mijn vraag,' zei de commissaris. 'Is er een DNA-test op zijn stoffelijke resten uitgevoerd?'

'Ik was erbij, commissaris,' zei Bree. 'Hij had een ander gezicht, maar het wás Kyle Craig. Daar hoefden we geen DNA-bewijs voor te hebben.'

'Nou, ik denk dat het daar nu dan weleens tijd voor wordt, denk je niet?'

'Dat is een goed idee,' zei ik, 'dan is het in elk geval afgehandeld. Maar ik zeg het nog een keer, ik heb er geen enkele twijfel over dat de echte Kyle Craig dood is.'

'Ik zal het papierwerk regelen om zijn resten op te graven,' zei Mahoney, 'maar dat kan een paar dagen duren.'

Bree droeg een aantal rechercheurs op om met een foto van Pseudo-Craig terug naar de buurt te gaan waar de bom was ontploft. Het BATF beloofde dat ze aan het eind van de dag een voorlopig rapport van de bom zouden rondsturen, en hiermee werd het spoedoverleg afgesloten.

Ik stond op het punt om met Sampson te vertrekken toen er een vrouwelijke FBI-agent die achter Mahoney had gezeten naar me toe liep. Ze was begin veertig, had kort bruin haar en viel meteen met de deur in huis.

'Kim Tillis,' zei ze terwijl ze mijn hand schudde. 'Het is een eer u eindelijk eens te ontmoeten, doctor Cross. We blijken een wederzijdse kennis te hebben.'

'O? En wie is dat?'

'Marty Forbes,' zei ze. 'Hij is ooit mijn partner geweest.'

'Oké. Ja?'

'Hij was niet de makkelijkste, maar – en hiermee maak ik me niet geliefd bij mijn collega's – ik denk dat Marty onschuldig is.'

'Niet om het een of ander, maar dat denk ik ook.'

Tillis leek zowel opgelucht als verward. 'Hoofdinspecteur Stone heeft het niet over Marty gehad.'

'Hoe bedoel je?'

'Marty heeft me verteld dat hij verschillende keren contact met M heeft gehad.'

‘Het moet hoofdinspecteur Stone door het hoofd zijn geschoten.’

De door de wol geverfde FBI-agent trok haar wenkbrauwen op en hield haar hoofd scheef voordat ze zei: ‘Want weet u, ik denk dat daar de sleutel ligt.’

‘De sleutel tot wat?’

Tillis trok een cirkeltje in de lucht met haar wijsvinger. ‘Tot dit alles. Ik heb geprobeerd het Mahoney duidelijk te maken, maar hij wilde er niets van weten toen ik hem zei dat hij zich op Marty’s zaak moest focussen. En toch heb ik het gevoel dat die ons naar M zal leiden, zeker als je aan al die onthoofde lichamen op dat jacht denkt in combinatie met deze opgedoken hoofden.’

Ik was even uit het veld geslagen, maar toen drong de schokkende logica ervan tot me door.

HOOFDSTUK 69

Sampson, Bree, special agent Tillis en ik haastten ons vroeg in de middag het gebouw van de Medical Examiners in.

We waren stuk voor stuk door de wol geverfde veteranen, maar niemand keek uit naar het klusje dat ons te wachten stond. Dr. Stacy Abbott, patholoog-anatoom, drukte de deur voor ons open en leidde ons door een gang langs de drie autopsiezalen.

In bijna elk mortuarium waar ik ben geweest hangt die typische lucht van desinfecterende middelen, en ze hebben een vreemde verlichting – fel, dan weer gedempt, contrasten die me uit balans brengen en me al enigszins misselijk maken voordat ik een lijk heb gezien.

Ik heb geleerd om hiermee te leven, tijdens een moordonderzoek is het mortuarium de plek waar de dode nog iets kan zeggen, en een bekwame patholoog als dr. Abbott kan dit horen. De lichamen kunnen ons nog vaak waardevolle informatie verschaffen.

'Hoeveel hoofden heeft u al kunnen onderzoeken?' vroeg Sampson aan dr. Abbott toen we voor de dubbele deuren van een van de autopsiezalen stilhielden.

'Een paar,' zei ze.

'Zijn er overeenkomsten?' vroeg ik.

'Ze zijn op precies dezelfde manier onthoofd,' zei Abbott. Ze was achter in de dertig, een ietwat aparte vrouw, maar zeer scherpzinnig.

De patholoog zei dat de eerste snede van het mes van links naar rechts liep en diep genoeg was om door de halsslagader, het strottenhoofd en de slokdarm tot aan de ruggengraat te gaan. De tweede snede begon rechts en liep over de achterkant om aan de voorkant links te eindigen.

De nek was nu ver genoeg doorgesneden om de ruggenwervel onder de zesde halswervel te breken. Met het doorsnijden van de openliggende strengen was het hoofd van het lichaam gescheiden.

'Hebt u een idee wat voor soort mes er is gebruikt?' vroeg Bree.

'Een flink ding,' zei Dr. Abbott. 'Drie van de mannen waren stevig en hadden een gespierde nek, en dan nog was de eerste snede behoorlijk diep. Ik zou zeggen dat jullie moeten zoeken naar een vlijmscherp, licht gebogen mes met een stevige greep en een lemmet dat zo'n vijfentwintig à dertig centimeter lang moet zijn. Het soort mes dat een slager zou gebruiken.'

Ik sloot mijn ogen en dacht aan Tanner Oates, oftewel Meat Man. Elk van zijn slachtoffers was vermoord met een slagersmes en vervolgens onder de zesde halswervel onthoofd.

'Zijn jullie er klaar voor?' vroeg dr. Abbott.

'Ja, voor zover je dat voor zoiets als dit kunt zijn,' zei special agent Tillis.

'Heb je het weleens eerder meegemaakt?' vroeg Bree.

'Een paar keer, maar ik zou er geen gewoonte van willen maken.'

'Maak je geen zorgen,' zei Sampson, en we volgden de patholoog door de dubbele deuren.

De lucht was koud in het mortuarium, een betegelde, rechthoekige ruimte waarvan twee zijden uit rijen van drie stalen laden bestonden.

'Met wie willen jullie beginnen?' vroeg dr. Abbott.

'Dat maakt niet uit,' zei ik. 'We willen ze allemaal zien.'

Abbott keek op een kaart, liep naar een la in de rechterwand en trok hem open om een dikke, ondoorzichtige plastic zak te onthullen waar ze een hoofd uit haalde.

'Onbekende vrouw, nummer achtentwintig-veertien,' zei ze terwijl ze het hoofd ophield. 'Een latina van ongeveer achter in de twintig, bruine ogen en een gebit waar veel aan gesleuteld is.'

Bree en Tillis keken op het scherm van een laptop. Ze schudden beiden het hoofd. 'Nee, ze zit er niet tussen.'

Nadat ze het hoofd terug in de zak had gedaan en de la had dichtgeschoven, keek Abbott weer op de kaart en liep naar een andere la toe, deze bevond zich in de onderste rij. Ze hurkte neer en trok hem open.

'Onbekende man, nummer achtentwintig-drieëntwintig,' zei ze terwijl ze het tweede hoofd ophield. 'Afro-Amerikaans, in de twintig, twee gouden tanden en twee littekens op de scalp.'

Bree en Tillis keken naar het hoofd en toen naar het scherm. 'Nee,' zei Tillis.

Abbott legde het hoofd terug en pakte de volgende, een Aziatische man.

'Nul-nul-nul,' zei Sampson.

Het werd alleen nog maar erger. Geen van de zes hoofden hoorde bij de onthoofde lichamen die voor de kust van Florida op het jacht van de mensensmokkelaars waren aangetroffen.

Tillis zag er verslagen uit. 'Ik had goede hoop.'

HOOFDSTUK 70

Bree liep naar de deuren toe en zei: 'Het was het proberen waard. Maar nu moet ik weg.'

'Wacht nog even,' zei ik. 'De FBI bewaart hier toch ook stoffelijke overschotten?'

'Dat klopt, hier en in Alexandria.'

'En liggen hier toevallig nog een paar andere losse hoofden? Van een Aziatische vrouw en twee mannen, een blanke en een latino?'

'Ja, die zijn hier,' zei ze. 'Maar om die te zien moet je schriftelijke toestemming hebben.'

'Ik was erbij toen die hoofden werden gevonden, in mijn functie als bijzondere consultant van de FBI.'

Special agent Tillis en Bree knikten aanmoedigend.

'Het klopt,' zei Sampson.

'Goed dan. Ze liggen in een andere ruimte. Ik moet ze even halen.'

Dr. Abbott was sneller terug dan ik verwachtte. Ze duwde een stalen kar voor zich uit waar drie hoofden op lagen: het vrouwelijke Aziatische hoofd dat tijdens het onderzoek naar de ontvoering van Diane Jenkins in onze auto was gelegd, het hoofd van de blanke man die we in de locker van Dwight Rivers' mierenhoop hadden aangetroffen, en het hoofd van de latino dat uit Rivers' Porsche rolde voordat de auto explodeerde.

Abbott haalde de hoofden uit de plastic zakken en we keken

van de hoofden naar de foto's op Tillis' laptop.

'Mijn god,' zei Tillis. 'Marty ís er inderdaad ingeluisd.'

'Dat denk ik ook,' zei ik terwijl ik naar de hoofden liep en ze met een handgebaar aan de anderen presenteerde. 'Carlos Octavio, Ji Su Rhee en Gor Bedrossian.'

Dr. Abbott fronste. 'Ik begrijp het niet.'

'Dat waren mensenhandelaars wiens onthoofde lichamen vorig jaar op een jacht zijn aangetroffen. Een FBI-agent die Marty Forbes heet is voor deze moorden veroordeeld. Maar het is nu duidelijk dat de hoofden door de ware moordenaar vervoerd zijn en in de oude drukkerij zijn achtergelaten terwijl Forbes achter de tralies zat.'

'Tenzij Marty een handlanger heeft,' zei Sampson.

'Wie?'

'M? Pseudo-Craig? Hoe weten we of Forbes niet...'

'Nee,' zei special agent Tillis scherp. 'Dit soort barbaarse acties? Mensen onthoofden? Zo is Marty niet. Hij mag zich aan veel dingen schuldig hebben gemaakt, maar zoiets zou hij nooit doen.'

'Daar ben ik het mee eens,' zei ik. 'Forbes moet worden vrijgelaten.'

Tillis glimlachte. 'Dat om te beginnen.'

'Samen met het hoofd van Ji Su Rhee werd er een vinger met zowel een trouw- als een verlovingsring aangetroffen, doctor Abbott,' zei ik. 'Was het de vinger van Diane Jenkins?'

Dr. Abbott liep naar haar computer en zocht het op. 'De ringen waren van mevrouw Jenkins, maar het DNA van de vinger kwam niet met het hare overeen. Kortom, we weten niet wiens vinger het is.'

Bree's telefoon ging. Ze liep van ons weg en nam op.

'Dus wie zijn die anderen?' vroeg Sampson. 'Deze zes hoofden?'

'Ik durf te wedden dat het DNA van drie van hen overeen zal komen met de drie ongeïdentificeerde lichamen van het jacht.

De anderen? Ik zou het niet weten. Maar er zullen genoeg onopgeloste moorden met een onthoofd lichaam zijn.'

Bree liep ontdaan naar ons terug. 'Dat was het BATF. De bom die agent Petit heeft gedood was radio-bestuurd.'

Ik moest dit even laten inzinken voordat ik de implicatie besefte. 'Hij heeft ons geobserveerd,' zei ik. 'M.'

'Ik weet het,' zei Bree, die haar lippen naar binnen zoog. 'Wat betekent dat hij ons allemaal had kunnen opblazen toen we door dat pand liepen. Maar dat heeft hij niet gedaan. En hij heeft het ook niet gedaan toen ik alleen naar de straat terugliep. Noch heeft hij gewacht tot jij weer terug zou lopen, Alex. M besloot de bom te laten ontploffen toen Nancy Petit zich in het gebouw bevond. Waarom?'

Voordat iemand kon antwoorden begonnen er vier verschillende telefoons te zoemen, kwetteren en rinkelen, het echode door het mortuarium.

HOOFDSTUK 71

Toen Sampson, Bree en ik samen met rechercheur Elaine Conrad bij het bakstenen huis van haar partner Ron Dallas in noordwest-DC aankwamen, had ik haar nog nooit zo overstuur gezien.

'Het spijt me voor je, Elaine,' zei Bree.

'Dank u, hoofdinspecteur,' zei Conrad, waarop ze in tranen uitbarstte. 'Jezus...'

Bree omhelsde haar. 'Ik weet dat jullie lange tijd partners zijn geweest.'

'Vijf jaar,' zei de rechercheur, die haar tranen wegveegde.

'Vertel ons wat er is gebeurd,' zei Sampson.

Conrad vertelde dat ze tevergeefs haar partner had proberen te bellen nadat hij die ochtend niet op de spoedbijeenkomst van de speciale eenheid was verschenen, Ze had zijn ex-vrouw gebeld, zijn dochter en zijn af-en-aan vriendin, maar niemand had iets van hem gehoord.

'Ron en ik hadden elkaars huissleutels,' vervolgde Conrad met trillende stem. 'Voor het geval dat... als er ooit... Goed, hij ligt boven. De kleine kamer links.'

We trokken overschoenen en latex handschoenen aan en betraden een huis dat niet veel van het mijne verschilde, dezelfde centrale hal met een steile trap naar boven. Bree ging me voor tot we de gestoffeerde overloop hadden bereikt.

De badkamerdeur stond recht voor ons op een kiertje open. Rechts stond de deur van Dallas' slaapkamer open, het was er sober en netjes. Dallas had acht jaar in het leger bij de militaire politie gezeten voordat hij bij DC Metro kwam.

Bree stapte in de deuropening links en bleef getroffen staan.

'Niemand gaat hier naar binnen voordat het forensische team is gearriveerd,' zei ze over haar schouder. 'M heeft hiermee een grote fout gemaakt.'

Bree deed een stap opzij zodat we een blik in rechercheur Dallas' werkkamer konden werpen. Tussen omvergegooide boekenkasten, dossierkasten en dozen lagen de herinneringen aan een leven over de vloer verspreid.

Boven op deze sporen van wat een epische krachtmeting moet zijn geweest lag het uitgestrekte lichaam van Dallas, die een potige en ervaren vechter was. Zijn gezicht had flinke klappen gekregen, en hij was gewurgd met een zilver-blauwe stropdas die strak onder zijn kin zat.

Op zijn overhemd was een briefje geprikt.

Rechercheur Dallas is een aanfluiting, een corrupte agent die de regels aan zijn laars lapt en met bewijsmateriaal sjoemelt, Cross. Dat begrijp je waarschijnlijk wel, hè? – M.

Ik staarde naar het briefje en voelde me enigszins misselijk worden. 'Dat begrijp je waarschijnlijk wel, hè?', was dat nu een terloopse opmerking, of speelde hij een spel met me?

Wat wist M allemaal? En hoe wist hij het?

'Je moet wel wat kunnen om Ron Dallas in zijn eigen huis uit te schakelen,' zei Sampson.

'En daarom heeft Bree ook gelijk,' zei ik terwijl ik mijn zorgen opzijzette en naar binnen gebaarde. 'M hééft een grote fout gemaakt. Met zo'n gevecht als dit moeten we bloedsporen, huidschilfers of haren in de kamer kunnen vinden die niet van Ron zijn en...'

'Hij was niet corrupt,' riep Elaine Conrad naar boven.

We keken het trapgat in.

'Ron was schoon,' vervolgde de partner van de dode rechercheur. 'Dat kan ik jullie verzekeren.'

'Want als hij niet schoon is, dan ben jij het ook niet. Bedoel je dat, Elaine?' zei Bree.

'Precies, hoofdinspecteur,' zei Conrad. 'En ik zal niet toestaan dat iemand dat van mij of mijn partner denkt. Tijdens onze eerste rit samen hebben we het over dit soort dingen gehad. Dallas wilde alles volgens het boekje doen. En zo zijn we sindsdien verdergegaan. We hebben nooit de regels aan onze laars gelapt of met bewijsmateriaal gesjoemeld. Niets van dat alles.'

Ze zei het laatste met een trillende onderlip.

'Rechercheur Conrad…' begon Bree op vriendelijke toon.

'Ik zeg u,' zei Conrad. 'Het is volkomen bullshit wat die idioot als reden geeft om mijn partner te vermoorden. Ronald Dallas had zijn tekortkomingen, maar hij was een integere man, een politieman in hart en nieren.'

HOOFDSTUK 72

Toen Bree en ik die avond thuiskwamen probeerden we de heftige gebeurtenissen van die dag achter ons te laten. Maar al wilde ik me tijdens het eten met mijn gezin bezighouden, mijn gedachten bleven maar afdwalen naar de woorden van rechercheur Conrad.

Ron Dallas was een integere rechercheur. Niet een die de regels aan zijn laars lapte. Niet een die met bewijsmateriaal sjoemelde. Een politieman in hart en nieren.

Was ik een integere rechercheur? Ik had regels aan mijn laars gelapt. Ik had met bewijsmateriaal gesjoemeld. Was ik een politieman in hart en nieren? En wat zou ik doen als M op de een of andere manier mijn donkerste geheimen zou onthullen?

Het zou mijn einde betekenen. Mijn reputatie zou aan gort zijn, dat zeker. Net als mijn leven als consulterend rechercheur. En mijn psychologiepraktijk?

Wat hij ook met 'Dat begrijp je waarschijnlijk wel, hè?' bedoelde, ik had het gevoel dat M me doorhad. Hij was in mijn hoofd gekropen om verwarring en angst te zaaien.

'Pap?' vroeg Ali, mijn gedachten onderbrekend. 'Is er iemand in DC die het op de politie heeft gemunt?'

'Er zijn twee collega's gedood.'

'Waarom?'

'Dat weten we niet,' zei Bree. 'Maar we zullen niet stoppen voordat we hem hebben.'

'Zo, en dat was het misdaadnieuws van vandaag,' zei Nana

Mama resoluut. Mijn grootmoeder vroeg Jannie naar het boek dat ze voor Engels aan het lezen was.

Mijn dochter was doorgaans geen fanatieke lezer, maar nu ging ze met glanzende ogen rechtop zitten.

'*De zin van het bestaan*,' zei ze. 'Het gaat over een man in een concentratiekamp en hoe het lukt om, ik weet niet, het leven als een wonder te zien. Het is moeilijk uit te leggen, maar het is echt goed.'

Bree's telefoon ging. Ze keek naar het scherm en zei: 'Deze moet ik nemen.'

Ze stond op en liep de kamer uit. Ik hoorde Jannie en Ali nauwelijks over het boek praten en volgde haar met mijn blik. Zou M mijn achilleshiel hebben gevonden?

'Alex!' zei Nana Mama.

Ik schrok op. 'Wat?'

Ze zei dat ze me even wilde spreken, wat nooit een goed teken was, maar ik knikte en volgde haar naar de voorkamer nadat ze Jannie en Ali had opgedragen de tafel af te ruimen.

Mijn grootmoeder wachtte tot ze het gerammel van pannen hoorde en sloeg toen haar armen over elkaar, wat ook nooit een goed teken was. 'Ik zal er niet altijd zijn.'

'Echt? Iedereen zegt altijd dat je onsterfelijk bent.'

Dit leek alleen maar olie op het vuur te zijn.

'Ik meen het. Ik wil je eraan herinneren wat ik je heb gezegd toen de kinderen nog klein waren: tijdens maaltijden wordt er niet over het werk gepraat.'

Ik hief mijn handen op. 'Ali vroeg het me.'

'En ik vraag aan jou om het niet over dat soort dingen te hebben aan mijn eettafel. Die jouw eettafel wordt als ik er niet meer ben.'

In plaats van een woordenwisseling omhelsde ik haar en beloofde dat ik mijn best zou doen. De rest van de avond wist ik het onderwerp van de twee dode collega's te vermijden als ik met de kinderen sprak, en in mijn hoofd wist ik M te ontwijken.

Maar nadat Nana Mama en de kinderen naar hun slaapkamers

waren vertrokken, en ik Bree snurkend met een boek op haar borst in bed aantrof, besefte ik dat ik te opgewonden was om te slapen. Ik nam het boek uit haar handen, knipte het licht uit en liep naar mijn werkkamer op zolder.

Er hing een bedompte lucht. Ik deed het raam achter mijn stoel open en dacht aan Ron Dallas. Hoe had M zijn huis weten binnen te dringen? Hoe was het hem gelukt om zo'n potig iemand als Dallas in een handgevecht te doden? En waarom? Hij had een afstandsbediening gebruikt om Petit naar de andere wereld te helpen.

Mijn gedachten dwaalden af naar Pseudo-Craig.

Ik pakte het dossier dat ik over hem aan het aanleggen was erbij en bekeek de foto's van de beveiligingsvideo's van de strafinrichting nog eens. Vervolgens dacht ik aan het moment waarop hij me inhaalde en de bloedballon tegen mijn voorruit smeet, en zijn griezelige gelijkenis met Kyle Craig.

Voor de eerste keer sinds Martin Forbes met het idee kwam dat Craig nog leefde voelde ik twijfel groeien. Ik probeerde het van me af te zetten en dacht aan Max Siegel, de FBI-agent die Craig veinsde te zijn nadat hij in Tampa plastische chirurgie had ondergaan.

Het gezicht van de man die stierf was niet Craig geweest. Maar het was hem wel.

Was hij het nu wel... of niet?

Ik dwong me ertoe de mogelijkheid te aanvaarden die ik altijd had ontkend. Wat als er geen gezichtsreconstructie was geweest? Wat als Max Siegel, of wie het ook was die voor mijn ogen in vlammen opging, een schepping van Craig was geweest? Was Kyle Craig nog in leven? Was hij M?

Ik bleef tot lang na middernacht wakker, mijn gedachten schoten heen en weer tussen Pseudo-Craig en mijn herinneringen aan de echte Kyle Craig, en ik vroeg me af of het waar kon zijn.

Ned Mahoney had gezegd dat we over twee, drie dagen het lichaam konden opgraven dat ik tijdens mijn huwelijksreis in vlammen had zien opgaan.

Ik besloot dat ik daar niet op kon wachten, ik sloeg het dossier met de foto's van Pseudo-Craig dicht en zette mijn laptop aan.

Twee minuten later zocht ik online naar een goedkope vlucht naar het zuiden.

HOOFDSTUK 73

De volgende middag stapte ik op een parkeerterrein in een enigszins verlopen buurt in North Miami Beach uit mijn huurauto. De lucht was zo warm en vochtig dat het me aan Washington DC in augustus deed denken, waarmee ik bedoel dat het is alsof je je hoofd in de hijgende bek van een Deense dog steekt.

Het zweet barstte uit al mijn poriën toen ik naar een laag, verschoten groen kantoorgebouw liep dat zo te zien betere tijden had gekend. Het gras en de struiken ervoor waren slecht onderhouden. De glazen deur mocht weleens een schoonmaakbeurt krijgen.

Binnen hing een bord waarop stond dat de ruimtes op de begane grond waren bezet door een advocatenkantoor dat gespecialiseerd was in 'rijden onder invloed'. Een ruimte op de eerste etage stond te huur, in de andere was Cana Medical Arts gevestigd.

Ik liep de trap op om op een handgeschreven briefje te stuiten waar PRAKTIJK OPEN VAN 09.00-12.00 – 14.30-17.00, MAANDAG-VRIJDAG op stond.

Het was tien voor twee, dus het zou nog veertig minuten duren voordat de kliniek weer open was. Maar nu ik er toch was probeerde ik de deurknop – hij draaide en ik stapte een karig verlichte wachtkamer in.

De receptie was onbemand, de ruimte erachter was net zo schemerig als de rest. Net toen ik wilde roepen hoorde ik vanaf de gang gesnurk klinken.

Ik volgde het geluid en betrad een kantoor dat door een enkele lamp werd verlicht die op een groot houten bureau stond. Achter het bureau zat een zwaargebouwde man in een gekreukt blauw overhemd en een spijkerbroek op een stoel te slapen, zijn blote voeten rustten op het bureau.

Zijn tenen bevonden zich recht onder de lamp, alsof hij ze aan het licht wilde warmen. De nagels waren lang, abnormaal dik, en geel met zwarte vegen, alsof ze door een schimmelinfectie waren aangetast.

Ik trok mijn neus op bij het onsmakelijke gezicht, haalde mijn ID tevoorschijn, ging op de stoel tegenover hem zitten en klopte op het bureaublad. Hij reageerde niet, dus ik klopte nog een keer en luider.

De man schrok midden in een snurk wakker, maaide met zijn armen en viel bijna achterover. Hij zwaaide zijn benen van het bureau af en zat nu, enigszins verward, voorover op zijn stoel. Hij had een onderkin, een rimpelige lichtbruine huid en bloeddoorlopen ogen. Je zou hem ergens achter in de zestig geven, hoewel ik had gelezen dat hij eenenvijftig was.

De man sperde zijn ogen open toen hij me zag en deinsde geschrokken achteruit. 'Wat is dit?' zei hij. 'Wie bent u?'

'Ik ben rechercheur, en ik zou u graag wat vragen willen stellen.'

Dr. Julius Bombay werd kwaad en begon te sputteren. 'Houdt het dan nooit op? Ik heb mijn boetes betaald en al jullie vernederingen ondergaan. Het is genoeg nu!'

'Ik ben hier niet om uw vergunning in te trekken, dokter Bombay, ik ben hier voor een oude cliënt van u.'

De houding van de dubieuze plastisch chirurg veranderde bij toverslag. Hij kalmeerde en bekeek me aandachtig. 'Voor wie werkt u?' vroeg hij uiteindelijk. 'Ik heb het idee dat u niet officieel in functie bent.'

'Wie zal het zeggen? Ik ben hier vanwege Kyle Craig.'

'Ik weet niet over wie u het heeft,' zei hij terwijl hij omlaag keek en een la van zijn bureau opentrok.

‘Hij kende u. Hij heeft me verteld dat u hem een nieuw gezicht hebt gegeven. Dat was in de tijd dat u ’s nachts clandestiene operaties verrichtte om uw gokverslaving te financieren.’

Dr. Bombay stond op met een pistool in zijn hand dat op mijn borst was gericht.

HOOFDSTUK 74

Ik keek naar het pistool, een robuuste Remington 1911, waarschijnlijk een .45 kaliber. En, in de juiste handen, waarschijnlijk dodelijk.

Maar Bombays pistool trilde net zo hard als zijn stem toen hij zei: 'Wie u ook bent, donder op! U bent hier onrechtmatig.'

Ik hief mijn handen op en kwam uit mijn stoel omhoog. 'Ik ben hier niet vanwege uw illegale snijpraktijken, dokter. Ik wil alleen maar bevestigd hebben dat u Kyle Craig een nieuw gezicht hebt gegeven.'

Hij leunde met een hand op het bureau en hield het pistool op me gericht. 'Wegwezen!'

'Rustig maar,' zei ik terwijl ik me omdraaide. 'Ik ga al.'

Op het moment dat ik vanuit mijn ooghoek zag dat hij het wapen liet zakken draaide ik me om mijn as en sloeg zo hard tegen de binnenkant van zijn pols dat hij het uitschreeuwde van pijn. Het pistool schoot uit zijn hand en belandde kletterend achter hem.

'Klootzak,' zei hij. Dr. Bombay keek bedenkelijk naar zijn pols, sloeg toen zijn ogen naar me op en dook naar de vloer.

Hij was op zoek naar het pistool. Ik schoot op hem af, greep hem bij de kraag van zijn overhemd en trok hem omhoog. Toen draaide ik hem om en plantte mijn rechtervuist in zijn maag.

Dr. Bombay sloeg dubbel, zijn ogen puilden uit en er klonken vreemde slikkende geluiden uit zijn keel. Ik drukte hem op de stoel waarop ik had gezeten en zocht achter het bureau; toen ik het pistool had gevonden haalde ik de kogels eruit.

Toen ik hiermee klaar was zag ik dat hij alweer enigszins op adem was gekomen.

'Het is een simpele vraag, dus je kunt me een simpel antwoord geven,' zei ik. 'Heb je Kyle Craig een nieuw gezicht gegeven? Het gezicht van een FBI-agent die als Max Siegel door het leven ging?'

Hij haalde zijn schouders op. 'Ik zou het niet weten. Misschien? Jezus, man, ik weet niet wie je bent, maar er werden nooit namen genoemd. Als ik namen wist, dan zou ik die aan mensen als jij kunnen geven, dus geen namen. Nooit. Begrijp je?'

Ik liet hem een van de foto's uit de strafinrichting zien. 'Heb je deze man ooit gezien?'

Dr. Bombay leunde naar voren en schudde zijn hoofd. 'Nee. Ik bedoel, misschien, maar het gezicht waarmee ze bij me binnenkomen heeft me nooit zo geïnteresseerd. Het is het gezicht na de plastische chirurgie dat ik koester en vastleg.'

'Heb je zo'n foto van deze man? Misschien in je archieven? Ik weet de exacte datum waarop je hem hebt geopereerd.'

Hij trok zijn wenkbrauwen op. 'Nou, dat was goed mogelijk geweest, ware het niet dat de opslagunit met mijn archieven in Tampa door de laatste orkaan compleet is weggevaagd.'

'Dokter Bombay?'

Een jonge vrouw met paars geverfd haar stond in de deuropening. Ze keek van mij naar het pistool en naar de kogels die op het bureau lagen.

'Ja, Emma,' zei hij.

'Uw patiënt is er.'

Hij keek me aan. 'Zoals je hebt gehoord, het werk roept.'

Hij zei het met zoveel berusting in zijn stem dat ik knikte.

Dr. Bombay zuchtte en stond op uit de stoel. 'Emma, waar zijn mijn slippers?'

Emma wierp een blik op zijn blote voeten. Ik zag haar neusvleugels van afschuw trillen, maar toen wees ze naar een hoek van zijn kantoor en deed een stap opzij om me te laten vertrekken.

HOOFDSTUK 75

Ik zal vast wel in slechtere luchthavens dan Miami International zijn geweest, maar ik kan me alleen niet herinneren wanneer.

Ik had het niet zo gemerkt toen ik hierheen vloog, maar nu ik vertrok moest ik bijna een uur wachten om door de security te komen. De meeste toiletten functioneerden niet meer en de vloeren waren er smerig. Er waren niet genoeg zitplaatsen en het personeel zag er ongelukkig uit, sommigen gedroegen zich ronduit bot. En dat terwijl mijn humeur al niet meer zo goed was sinds ik de kliniek van dokter Bombay had verlaten. Ik had nog steeds geen antwoorden op mijn vragen, inclusief de vraag of Kyle Craig plastische chirurgie had ondergaan om zich als een vermiste FBI-agent voor te kunnen doen.

Ik had gehoopt dat dr. Bombay had kunnen aantonen dat mijn idee dat Craig nog steeds in leven was niet klopte. Toen het vliegtuig landde had ik het gevoel dat ik geen stap verder was gekomen.

Ik nam een taxi, gaf een adres op dat vlak bij mijn huis in de buurt was en deed pas bij Fourteenth Street Bridge de batterijen terug in mijn prepaidtelefoon. Toen ik hem aanzette trof ik acht ingesproken voicemails en acht berichten aan.

Mijn telefoon ging voordat ik ze kon afluisteren of lezen. Het was John Sampson.

'Waar ben je in godsnaam, Alex?' vroeg hij nadat ik hem had begroet. 'Je nam je telefoon niet op.'

'Ik heb hem een paar uur moeten uitzetten.'

'Hm-hm,' zei hij. 'Oké, het zal wel. Maar waar je ook bent op dit moment, kun je foto's op die prepaid ontvangen?'

'Ik ben bijna thuis en, ja, dat kan ik.'

'Je hoeft er alleen maar even naar te kijken. Ik stuur je ze nu en bel je dan zo.'

Toen de taxi een paar minuten later in een file stond hoorde ik mijn telefoon zoemen. Ik viste hem uit mijn zak en zag twee foto's. Ik voelde meteen een stekende hoofdpijn opkomen.

Pseudo-Craig was ergens door een camera gevangen, in kleur, zowel *en profil* als *en face*. Hij droeg een spijkerbroek, een lichtbruin leren jack en versierde cowboylaarzen. Op zijn hoofd een witte omgekeerde honkbalpet, en hij had geen zonnebril op.

Mijn telefoon ging.

'Heb je hem gezien?'

'Nou, dat viel moeilijk te missen. Waar was het?'

'Union Station. Gistermiddag om vier uur. Dit zijn maar twee foto's van de beveiligingsvideo's, maar ik heb alles gezien en... het is alsof hij gezien wíl worden, Alex.'

'Oké?'

'Hij heeft zich doelbewust door ten minste vier camera's laten filmen.'

'Waar ging hij daarna heen?'

'We zijn hem kwijtgeraakt toen hij de lift naar het metrostation eronder nam. De camera's daar waren in reparatie.

Uiteraard. Ik kreunde inwendig.

'Wat zou het plan hierachter zijn, Alex?'

'Laat me erover nadenken,' zei ik. 'Ik bel je later terug.'

De telefoon begon te zoemen zodra ik had opgehangen. Een bericht van Ned Mahoney.

We hebben van de federale rechtbank toestemming gekregen om vanavond Craigs stoffelijke resten op te graven. Ik dacht dat je daar wel bij wilde zijn.

HOOFDSTUK 76

Quantico, Virginia

Miezerbuien en mistflarden dreven over de zwarte grafstenen met alfanumerieke codes die willekeurig in de bosbodem leken te zijn geplant.

De duisternis was al een tijd geleden over dit afgelegen en bosrijke gedeelte van de mariniersbasis gevallen, een gebied dat op de kaarten niet als overheidseigendom stond vermeld. Het was een anonieme begraafplaats voor criminelen die een verleden hadden dat zo kwaadaardig was dat de familie het lichaam niet voor een passende begrafenis had opgeëist.

Mahoney, twee andere FBI-agenten, drie medewerkers van de begraafplaats en ik stonden er in regenpakken en rubberlaarzen met zwaaiende zaklampen naar graf B157 te zoeken, de code die men aan de grafsteen van Kyle Craig had toegekend.

'Waarom staan ze niet op volgorde?' vroeg ik.

Een van de medewerkers, een oudere man die Cecil heette en een lichte bochel had, keek me aan en zei: 'De commandant die deze begraafplaats na de burgeroorlog heeft aangewezen wilde niet dat er altaren voor de doden zouden komen. Zorg ervoor dat ze zo moeilijk mogelijk te vinden zijn. Vooral steen A1.'

Ik keek naar steen C42. 'Wie ligt er onder A1?'

Hij aarzelde, en zei toen kalm: 'John Wilkes Booth.'

Ik fronste. 'De moordenaar van Abraham Lincoln? Ik dacht

dat hij op een kerkhof in Baltimore lag, onder een anonieme steen waar iedereen Lincoln-pennies op gooit.'

Cecil schudde zijn hoofd. 'Zijn familie wilde niets meer met hem te maken hebben. Die grafsteen in Baltimore staat op het graf van zijn zus. Booth ligt hier. Met hem zijn ze deze goddeloze doodsakker begonnen.'

'Wie liggen er nog meer?'

'Dat is geheim, maar het zijn er aardig wat. De mensen denken dat ze ergens anders zijn begraven, en er zijn natuurlijk wel grafstenen te vinden, maar de waarheid is dat de meeste begraafplaatsen niet toestaan dat zo'n verdorven iemand in gewijde grond wordt begraven. De echte stoffelijke resten worden hierheen gestuurd. Niemand die het weet.'

Ik had nog nooit van deze begraafplaats gehoord, zelfs niet toen ik hier in Quantico op de afdeling Gedragsanalyse werkte. 'Kom op,' zei ik terwijl ik om me heen keek. 'Wie liggen er nog meer in dit bos?'

Cecil keek van me weg.

'Ik beloof je dat het onder ons blijft.'

Hij aarzelde, maar zei toen met gedempte stem: 'Je staat op nog geen dertig meter van de resten van Oswald en Ruby.'

Ik gaapte hem aan. 'Lee Harvey Oswald? De moordenaar van JFK? Hier? En Jack Ruby, de moordenaar van Oswald?'

'John Wayne Gacy ligt hier ook niet ver vandaan. Het is een illustere club.'

Voordat ik kon antwoorden riep Mahoney: 'Hier is het. Ik heb hem gevonden.'

Ned knielde drie rijen verderop neer en scheen met de lichtbundel van zijn Maglite op de grond. 'Breng de lampen en de graafmachine hierheen.'

Een FBI-agent startte de pick-uptruck met bouwlampen in de laadbak. Cecil stapte in de Bobcat met graafarm.

Ik lette er niet op. Ik keek om me heen terwijl de mist wegwaaide en het echt begon te regenen.

Booth. Oswald. Ruby. Gacy.

En alleen God en Cecil wisten wie hier verder nog onder de grond lagen.

Terwijl ik naar Mahoney liep moest ik toegeven dat het verontrustend – oké, ronduit griezelig – was om te weten dat ik over de botten van psychopaten, seriemoordenaars en andere koudbloedige criminelen wandelde.

Een medewerker van de begraafplaats gebruikte een koevoet om de grafsteen los te wrikken en die opzij te zetten. Cecil bleek een ware meester in de Bobcat en in een mum van tijd groef het getande blad zich door de verse laag dennennaalden in de natte rode klei eronder.

Het stortregende toen het blad metaal raakte, het klonk galmend vanuit het gat dat was ontstaan. Zijn collega's gebruikten een houten ladder om met een schep en twee stalen kettingen naar beneden af te dalen. Ze sloegen de kettingen om de stalen kist en bevestigden die aan het blad van de graafmachine. Cecil bediende de hendels. De kist kwam moeiteloos omhoog en schommelde boven het gat.

'Klein genoeg voor een kind,' zei Mahoney hoofdschuddend.

Ik dacht aan het laatste moment dat ik de man van wie ik aannam dat hij Kyle Craig was had gezien, vlak voordat er een explosie was en zijn ellendige leven in vlammen opging.

'Er was niet veel van hem over,' zei ik. 'Twee verkoolde armen en een been.'

HOOFDSTUK 77

Ik kwam vlak voor middernacht thuis, verkleumd en verlangend naar een warme douche en een bed. Bree was nog wakker. Ze zei niets toen ik de slaapkamer inliep, maar haar gezicht sprak boekdelen.

'Ik weet dat ik had moeten bellen,' zei ik. 'Maar ik heb je geappt dat ik naar Quantico moest.'

Bree hoorde het onbewogen aan.

Ik ging op de rand van het bed zitten. 'Luister, ik moest vandaag ergens heen om met iemand te praten, iets waar de nodige overredingskracht bij te pas kon komen. Ik wilde niet dat je er op wat voor manier dan ook iets mee te maken zou hebben, dus ik heb je niet verteld waar ik heen ging en heb mijn telefoon uitgezet. Toen ik daarvan terug was belde Ned me om naar Quantico te komen, hij nam me mee naar een plek die officieel niet eens bestaat.'

Ze zweeg en zei uiteindelijk: 'Dus er ís een kant van Alex Cross die zijn geliefde vrouw niet mag kennen.'

Ik zag dat ik me hier niet uit kon praten. Ik zwichtte en vertelde haar over dokter Bombay en de begraafplaats op Quantico.

'John Wilkes Booth?'

'Ik had dezelfde reactie,' zei ik.

De onvermurwbare uitdrukking op haar gezicht had plaatsgemaakt voor interesse.

'En Ted Bundy? Ligt híj er ook?'

'Dat zullen we aan een opzichter die Cecil heet moeten vragen, maar ik zou er mijn hand voor in het vuur durven steken.'

Bree schudde haar hoofd. 'Dat is ongelooflijk. En niemand weet hier iets van?'

'Een selecte groep.'

'Denk je dat het Craigs resten waren in die kist?'

'Ik ben zo verkleumd en moe dat ik niet meer goed na kan denken.'

'Arme schat,' zei ze. 'Neem een warme douche en kom naar bed.'

Ik kuste haar en zei: 'Dank voor je begrip.'

Ik stond op en zag iets van de strengheid op haar gezicht terugkeren.

'Ik keur het nog steeds af dat je dat tripje naar Miami voor me hebt verzwegen. We zijn levenspartners, zielsverwanten. En dat is meer dan een team.'

'Het spijt me, het zal niet meer gebeuren.'

'Goed dan, zand erover,' zei ze en ze knipte het licht uit.

De douche was heerlijk. Hij verwarmde niet alleen mijn botten, maar spoelde alles van me af, van smerige teennagels tot grafkisten.

Eenmaal in bed lag deze dag achter me, ik zonk weg in een droomloze slaap.

Toen Bree en ik de volgende ochtend wakker werden besloten we om er een rustig weekend van te maken.

We namen Ali mee naar het Tidal Basin, zodat hij zich kon uitleven op zijn mountainbike terwijl wij onze gebruikelijke zaterdagochtendloop konden doen. Je kon meteen merken dat hij door zijn trainingsritten met het Wild Wheels-team meer kracht en techniek had gekregen.

Ik vertelde het hem toen hij weer naar ons toe was gereden.

'Dus ik kan naar die race in Pennsylvania?' vroeg hij.

'Ik heb de nieuwsbrief die je mee naar huis nam gelezen, en het ziet er goed uit. Ik zal het er met je coach over hebben, maar ik denk dat je wel kunt gaan.'

Hij slaakte een kreet van vreugde en reed van ons weg terwijl we de eerste Japanse kersenbomen bereikten die om het bassin heen staan.

'Zie je dat?' zei Bree, die zwaar ademend naar de kersenbomen wees. 'De knoppen staan op barsten.'

'Je hebt gelijk. Dat is bijna een week eerder dan vorig jaar.'

We zwoegden verder langs het Jefferson Memorial en zagen Ali bij het stoplicht van Maine Avenue staan. Hij hield ontsteld zijn telefoon omhoog.

'Kapitein Abrahamsen heeft een ongeluk gehad!' zei hij.

'Wat?'

'Hij is gisteren tijdens een rit aan de oostkust onderuitgegaan. Er lag grind op de weg, hij vloog over zijn stuur terwijl hij nog met zijn voeten in de toeclips zat. Hij heeft zijn schouder lelijk bezeerd, en hij moet komende week op een legerbasis in San Antonio werken.'

'Hoe weet je dat allemaal?' vroeg Bree.

Ali zei dat hij de kapitein over de wedstrijd in Pennsylvania had geappt en hem had gevraagd of ze voor die tijd nog een keer samen konden rijden. Abrahamsen appte terug dat hij eerst naar de dokter moest voor zijn schouder en daarna een vlucht naar Texas nam.

'Hij zei dat het minstens twee weken zou duren voordat hij weer kon rijden.'

'Dat is niet zo mooi,' zei ik. Het licht sprong op groen, Ali reed voor ons uit terwijl we al joggend Maine en daarna Independence overstaken. 'Maar wanneer is je race?'

'Over een maand!' riep Ali over zijn schouder.

'Kijk eens aan,' zei Bree. 'Dan is er nog genoeg tijd voor zijn herstel.'

De rest van het weekend had ik het gevoel dat we samen zeeën van tijd hadden. Zondag regende het, en we bleven binnen om het NCAA-basketbaltoernooi te kijken en van Nana Mama's kookkunsten te genieten.

Bree was in bed aan het lezen. Ik had net Ali naar bed gebracht en ging naast haar liggen. Ik zuchtte. 'Zo'n weekend had ik nodig,' zei ik. 'Tijd om onszelf te zijn.'

'Ik ook.' Ze legde haar boek op het nachtkastje, knipte het licht uit en draaide zich naar me toe.

'Slaap lekker, schat,' zei ik en ik gaf haar een kus.

'Wie zegt er dat het weekend voorbij is?' zei ze terwijl ze me terug kuste.

HOOFDSTUK 78

Het voelde alsof de zon door het raam recht op mijn gesloten ogen scheen.

Ik kneep ze samen en zag door de spleetjes dat het nog donker was in de slaapkamer. Maar iemand scheen vanaf buiten een felle, smalle lichtstraal op me.

Ik rolde me om en belandde op de vloer. 'Bree!' riep ik.

Geen antwoord.

Het licht verdween.

'Bree!'

De slaapkamerdeur ging open en daar stond Bree in haar ochtendjas terwijl ik op mijn knieën zat.

'Ssst!' zei ze. 'Het is pas halfzes. Iedereen slaapt nog.'

'Er was iemand buiten die met een zaklamp op me scheen,' siste ik.

Dat veranderde alles. We kleedden ons snel aan, pakten onze dienstwapens en liepen naar buiten.

We dachten dat de lichtstraal gezien de invalshoek vanaf het dak van de familie Morse, onze buren, moest zijn gekomen, hoger dan de steiger die de werklui bouwden om de buitenmuren te zandstralen.

We kenden de combinatie van hun sleutelkluis, even later openden we de voordeur en slopen met getrokken pistolen naar binnen.

Het huis was leeg. De ramen, muren en vloeren waren afgedekt met doorzichtig plastic waar een laagje zaagsel op zat. Hier en daar lagen hoopjes bouwafval bij elkaar geveegd, maar nog niet opgeruimd.

Zowel op de begane grond als op de eerste etage zagen we genoeg voetafdrukken in verschillende maten, waarbij een overvloed in de slaapkamers, die dakkapellen hadden. Bij één dakkapel was het afdekplastic weggesneden. Vanuit het raam zagen we niemand op het dak, en ook geen voetafdrukken.

Ik klom op het dak en bewoog me naar de plek van waar volgens mij met de zaklamp in onze slaapkamer was geschenen. Ik zag er nog wat zaagsel liggen dat door de wind werd weggeblazen.

'Er is iemand geweest,' zei ik toen ik terug het huis inklom. 'Maar het bewijs ervan zal snel verdwijnen met die wind.'

We liepen terug naar ons huis, en Bree zei: 'Het was hem, M. Toch?'

'Ik neem aan van wel.'

'Ik moet er eigenlijk niet aan denken dat hij ons begluurt.'

'Als ik er alleen al aan denk kan ik wel een gat in de muur slaan.'

'Hoe zit het met die beveiligingscamera's waar je het over had?'

'Ik ga ze vandaag bestellen. En ook voor de buren, ik stuur ze wel een rekening.'

'Moeten Nana Mama en de kinderen hier niet weg? We kunnen ze bij je vader in Florida laten logeren.'

Het was geen slecht idee, maar ik wist dat ze het alle drie om verschillende redenen verschrikkelijk zouden vinden. 'Ik zal erover nadenken.'

Mijn telefoon ging. Keith Karl Rawlins.

'Jij bent er vroeg bij,' zei ik.

De cybercrime-consultant van de FBI snoof. 'Ik heb maar vijf uur slaap per nacht nodig. En ik dacht jij de eerste was die het zou moeten weten.'

Hij liet me spartelen. 'Die wát zou moeten weten?'

'Het Ethereum, de cryptovaluta die als losgeld voor Diane Jenkins is betaald, begon afgelopen nacht vanaf alle rekeningen in beweging te komen. Ik heb de transfers via vierentwintig verschillende adressen kunnen volgen, waarvan de meeste geprogrammeerd waren om alle bijkomende ruis te wissen. Maar een paar van mijn virussen zijn erdoorheen gekomen, en je raadt nooit waar de foppen uiteindelijk terecht zijn gekomen.'

HOOFDSTUK 79

McLean, Virginia

De volgende ochtend reden Ned Mahoney en ik naar de poort van een twee meter hoog smeedijzeren hekwerk dat een landgoed omgaf in een streek die beroemd was om zijn paarden. Op gepaste afstand van de weg stond een uitgestrekt wit landhuis uit het begin van de negentiende eeuw met groene lijsten en luiken.

'Ik denk nog steeds dat het geen goed idee is dat je mee naar binnen gaat, Alex,' zei Mahoney toen de pick-uptruck voor ons naar de poort rolde. Wij volgden.

'Dat ben ik niet met je eens,' zei ik. 'Mijn aanwezigheid zal de boel op scherp zetten.'

'Maar we hebben een huiszoekingsbevel.'

'Wie zegt dat we ons meteen in de kaart moeten laten lezen?'

'Waar hoop je dan op?' vroeg Mahoney terwijl er uit het raam van de pick-up een hand verscheen die op de knop van een intercom drukte. 'Een bekentenis? "Ik ben M, en vanwege jou heb ik dit alles georganiseerd, Alex Cross?"'

'Dat is precies waar ik op hoop,' zei ik. We hoorden een luid gezoem en het hek zwaaide open. 'En als we dit goed doen, dan krijgen we wat we willen, en daarmee besparen we ons de nodige tijd en moeite.'

Ned volgde de pick-up over de oprit. 'Doe me een plezier, en laat mij het woord voeren, ja?'

‘Ik denk dat alleen al mijn aanwezigheid genoeg effect zal hebben.’

Ned parkeerde de auto op een parkeerplaats van tegels die in een cirkel waren aangelegd, er stonden azalea’s omheen die net in bloei waren. Langs het pad dat naar de voordeur leidde stond een rij kornoeljes. We negeerden de blikken van het geüniformeerde tuinpersoneel en klopten aan.

Er werd opengedaan door een latina van midden in de veertig. Ergens in het huis klonk pianomuziek. ‘Ja?’

Mahoney hield zijn penning op. ‘FBI, mevrouw. We zouden de vrouw des huizes graag willen spreken.’

De vrouw tuurde naar het pasje. ‘FBI? Ze voelt zich niet goed vandaag. Ik zal haar zoon bellen, die woont iets verderop.’

‘Bij hem gaan we later op bezoek, maar eerst willen we zijn moeder spreken,’ hield Ned vol. ‘Wat is uw naam, trouwens?’

Ik neem aan dat ze dacht dat Ned het wilde weten om haar immigrantenstatus te checken, want ze sloeg haar armen over elkaar, hief haar kin en zei: ‘Ik ben Maria Joan en ik heb al zes jaar een werkvergunning. Over zeven maanden ben ik Amerikaans staatsburger, daar studeer ik voor. En ik ken de wet, het vierde amendement. Zonder huiszoekingsbevel of gegronde redenen kunt u hier niet naar binnen gaan.’

Mahoney glimlachte en greep in zijn binnenzak. ‘Daar hebt u gelijk in, mevrouw Joan. Maar ik heb hier een huiszoekingsbevel. Dus u blokkeert de rechtsgang als u ons niet binnenlaat om uw bazin te spreken.’

Mahoney hield het papier op zodat ze het kon zien. Ze bekeek het, knikte en deed nukkig een stap opzij om ons toegang te verlenen.

De ovaalvormige hal was met leisteen betegeld. Tussen ons en een stromende fontein aan de verre muur stond een ronde eenpotige tafel waar een vaas met een uitbundig boeket bloemen op stond, dat de lucht met zijn parfum vulde.

Terwijl de pianomuziek luider werd volgden we Maria Joan door een brede gang die ons langs een bibliotheek voerde, en die uitkwam op een grote open ruimte die niet in een glossy woonblad zou misstaan en een stijlvol ingerichte zitkamer erachter waarvan hetzelfde gezegd zou kunnen worden.

Er stonden twee vazen met verse rozen en een prachtig theeservies op een ronde salontafel voor een vrouw die half van ons afgekeerd in een rolstoel zat. Ze keek naar Bloomberg Television op een groot scherm dat in de muur was verzonken.

Het geluid stond uit. Uit de speakers klonk pianomuziek.

Maria Joan ging voor de vrouw staan, schudde haar lichtjes en zei: 'U hebt bezoek, mevrouw M.'

HOOFDSTUK 80

Ik voelde me licht in mijn hoofd worden toen Maria Joan de woorden sprak.

U hebt bezoek, mevrouw M.

Mahoney's mond was opengevallen, maar hij herstelde zich toen we samen naar de rolstoel liepen. Ik schrok van haar verschijning.

De laatste keer dat ik haar zag had Margaret Edgerton de glans en uitstraling van een rijke en geslaagde zakenvrouw. Maar in de maand die was verstreken sinds we allebei in het Greensville Correctional Center getuige mochten zijn van de wrede en barbaarse dood van haar zoon had ze die glans verloren.

Ze zag er uitgeput uit en droeg een getinte zonnebril, een pluche blauwe ochtendjas en dikke sokken. Haar handen trilden, en ze had iets verdwaasds toen ze haar hoofd omdraaide en naar Mahoney en mij tuurde.

'Bezoek?' zei ze met een slaperige en ietwat slepende stem. 'Ik dacht dat alle therapeuten al geweest waren voor vandaag, Maria. En ik ben moe.'

'Mevrouw Edgerton, ik ben special agent Mahoney van de FBI,' zei Ned, die met zijn penning en het huiszoekingsbevel een stap in haar richting deed. 'U kunt gaan, mevrouw Joan.'

'Ze kan het niet meer lezen,' zei Maria Joan terwijl ze naar de keuken liep.

Mevrouw Edgerton reageerde verward. 'Waar gaat dit over?'

'Over de ontvoering van een jonge moeder die Diane Jenkins heet.'

De oude vrouw trok haar neus op, er ging een siddering door haar heen.

'Een ontvoering?' zei ze verontwaardigd. 'Ik? Hoe durft u!'

Margaret Edgerton begon te hoesten en naar adem te happen, ze zwaaide met haar hand in de lucht.

'Alstublieft,' zei Maria Joan, die naar een hoek van de zitkamer liep waar een zuurstofcilinder op een karretje stond. 'U hebt haar van streek gemaakt en nu heeft ze geen adem meer.'

Ik begon me hier slecht over te voelen.

De huishoudster hield de slang onder mevrouw Edgertons neus en snauwde ons toe: 'Kunt u later terugkomen? Ze heeft drie weken geleden een beroerte gehad. Ze kan nauwelijks meer iets zien en ze heeft van die aanvallen.'

Nu voelde ik me nog slechter, maar ik zei tegen Mahoney: 'Vertel haar precíes waarom we hierheen zijn gekomen.'

Mevrouw Edgerton hield haar hoofd scheef en draaide zich naar me toe. 'Wie is hier nog meer?'

'Een consultant, mevrouw,' zei Mahoney. 'Maar laat me u de exacte reden van onze komst vertellen. De echtgenoot van de ontvoerde vrouw heeft haar losgeld in cryptovaluta betaald en...'

'Ik weet wat dat is,' onderbrak ze hem. 'Dat is van die blockchain-onzin. Nou en?'

Voordat Mahoney kon antwoorden gebaarde Margaret Edgerton met haar trillende linkerhand in mijn richting. 'Uw antwoord graag, consultant.'

'Mevrouw Edgerton,' zei Ned. 'Ik heb hier de leiding.'

'Dat kan me niets schelen,' zei ze terwijl ze in haar rolstoel een stukje naar me toe reed. 'Ik mag dan wel zo goed als blind zijn, maar mijn gehoor en mijn verstandelijke vermogens zijn nog grotendeels intact. Meneer de consultant, vertel me eens waarom u en de special agent hier werkelijk zijn.'

Ik schraapte mijn keel en zei: 'Het losgeld stroomde van

over de hele wereld via honderd digitale rekeningen naar uw persoonlijke rekening voor cryptovaluta. Daar is het gisteren terechtgekomen. Het hele bedrag, vijf miljoen.'

Het was alsof ze me niet had gehoord. Nadat ik tien woorden had uitgesproken omklemde Margaret Edgerton de handvatten van haar rolstoel zo hard dat haar knokkels bijna doorzichtig werden, en haar gezicht was opeens vertrokken van wraakzucht en bitterheid.

'Je bent hier om me definitief af te maken, is het niet, Cross?'

Ik aarzelde en zei toen: 'Nee, mevrouw Edgerton, dat ben ik niet.'

Ze grinnikte smalend. 'Natuurlijk ben je dat wel. Eerst heb je mijn zoon op de elektrische stoel gekregen, en nu wil je mij ook zien branden.'

'We zijn hier voor een heel andere zaak,' zei Mahoney. 'Mevrouw Edgerton, ik heb hier een federaal huiszoekingsbevel waarmee we alle computers in uw huis en jullie hoofdvestiging in Manhattan in beslag kunnen nemen.'

De oude vrouw leek het niet te horen. Ze zat voorovergebogen in haar rolstoel, en zag er net zo witheet uit als op het moment dat haar zoon werd geëxecuteerd.

Er volgde een wrang en koud gefluister. 'Ik heb je gezegd dat je zult branden in de hel, Cross. Herinner je je dat nog?'

'Dat weet ik nog. Bent u M, mevrouw Edgerton?'

'Antwoord hem niet!' klonk een mannenstem achter ons. 'Je zegt geen woord meer, ma, en jullie zijn hier weg. Het kan me niet schelen dat jullie van de FBI zijn. Je wandelt niet zomaar het huis van mijn invalide moeder binnen om haar vragen te stellen terwijl er geen advocaat bij is.'

We draaiden ons allebei om en zagen een vijftiger, een beer van een vent, vanuit de keuken naar ons toe benen. Hij was kalend en zag er fit uit in een hoodie met een trainingsbroek eronder. Ik herinnerde me hem van de executie.

'Peter Edgerton?' zei Mahoney. 'Ik heb ook een huiszoekingsbevel voor uw huis.'

De oudste zoon van Margaret Edgerton hield zijn pas in. 'Mijn huis? Waarom? En wat denken jullie in godsnaam in mijn moeders computers te vinden? Sinds haar beroerte heeft ze die niet meer gebruikt.'

'Losgeld dat door ontvoerders is geëist is op uw moeders rekening voor cryptovaluta terechtgekomen,' zei Mahoney.

'Pete!' riep mevrouw Edgerton uit. 'Ik heb niet eens zo'n rekening.'

'Die heb je wel, ma,' zei haar zoon scherp.

'Wat?'

'Daar hebben we het later nog wel over.' Hij keek ons aan. 'Nemen jullie me nu in de maling? Is die cryptovaluta werkelijk op háár rekening terechtgekomen?'

'Inderdaad.'

'Dan heeft iemand haar rekening gehackt en het ernaartoe gestuurd, de échte ontvoerder.'

'Maar waarom zou iemand zoiets doen?' vroeg ik.

Peter Edgerton leek me nu pas te herkennen, en zijn houding veranderde meteen.

'O, nee,' zei hij tegen Mahoney. 'Zorg ervoor dat die klootzak uit mijn moeders huis verdwijnt of ik garandeer je dat ik jullie zal vervolgen tot aan de laatste cent van mijn eigen cryptovaluta, en dat is een fortuin.'

'Meneer Edgerton...' begon Mahoney.

'Schop hem eruit, Pete!' riep zijn moeder.

Haar zoon probeerde zich te beheersen en keek Mahoney woedend aan. 'Als Cross hier weg is – maar dan ook volledig, ik wil niet dat hij zich nog langer op ons terrein bevindt – dan zullen we meewerken. U mag mijn huis doorzoeken, dat van mijn broer, onze hoofdvestiging, wat dan ook. En ik kan u nu al zeggen dat we er niets mee te maken hebben.'

Mahoney keek me aan en gebaarde met zijn hoofd naar de deur.

Ik vertrok zonder tegenwerpingen en hoorde Peter Edgerton

troostend zeggen: 'Hij is weg, ma. En hij zal nooit meer terugkomen.'

Toen ik in de hal was riep zijn moeder me nog na: 'Je zult nog steeds branden in de hel, Cross! Wat je ook doet, je zult branden voor wat je Mikey hebt aangedaan!'

HOOFDSTUK 81

Toen ik over de oprit naar de poort liep besloot ik dat het weinig zin had hier te blijven wachten terwijl Mahoney en zijn agenten de huizen doorzochten.

En ik twijfelde er zwaar aan of mevrouw Edgerton de fysieke vermogens had om M te zijn. Ze was geestelijk nog goed bij, maar door de beroerte was ze nagenoeg blind geworden, en ze had ernstige ademhalingsproblemen.

Pete?

Dat was zeker mogelijk. Pete had de motivatie om M te zijn. En hij had het geld, waarvan een aanzienlijk gedeelte uit niet te traceren cryptovaluta bestond.

Of was het een samenzwering van moeder en zoon? Als het een gedeelde obsessie was, twee harten vol haat, dan kon ik me voorstellen dat de Edgertons hun fortuin, leven en vrijheid op het spel durfden te zetten om wraak te nemen.

Maar ik was er niet zeker van.

Mijn twijfels kwamen voort uit één vraag: waarom zouden ze betrokken zijn bij een ontvoering in Ohio?

Hier kon ik geen zinnig antwoord op geven. Ik liep door de poort en belde een Uber om me terug naar de stad te brengen.

Mijn telefoon zoemde in mijn hand. Een bericht van special agent Kim Tillis.

Ik ben om twaalf uur in Alexandria voor Marty. Kom je ook, om hem voor de verandering eens goed nieuws te vertellen?

Het was tien over elf, dus ik schreef terug: ik zal er zijn.

Een onschuldige man die zijn vrijheid zou terugkrijgen. Een gedachte die me deed glimlachen, en die anders was dan de voldoening een schuldig persoon in de boeien te slaan. Dit voelde lichter, onbaatzuchtig en niet als een genoegdoening voor de slachtoffers.

Dit prettige gevoel was alleen maar gegroeid toen ik uit de Uber stapte en agent Tillis en een jongere, vrolijke vrouw in een donkerblauw pak zag staan.

Sandra Wendover glimlachte en schudde mijn hand nadat Tillis de advocaat van het federale gerechtshof aan me had voorgesteld.

'Ik ben zo blij, doctor Cross,' zei ze. 'Het komt niet vaak voor dat we een gedetineerde zo'n opbeurend bezoekje kunnen brengen.'

Ik glimlachte terug. 'Het is een dankbare missie.'

'Het is alsof we Marty het grootste cadeau uit zijn leven mogen geven,' voegde Tillis eraan toe.

We liepen langs de beveiligingspost. Ik haalde mijn ID tevoorschijn en wilde net door het detectiepoortje lopen toen ik iemand 'Doctor Cross?' hoorde zeggen.

Ik keek opzij en zag dat het Stella Maines, de deputy, was.

'Hebt u het bericht ontvangen dat ik vrijdag had doorgegeven?' vroeg ze.

'Nee, aan wie dan?'

'Aan de Metro Police Department.'

'O, ik werk daar tegenwoordig alleen nog maar als consultant.'

'Nou, u had ons toch gevraagd om de vingerafdrukken van Dirty Marty's bezoek te onderzoeken? De man die we op de beveiligingsbeelden hadden bekeken? We kregen een match. We hebben hem te pakken, het is een ex-gedetineerde.'

Mijn hart sloeg over. Een doorbraak, eindelijk.

Voordat ik kon antwoorden, zei Kim Tillis: 'Niet om het een of ander, deputy, maar hij heet nu geen Dirty Marty meer. Hij bleek erin te zijn geluisd door iemand, en we komen hem vertellen dat hij binnenkort weer een vrij man zal zijn.'

Deputy Maines wist niet wat ze moest zeggen en keek me vragend aan.

'Het is waar. De man van de beveiligingsbeelden zat in een complot om Forbes achter de tralies te krijgen. Wie is hij? Wat is zijn naam?'

HOOFDSTUK 82

Forbes' voormalige partner en zijn advocaat gingen Marty het goede nieuws vertellen. Maar nadat ik de echte naam en het meest recente adres van Pseudo-Craig had gekregen besloot ik niet met hen mee te gaan. Ik vroeg hen om Marty mijn hartelijke groeten over te brengen en verliet de strafinrichting.

Het eerste wat ik deed was Keith Karl Rawlins bellen, ik vroeg hem om alles op te zoeken wat er over deze man te vinden was. Daarna belde ik Ned Mahoney, en we spraken af in het lab dat zich onder de afdeling Cybercrimes van Quantico bevond.

Mahoney was er al toen ik de glazen deur opentrok en overspoeld werd door de dreunende techno waar Rawlins tijdens het werk naar luisterde.

De cybertovenaar zat achter zijn toetsenbord met zes beeldschermen voor zich. Ned stond achter hem, hij schrok toen ik hem op zijn schouder tikte.

'Ik had je niet binnen horen komen,' zei hij bijna schreeuwend. Hij wees op de oordoppen die hij in had.

Rawlins' hoofd bewoog op en neer op de beat, maar toen stopte hij en zette de muziek uit. Hij keek over zijn schouder, alsof hij al verwachtte me te zien en gebaarde toen met zijn kin naar de bank, waar ik mijn telefoon op zag liggen. 'Hij is schoon, je kunt hem weer gebruiken.'

Ik pakte de telefoon, stak hem in mijn zak en zei: 'Hoe zit het met Nolan?'

'O, ik heb al aardig wat over hem gevonden.'

'Vertel,' zei ik. 'En laat die techno-soundtrack maar achterwege, ik heb een lange dag achter de rug.'

Dat vond Rawlins niet leuk, maar hij haalde zijn schouders op. 'Oké, dan niet.'

Hij toetste iets in en er verscheen een strafblad van William Nolan, zesenveertig jaar, met een adres in Encino, Californië.

'Kijk nou!' zei Mahoney. 'De perfecte dubbelganger van Kyle Craig.'

'Vanuit alle drie de hoeken,' zei ik hoofdschuddend.

'Maar ik heb zijn vingerafdrukken met die van Craig vergeleken,' zei Rawlins. 'Ze leken er niet eens op.'

Daar was dan eindelijk het bewijs. Kyle Craig was dood, en ik was niet gek.

Nu voelde ik me stukken beter en ik luisterde aandachtig naar de opsomming die Rawlins gaf van wat hij tot nu toe had gevonden. Nolan was in Hollywood stuntman en B-acteur geweest tot hij de cocaïne ontdekte, een hobby die tot inbraak en autodiefstal leidde.

Dat laatste akkefietje leverde hem een driejarig verblijf in de gevangenis op. Nolan had zijn straf uitgezeten en was sinds vier jaar voorwaardelijk vrij.

Er stond een telefoonnummer van zijn maatschappelijk werkster bij, en ze nam op. Ze noemde Nolan een voorbeeldige cliënt. Na zijn vrijlating werkte hij eerst in een wasstraat, daarna bij een bedrijf dat de grondverontreiniging bij bouwputten inspecteerde.

'En waar kunnen we hem vinden?' vroeg Mahoney.

'Dat bedrijf is in Encino gevestigd,' zei ze.

Maar toen we hen belden vernamen we dat Nolan zijn baan zes weken geleden had opgezegd. Hij had zijn collega's verteld dat hij zijn rentree in de filmwereld ging maken, hij had de rol van zijn leven gekregen.

Nadat Mahoney had opgehangen sprong Rawlins vanachter

zijn toetsenbord op, zette de techno weer aan en zwaaide op de maat met zijn vuist boven zijn hoofd.

'Ik word niet goed van die muziek,' zei Mahoney. 'Kap ermee.'

De FBI-contractant rolde zijn ogen en zette de muziek uit. 'Weet je wat het probleem is met de meeste Amerikanen, en met name FBI-agenten, special agent Mahoney?'

'Zeg het eens,' zei Ned, die zijn armen over elkaar sloeg.

'Jullie nemen genoegen met een droge boterham,' zei hij. 'Jullie werken dag en nacht, en zelfs als jullie een succesje boeken wordt er geen taart gegeten. Ik vind dat je elke overwinning moet vieren, zeker zo een als deze.'

'Vertel dan eens wat je te vieren hebt,' zei ik.

Rawlins glimlachte. 'William Nolan heeft een bankrekening en twee creditcards met een belachelijk hoge rente, het soort dat ze aan risicovolle cliënten als ex-gedetineerden verstrekken.'

'Heeft hij die gebruikt?'

'Hij heeft er zes weken geleden een vlucht van LA naar New York mee betaald, toen een treinkaartje naar DC, en daarna tweeëntwintig nachten in Gaithersburg in een etablissement dat het Regal Motel heet. Is dat geen lekkere slagroompunt voor je, Cross? Je hebt hem te pakken!'

HOOFDSTUK 83

Gaithersburg, Maryland

Het Regal Motel was een ware traktatie.

Voor $22 per uur, $62 per nacht en $213 per week had je een kamer die naar sigarettenpeuken en verschaald bier rook, met een versleten tapijt en lakens die vol verdachte vlekken zaten.

Het was de werkplek van prostituees geweest tot de sheriff van Montgomery County daar een paar jaar geleden een einde aan had gemaakt. Volgens de receptioniste bestond de clientèle tegenwoordig vooral uit daklozen, verslaafden en vrouwen die zich voor hun gewelddadige echtgenoten verborgen probeerden te houden.

'Daar hebben we er drie of vier van, met hun kinderen,' zei de receptioniste tegen Bree, Sampson, Mahoney en mij. Ze heette Souk, een alerte jonge vrouw die avondcolleges bij de American University volgde. Ze knikte over haar schouder naar foto's van mannen die op de muur waren geniet. 'Als ik een van hen op het parkeerterrein zie, dan bel ik de sheriff,' vertelde ze. 'Ze hebben allemaal een straatverbod, en daar hebben we hier kopieën van.'

'Dat is mooi,' zei ik. 'Heb je deze man weleens gezien hier?'

Ik schoof haar de foto van de beveiligingsvideo van de strafinrichting toe.

'Zeker,' zei ze. 'Klein, zo'n een meter zeventig, zandkleurig haar. Glipt kamer 39B dan weer in, dan weer uit. Betaalt weken van tevoren.'

'Het klinkt alsof je hem goed hebt bestudeerd,' zei Mahoney.

'Ik probeer iedereen hier goed in mijn hoofd te prenten. Als er weer iets ellendigs gebeurt, wat vaak het geval is, dan wil ik een adequate beschrijving kunnen geven.'

'Nou, we zijn blij dat je hier werkt, Souk,' zei Bree. 'Is hij er?'

Ze haalde haar schouders op. 'Mijn dienst is pas net begonnen, en zoals ik al zei, hij glipt naar binnen en naar buiten. Je vangt alleen maar een glimp van hem op.'

'Heeft hij een auto?'

'Als hij die heeft, dan staat hij niet hier. Hij zei dat hij de bus pakte... Hoezo? Wat heeft hij gedaan?'

'We willen hem alleen maar even spreken,' zei Mahoney. 'Heeft kamer 39B nog een andere uitgang?'

'Een raam in de badkamer waar een smal dak achter zit, maar vanaf daar is het negen meter naar beneden.'

'Geen brandtrap?'

Ze schudde haar hoofd. We liepen naar buiten, splitsten ons op en beklommen de trap naar de tweede etage. Bree en Sampson naderden Nolans kamer vanuit het westen, Ned en ik vanuit het oosten. We hadden alle vier onze wapens getrokken en stonden elk aan een kant van de deur. Mahoney klopte hard. Geen reactie.

Hij klopte nog een keer. 'William Nolan, doe open. Dit is de FBI.'

Het bleef nog even stil, en ik dacht dat Ned de reservesleutel ging gebruiken die de receptioniste ons had meegegeven. Toen hoorden we het gekraak van een bedspiraal.

Mahoney riep: 'Meneer Nolan, we...'

Binnen hoorden we iemand rennen en een deur die dichtsloeg.

Ned draaide de sleutel om in het slot, die op de ketting zat.

Sampson wierp zich met zijn volle gewicht tegen de deur.

De ketting brak en de deur zwaaide open. We schoten de kamer in en zagen fastfoodverpakkingen, lege drankflessen en op het onopgemaakte bed stond een geopende weekendtas met kleren. Er lag een brandende sigaret in de asbak.

Sampson gebaarde naar de gesloten badkamerdeur achter in de kamer.

Hij sloeg met zijn vuist op de deur. 'Nolan, maak die deur open!'

Er klonk geen antwoord, en Sampson brak ook deze deur open.

Het badkamerraam stond open, er was een smal dak achter zichtbaar.

Ik liep naar het raam, stak mijn hoofd erdoor en zag Nolan, die een tweelingbroer van Kyle Craig had kunnen zijn. Hij droeg een rugzak met een camouflagemotief en zat zo'n zes meter links van me op zijn hurken, nog een paar stappen en er stond hem een sprong van negen meter in het bos te wachten.

'Nolan! Doe het niet!' riep ik.

Maar hij deed het wel.

HOOFDSTUK 84

De voormalige stuntman kwam omhoog uit zijn hurkhouding, nam vier stappen en zette zich af met zijn rechtervoet. Hij schoot de lucht in en maaide met zijn armen en benen.

Ik wilde niet zien hoe hij aan zijn einde kwam, dus ik wendde mijn blik af en wachtte op de klap.

In plaats daarvan hoorde ik een geluid als een pistoolschot. Ik keek op, om me heen, naar beneden, en daar was hij – niet op de grond, maar zes meter erboven, hangend aan een geknakte en krakende tak van een grote pijnboom die achter het motel in het bos stond.

Ik draaide me om. 'Hij hangt aan een boomtak!'

Bree was de achterste geweest en leidde nu onze haastige terugtocht uit de motelkamer.

'Hoe heeft hij dat in godsnaam gedaan?' zei Mahoney.

'Uit angst of waanzin,' mompelde Sampson.

'Ik bel de plaatselijke sheriff voor ruggensteun,' riep Bree, die de trap af draafde.

Mahoney nam de leiding en riep dat ik via de oostelijke kant en Sampson via de westelijke kant moest gaan. Hij en Bree zouden de auto's halen waarin we gekomen waren.

Souk, de receptioniste, stond bij de deur van het kantoortje. Ze keek bezorgd toen ik haar voorbij stormde. 'Wat is hier aan de achterkant?' vroeg ik.

'Bos en moerassen?'

‘En dáárachter?’ riep ik over mijn schouder.

‘Geen idee.’

Terwijl ik langs de zijkant van het motel rende hoorde ik door mijn oortje Bree om ondersteuning vragen. Het pad was verstikt door onkruid en struiken, doornen prikten in mijn huid en kleren. Overal lag vuilnis.

Ik bereikte de achterste hoek van het motel en keek snel om me heen. Het rommelige struikgewas liep langs de hele achterkant door. Precies in het midden, zo’n zes meter van het motel af en tweeënhalve meter van de grond, keek Nolan me vanuit de pijnboom over zijn schouder aan.

In een fractie van een seconde zag ik pure angst in zijn blik, alsof hij wist wie hem achtervolgde. Toen wierp hij zich achterover, maakte een halve draai in de lucht voordat hij met een soort parachutistenrol op de grond belandde. Hij kreunde van pijn, maar rolde zich op handen en voeten en verdween achter een hellend stuk uit mijn zicht.

‘Hij vlucht in noordelijke richting, de kant van het moeras op,’ sprak ik in mijn microfoontje terwijl ik me langs de doornige struiken en het afval een weg baande.

Sampson deed hetzelfde vanaf de andere kant van het gebouw. Maar zijn weg werd versperd door oude matrassen, gedumpte koelkasten en andere afgedankte spullen van het motel.

Bree’s stem klonk krakend door mijn oortje. ‘Sampson, loop naar het oosten, dan kom je op een noord-zuid weg.’

‘Begrepen.’

‘Ik ga achter hem aan,’ zei ik in het microfoontje op mijn revers.

Toen ik de plek bereikte waarachter Nolan was verdwenen, kon ik aan de beschadigde moerasplanten en verbogen wortels zien in welke richting hij was gegaan.

Ik gleed op mijn achterste van de steile oeverbank. Mijn sneakers zonken meteen weg in de modder, ze werden bijna van mijn voeten gezogen toen ik mijn eerste stappen zette om terrein op Nolan te winnen. Het was verraderlijk, door de begroeiing was het niet te zien – de ene stap was op stevige grond, terwijl ik bij de volgende tot over mijn enkels in de modder zakte.

Ik meende in de verte gerommel te horen, en ik zag donkere wolken naderen.

‘Hoe groot is dat moeras?’ zei ik hijgend.

‘Misschien een kilometer lang?’ antwoordde Bree.

‘En wat komt er dan?’

‘De provinciale snelweg, een belangrijke verkeersader.’

‘Sluit hem af.’

‘Heb ik al gevraagd.’

‘Ik loop er recht op af,’ zei Mahoney.

In de verte hoorde ik sirenes gillen. De wind wakkerde aan, de wolken pakten zich samen.

Ik bereikte een opening waar het moeras wateriger werd, en dat zo’n vijftig meter lang. En toen zag ik Nolan, hij waadde ploeterend bij de verre oever van het natte stuk, van top tot teen bedekt met modder en gras.

Het moerasgras groeide in dichte, opeengepakte pollen met stekelige bloemkronen boven het water. Ik sprong naar een grote pol, wankelde even en sprong naar de volgende. Met veel geluk en evenwichtskunst had ik het natte stuk bijna achter me gelaten, maar toen ik nog zo’n twee meter had te gaan gleed ik uit en viel languit voorover in de derrie.

Ik waadde ploeterend verder naar de oever, precies zoals ik Nolan net had zien doen. Nadat ik mijn ogen schoon had geveegd ging ik verder, het was niet moeilijk zijn modderspoor te volgen.

Opeens hoorde ik ergens voor me brullende motoren, gevolgd door het geluid van metaal dat over rots schraapt.

‘Is daar een machine aan het werk?’ sprak ik in mijn microfoontje. ‘Ben ik al bij de snelweg?’

Geen antwoord. De microfoon moest het begeven hebben toen ik in het water viel.

Het geluid van de zware motoren werd luider. Maar waar bleven de verkeersgeluiden? Ik zou het gezoef van voorbijsnellende auto’s moeten horen.

Na een paar minuten werd het struikgewas dunner tot ik een grote, kaalgekapte vlakte zag. Links van me lagen honderden pijnboomstammen waar een trailer naast stond. Op zo'n zeventig meter rechts stonden twee witte Chevy-pick-ups geparkeerd. Achter de wagens stonden drie mannen met bouwhelmen op met hun rug naar me toe naar de bezigheden van een bulldozer en een graafmachine te kijken.

Geen van de mannen leek op te merken hoe William Nolan achter hen langs sloop. Hij haastte zich naar een zwarte BMW-SUV die aan de overkant van de open vlakte stond, naast een onverharde weg die in noordelijke richting kronkelde.

HOOFDSTUK 85

Ik schoot het struikgewas uit en liep de steile uitgraving in met één oog op Nolan, die nu vlak bij de BMW was, en het andere op de drie mannen, die nog steeds de graafwerkzaamheden volgden. Ze leken niet te weten wat er achter hen gebeurde.

Terwijl ik naar de mannen rende zag ik door het open raam van een van de pick-ups de sleutels op het dashboard liggen.

Nolan zat al in zijn auto, er restte me geen andere keuze.

Nog geen vijftien seconden later zette ik de Chevy in 'drive' en gaf gas. De wielen spinden en zorgden voor een wolk van modder en kiezels die in de richting van de drie mannen schoot, die zich omdraaiden en naar de auto begonnen te rennen.

Het kon me niet schelen. Nolan zat al op de landweg.

Ik trapte het gaspedaal nog dieper in en reed schokkend en hotsend over de bouwplaats. Het begon te bliksemen, het wolkendek trok open en de regen viel met bakken uit de hemel.

Als je nog nooit door zo'n voorjaarsstorm in het zuidoosten van de States hebt gereden, nou, ik kan je zeggen dat het een desoriënterende ervaring is. Er komt in korte tijd zoveel regen naar beneden dat de ruitenwissers het niet bij kunnen houden en je gedwongen wordt vaart te minderen.

Maar dat langzame rijden had ook een voordeel, want toen John Sampson opeens vanachter een hoop puin opdook wist ik te remmen en kon ik de auto slippend laten stoppen.

Hij sprong de cabine in. 'Rijden!'

Ik gaf gas en we schoven eerst door de modder, maar kwamen daarna op een stuk met meer kiezels en het lukte me om de wagen slippend in de richting van de weg te manoeuvreren.

'Hoe kon je hier nu eerder dan ik zijn?' vroeg ik terwijl ik door de muur van regen tuurde.

'Ik had een weg die om het moeras heen liep.' Sampson hijgde en probeerde op adem te komen. 'Op een gegeven moment kwam die bouwplaats in zicht, ik was net op tijd om Nolan in de SUV te zien stappen terwijl jij als een moerasduivel naar die pick-uptruck rende.'

Ik had geen tijd om te antwoorden of erom te lachen, want we hadden de weg bereikt, al was die niet veel beter dan het ruwe terrein dat we achter ons hadden gelaten. De auto schokte en slipte en we schoten er twee keer bijna vanaf.

'Het zal hem niet lukken om een pick-up in deze modder het nakijken te geven,' zei ik. 'Mijn microfoontje doet het niet meer. Bel Bree en praat haar snel bij.'

'Hoofdinspecteur Stone?' zei Sampson.

'Hier ben ik,' klonk Bree's stem.

'De verdachte rijdt in een zwarte BMW-SUV, hij heeft zojuist een bouwplaats verlaten en...'

'Daar is hij!' riep ik.

We hadden een bocht bereikt en ik zag de BMW voor ons van de weg glijden. Hoewel ook ik de pick-up nauwelijks op de weg kon houden gaf ik extra gas.

Noch Sampson, noch ik had de autogordel om en na een gat in de weg stootten we beiden ons hoofd tegen het dak van de cabine. Net toen ik het gas losliet en probeerde me te oriënteren zag ik dat Nolan vaart minderde. Maar hij stopt niet, dacht ik nog voordat er twee stralen modder en grind onze kant op spoten die veroorzaakt werden door zijn spinnende achterwielen. Zelfs in de stromende regen bleef de voorruit met een roodbruine laag modder bedekt.

Ik kon niets meer zien en trapte vol op de rem.

'Hij zit vast!' riep Sampson. Hij gooide zijn portier open, sprong uit de pick-up en ging meteen onderuit in de modder.

Ik stapte aan mijn kant uit en hield mijn arm voor mijn hoofd om me tegen het spervuur van modder en grind te beschermen. Opeens stopte het, het portier van de SUV vloog open en Nolan sprong eruit.

Eerst wilde ik mijn dienstwapen pakken, maar zelfs in de stromende regen kon ik zien dat hij ongewapend was en naar de weg toe rende. Ik wilde achter hem aan gaan, maar mijn rechtervoet zakte tot aan mijn kuit in de modder weg en ik moest mijn handen op de grond zetten om niet om te vallen.

Ik werkte mezelf overeind en wist mijn voet uit de zuigende modder te trekken, waarin mijn rechterschoen achterbleef. Vanuit mijn ooghoek zag ik hoe Nolan waarschijnlijk in een met modder gevuld gat in de weg was gestapt, want hij maakte een grandioze buiklanding. Terwijl hij overeind probeerde te komen zette ik mijn voeten wat wijder uit elkaar en sprintte met korte passen naar hem toe.

Ik liep langs onze auto en zag dat Nolan zich alweer wankelend had opgericht. Ik voelde dat Sampson zich ergens naast me bevond en ook naar de ex-stuntman sprintte.

Het was net als vroeger. John en ik hadden samen als verdedigers in het highschool-footballteam gezeten. We hoefden niets te zeggen, de een wist feilloos wat de ander ging doen.

Ik zette me af en dook naar Nolans benen. Sampson mikte hoger.

We tackelden onze Pseudo-Craig precies op hetzelfde moment, en het was zo'n gigantische klap dat de modder een krater om hem heen had gevormd. Zijn fragiele rugzak was opengescheurd, hij bleek vol honderddollarbiljetten te zitten.

HOOFDSTUK 86

Nolan beweerde dat hij een gebroken knie had, dat zijn schouder uit de kom was en dat hij een paar ribben had gebroken nadat we hem hadden getackeld. Hij eiste een dokter en een advocaat en hield daarna zijn mond stijf gesloten, wat zijn recht was. Mahoney arresteerde hem, en we vertrokken met de afspraak elkaar in de ochtend te ontmoeten.

Bree reed ons naar huis. Tegen de tijd dat we Sampson bij zijn huis afzetten en even later voor ons huis stopten was de storm gaan liggen. Ik plakte aan de passagiersstoel vast. Mijn kleren waren gescheurd en met een opgedroogde laag koperkleurige modder bedekt.

'Je ziet eruit als een figurant in een zombiefilm,' zei Bree grinnikend.

'Zo voel ik me ook,' zei ik terwijl ik over mijn beurse ribben wreef. 'Dat was een flinke klap.'

We liepen naar de veranda, en ik dacht op dat moment nauwelijks meer aan de bouwsteiger die tegen het huis van de buren aan stond.

'Denk je dat Nana Mama je in deze toestand over haar schoongeboende vloeren laat lopen?' zei Bree. 'Loop even achterom en neem een douche in de kelder.'

Ik zuchtte. 'Oké. En ik zal mijn broek uitspoelen voordat ik naar binnen ga.'

'Dat is zelfs nog beter.'

Ik boog me voorover om haar te kussen. Ze maakte een sprongetje naar achter en lachte. 'O, van z'n leven niet.'

'Een kus van de zombie!' zei ik. Ik hief mijn handen op Frankenstein-wijze op en liep op haar af.

Bree gilde het uit van het lachen en rende het verandatrapje op. Ze deed de voordeur open, keek nog een keer grijnzend over haar schouder en stak haar tong uit voordat ze naar binnen ging.

Ik vond het fijn om Bree zo te zien, zo moest ze als meisje zijn geweest, zo was ze even geen hoofdinspecteur meer. En dat omdat ik me als een kwajongen gedroeg. Na een lange, zware dag die alle kanten op was gevlogen voelde ik me opeens stukken beter.

En over het geheel genomen hadden we vooruitgang geboekt. We hadden M nog niet, maar we hadden wel iemand die hem kende. Zoveel had Nolan tegen mij en Marty Forbes gezegd.

De douche was lang, warm en heerlijk. Het eten – gegrilde kip in een citrus-mosterdsaus, een recept dat Nana Mama van de *Rachael Ray Show* had – stond op tafel toen ik als een herboren mens de keuken binnenkwam.

'Wat zie jij er fris uit,' zei Bree.

'Ach, zo af en toe moet dat gebeuren.'

'Bree zei dat je helemaal onder de modder zat,' zei Ali.

'Van top tot teen.'

'Daar had ik wel een foto van willen hebben.'

'Dat zat er niet in.'

'Pap?' zei Jannie. 'Moet je me niet vragen hoe mijn eerste dag is gegaan?'

Ik was het helemaal vergeten. 'O ja, school. Hoe voel je je nu?'

Ze ging nog rechterop zitten dan ze al deed en glimlachte. 'Heel goed, eigenlijk. Die vitamines werken echt na verloop van tijd.'

'Ben je niet moe geweest vandaag?'

'Een keer, in de studiezaal. Ik heb mijn hoofd op mijn armen gelegd en heb tien minuten geslapen. Wanneer denk je dat ik met trainen kan beginnen?'

'Ik weet dat je staat te popelen om weer aan de slag te gaan,' zei mijn grootmoeder. 'Maar het laatste waar we nu behoefte aan hebben is een terugval.'

Jannie keek sip.

'Nana heeft gelijk,' zei ik, 'en dat weet je. Dus, laten we zeggen dat je nog de rest van deze week het vitamineregime ondergaat en we nog even kijken hoe je het op school doet. Als het goed gaat kun je volgende week met trainen beginnen.'

Mijn dochter beet op de binnenkant van haar wang voordat ze zei: 'Dus, ik heb nu nog zo'n twaalf weken voordat de wedstrijden beginnen?'

'Dat klinkt goed, maar je moet het rustig aan doen, je hoeft nog niet alles te geven.'

'Maar ik hou ervan om alles te geven,' zei Jannie op quasi-jammerende toon.

'En dat ga je ook doen,' zei Bree. 'Over twaalf weken.'

Jannie hief haar handen op. 'Oké, ik geef me over.'

'Soms moet een mens zich overgeven om later te kunnen overwinnen,' zei Nana Mama.

'Wie zei dat?' vroeg Ali.

'Ik,' zei mijn grootmoeder. 'Zonet.'

'Zoiets zou je op moeten schrijven, Nana,' zei hij.

'Nee, jíj zou dat op moeten schrijven,' zei ze.

Ali keek naar het plafond en stond net op het punt om iets terug te zeggen toen zijn telefoon klonk. Hij haalde hem tevoorschijn en keek naar het scherm, er verscheen een gelukzalige glimlach op zijn gezicht.

'Zie je?' zei mijn grootmoeder. 'Ze hebben alleen maar aandacht voor die schermpjes, en niet voor het echte leven. Ik zeg, "schrijf dat op" en – ping! – hij is weer weg.'

Ali stopte zijn telefoon terug in zijn zak, stond op en pakte een blocnote en een pen. 'Nee, Nana, ik zal alles wat je zegt opschrijven, en dan gaan we het een keer op twitter zetten. Weet je wel, hashtag-waanzinnige-dingen-die-mijn-overgrootmoeder-zegt.'

Iedereen zweeg tot Jannie begon te lachen. 'Dat is een goed idee!'

'Ja, toch?' zei Ali, die zijn vuist triomfantelijk omhoogstak. 'Nana Mama wordt een hit op internet!'

Mijn grootmoeder keek hen aan alsof ze alle twee gek waren geworden, waardoor Bree en ik in lachen uitbarstten. Maar ze begon al snel mee te grinniken. 'Echt, ik heb geen idee wat hier nu grappig aan is,' zei ze, 'maar dat maakt niet uit. Een beetje plezier houdt een mens in leven.'

'Schrijf dat op!' riep Jannie, en we hadden het niet meer van het lachen.

HOOFDSTUK 87

De volgende middag liet William Nolans advocaat ons weten dat haar cliënt bereid was te praten. Even later passeerden Bree, John en ik de beveiligingspost van het FBI-hoofdkwartier in DC.

Toen we na de lift door een opeenvolging van gangen liepen hoorde ik in mijn hoofd nog steeds de lachsalvo's van gisteravond nagalmen. Hoe Nana Mama na elke uitbarsting weer iets zei, en we in koor 'Die moet je opschrijven!' riepen.

Het is lang geleden dat ik zo heb moeten lachen tijdens het eten. Ali kon het over niets anders hebben tijdens het ontbijt vanochtend. Hij zou eerst dertig goede 'Nana-ismes' opschrijven voordat hij 'de hashtag zou lanceren'.

'Heb je het idee dat de mountainbike-obsessie nu voorbij is?' vroeg Bree.

'Daar zat ik ook aan te denken. Vooral nadat hij zei dat hij de Wild Wheels-rit van vanavond wilde overslaan om aan de sociale mediaplannen voor Nana te werken.'

Sampson lachte. 'Die jongen stort zich telkens weer op iets nieuws.'

'Het is een ontdekkingsreis,' zei ik. 'Dat is zijn leeftijd.'

Ned Mahoney stond in de deuropening aan het eind van de gang. Hij gebaarde naar me en zei: 'Alex, jij bent zijn doelwit geweest, dus jij gaat vandaag observeren. Als er iets is wat we volgens jou moeten vragen, dan kunnen we je door onze oortjes horen. Hoofdinspecteur Stone?'

Bree rechtte haar rug, wierp me een quasi-medelijdende blik toe en volgde Mahoney. Samen met special agent Tillis, die net was gearriveerd, liepen John en ik de observatiekamer in.

Aan de andere kant van de doorkijkspiegel zagen we William Nolan zitten, met een handboei om zijn linkerpols die aan zijn stoel was geklonken en zijn rechterarm in een mitella. Hij zat voorovergebogen en zag er ellendig uit. Tot mijn verrassing werd hij door Sandra Wendover bijgestaan, dezelfde federale advocaat die Marty Forbes als cliënt had.

'Gebeurt er nog wat?' zei Nolan nadat Mahoney en Bree hadden plaatsgenomen. 'Ik zit hier te creperen van de pijn.'

'Nou, dat valt wel mee, meneer Nolan,' zei Mahoney.

'Mijn cliënt heeft drie gebroken ribben, zijn rechterknie heeft een gescheurde kruisband en zijn schouder was uit de kom,' zei Wendover. 'Ik zou dit onnodig politiegeweld kunnen noemen.'

Mahoney snoof. 'U mag er ook bij vertellen dat uw cliënt vanaf een dak in een boom is gesprongen en vervolgens de benen nam, waardoor de agenten gedwongen waren hem te achtervolgen en overmeesteren.'

'Wat maakt het uit?' zei Nolan geïrriteerd. 'Ik heb niets fout gedaan. Een enkele overtreding misschien. Maar niet iets waarvoor ik de bak indraai.'

'Nou, meneer de advocaat,' zei Mahoney, 'dan heb ik nieuws voor u. U wordt vastgehouden als hoofdverdachte in een onderzoek naar een ontvoering en een lange reeks moorden.'

Daar schrok Nolan nogal van. Hij ging rechtop zitten en keek verbijsterd. 'Wat? Wat?' zei hij in paniek. 'Waar hebben jullie het over?'

'Wacht even,' zei Wendover. 'Is hij betrokken bij Martin Forbes' zaak?'

'Ja.'

'Dan moet ik me terugtrekken. En ik zou mijn cliënt willen adviseren om niets te zeggen tot het federale gerechtshof hem een andere advocaat heeft toegewezen.'

‘Wat? Nee,’ zei Nolan. ‘Ik ga hier geen bekentenis afleggen, want ik heb niets gedaan.’

‘Wat dacht je van de talloze onthoofdingen? Want dat heb je gedaan, is het niet? M?’

‘Meneer Nolan, ik adviseer u hier geen antwoord op te geven,’ zei Wendover.

Nolan schudde driftig zijn hoofd. ‘Ik weet niet waar ze het over hebben.’

‘Ben je M?’ vroeg Mahoney. ‘Een simpele vraag.’

Nolan trok zijn wenkbrauwen op. ‘Is dat iemands naam of zoiets?’

‘Dat weet je best.’

‘Wat, als bij een rapper?’

‘Wil je zeggen dat je M niet bent?’ zei Bree.

‘Ik kan hier onomwonden zeggen dat ik niet Em of Eminem, of hoe die gast ook mag heten, ben en dat ik nooit, maar dan ook nooit iemand heb vermoord. Laat staan dat ik een aantal mensen heb onthoofd.’

Aan de andere kant van de spiegel, recht achter Bree en Mahoney, boog ik me naar mijn microfoon en zei: ‘Het bloed dat op mijn voorruit terechtkwam.’

Bree knikte en zei: ‘Weet je dat zeker, William? Doctor Cross zegt dat je op de ring van DC een ballon met bloed naar zijn voorruit hebt gegooid.

‘Een ballon met bloed?’ zei Wendover. ‘Ik zou geen antwoord geven op deze vraag, meneer Nolan.’

Hij negeerde haar. ‘Dat was nepbloed. En wat dan nog? Het was een kwajongensstreek, meer niet.’

‘Behalve dan dat het geen nepbloed was,’ zei Mahoney. ‘Het was een bloedcocktail die van verschillende mensen afkomstig was. Het DNA-onderzoek ernaar is nog bezig, meneer Nolan, maar het is hoogstwaarschijnlijk bloed dat bij de gevonden hoofden hoort, dus het spoor leidt naar jou.’

Nolan trok wit weg bij het horen van dit nieuws.

'Oké,' zei Wendover, die haar spullen pakte en opstond. 'Ik ben hier weg.'

'Nee, stop!' zei Nolan. 'Waarom?'

Ze keek hem woedend aan. 'Omdat ik een onschuldige man vertegenwoordig die nu nog vastzit, meneer Nolan, iemand die beschuldigd is van de gruwelijke misdaden waarbij u betrokken bent.'

'Gruwelijk?' zei hij terwijl hij haar nakeek. 'Ik heb in mijn hele leven nog nooit iets gruwelijks gedaan!'

Wendover sloot de deur achter zich. Ik wilde net naar de gang lopen om haar te spreken toen Nolan zei: 'Ik geef toe dat ik dingen heb gedaan waar ik niet trots op ben, en daar heb ik ook voor gezeten, maar nooit iets gruwelijks. In de verste verten niet.'

'Het is niet moeilijk om te zien hoe dit gaat aflopen, William,' zei Bree. 'Die bloedballon van jou. De hoofden. De lichamen. Waarschijnlijk zit je nu al aan de dag van je executie te denken.'

'Wacht nou even, ik...' Hij was zichtbaar aan het worstelen en kwam blijkbaar tot een besluit. 'Ik heb die ballon gekregen. Er was me verteld dat het nepbloed was, je weet wel, wat ze ook in films gebruiken.'

We bogen ons alle drie naar voren in de observatiekamer.

'Wie had je dat verteld, William?' vroeg Bree. 'Wie heeft je die ballon gegeven? En wie heeft je opgedragen om naar de gevangenis te gaan om Marty Forbes te bezoeken en net te doen alsof je Kyle Craig was?'

Nolan sloot zijn ogen en zei: 'Hij noemt zichzelf M.'

HOOFDSTUK 88

Iets na zevenen stonden Mahoney, Sampson, Bree en ik die avond in het kantoor van de binnenlandse veiligheidsdienst in Union Station om luitenant Edith Prince heen. Ze was een officier van de Transportation Security Administration die de bevoegdheid had om de beveiligingsbeelden in en bij het station te bekijken.

We vroegen haar om ons de beveiligingsbeelden van een paar dagen eerder te laten zien, toen Nolan door de camera's was geregistreerd. De tijdcode gaf 16.01 uur aan op het moment dat onze Pseudo-Craig in beeld verscheen, hij liep door de grote hal van het treinstation en verdween in de metro-ingang.

'Hij heeft ons verteld dat hij eerst nog bij een kluis was geweest,' zei Bree.

Na enkele pogingen vond Prince hem terug op de video van een andere camera, deze liet een wand met kluizen zien in een ruimte die van zes uur 's morgens tot middernacht toegankelijk was.

Op het scherm was te zien hoe Nolan om 15.54 uur in beeld verscheen. Hij liep naar nummer C-2, een van de grotere kluizen. Hij bleek open te zijn.

Nolan stak zijn hand erin en reikte omhoog met zijn arm. Toen trok hij zijn gesloten hand weer terug en stak hem in de zak van zijn jack. De kluisdeur zwaaide dicht. Nolan vertrok.

Precies zoals hij het aan Bree in de verhoorkamer had beschreven.

'Wat gebeurde daar precies?' vroeg Prince.

'Nolan zei dat er bovenin een reçu lag voor handbagage die in het Willard Hotel in bewaring was gegeven,' zei Bree.

'Nu moeten we er dus achter zien te komen wie het reçu in de kluis en de handbagage in het hotel heeft achtergelaten,' zei Mahoney.

'Met dat hotel kan ik jullie niet helpen,' zei Prince, die een commando intoetste. 'Maar misschien dat...'

Ze spoelde de videobeelden op zes keer de normale snelheid terug. Het kostte me moeite om mijn aandacht erbij te houden. Mijn gedachten gingen terug naar Nolans bewering dat hij twee jaar geleden een e-mail had ontvangen die via een anonieme server uit Panama was verstuurd, en dat het de e-mailaccount van ene M bleek te zijn.

Iemand die Nolans omstandigheden kende, en die wist dat hij een ex-gedetineerde was die het rechte pad probeerde te bewandelen en een slecht betaald baantje had.

En M wist ook dat hij acteur en stuntman was geweest, en had bedacht dat Nolan perfect was voor enkele rollen die hij in gedachten had. Zijn eerste rol hield een klus van vijf dagen in; hij zou er honderdduizend dollar voor krijgen, vijfentwintig vooruitbetaald en vijfenzeventig na afloop.

'En wat moest je daarvoor doen?' had Bree gevraagd.

Nolan kromp ineen en verschoof op zijn stoel. 'Dat kan ik maar beter voor mc houden, denk ik.'

Mahoney leunde over de tafel heen. 'Onthoofde lichamen, William. Bloed van deze lichamen dat jij in je bezit had. Ik zou maar snel met iets komen, anders kun je vast gaan bedenken wat je laatste maaltijd zal worden.'

Het ging met de nodige tegenzin, maar uiteindelijk vertelde de ex-stuntman alles. Dat hij in de motelkamer in Fort Lauderdale Marty Forbes met chloroform had verdoofd. Dat hij een infuus in zijn arm had gestoken en hem de drugs had toegediend. En dat hij in de vier dagen dat Marty in een chemische roes had gelegen het motelpersoneel bij de kamer had weggehouden.

'Ik heb gewacht tot Forbes bijkwam en ben toen vertrokken,' zei Nolan. 'Vijf dagen later werd er een UPS-doos met vijfenzeventigduizend dollar erin bij me thuisbezorgd. Ik weet nog steeds niet wat ik er nu precies voor heb gedaan.'

'Je hebt meegewerkt aan een valstrik die ervoor heeft gezorgd dat Forbes achter de tralies belandde voor moorden die hij niet had begaan,' zei Bree.

'Maar ik heb ze ook niet begaan!' zei Nolan. 'En ik kwam er pas tien dagen geleden achter dat Forbes vastzat, toen me was opgedragen om hem in de gevangenis te bezoeken, maar verder niets te zeggen.'

Nolan beweerde dat M in februari weer contact met hem had opgenomen en hem een maand werk aanbood waarvoor hij tweehonderdduizend dollar zou ontvangen. Hij moest in het Regal Motel verblijven en wachten tot hem verteld werd wat hij moest doen.

'En dat contact verliep nog steeds via dat Panamese mailaccount?'

'Nee,' zei Nolan. 'Ik moest van hem de app van Wckr op mijn telefoon installeren.'

Dat was het moment waarop ik alles geloofde wat Nolan had gezegd. Ik was er al toe geneigd toen hij zei dat M via een Panamees mailaccount contact met hem had opgenomen, net zoals hij dat bij Marty Forbes had gedaan. Maar het was via Wckr, het anonieme, zichzelf wissende digitale communicatiesysteem, dat M contact met me had opgenomen om me te jennen en...'

'Stop!' riep Bree. Ik schrok op uit mijn gedachten.

De video op het scherm in het kantoor van de binnenlandse veiligheidsdienst werd stilgezet. Hij toonde een jonge blanke vrouw in een ouderwetse jurk met een wollen muts op waar blonde dreadlocks onderuit kwamen. Ze stond voor kluis C-2.

HOOFDSTUK 89

Luitenant Prince liet het videofragment in slow motion afspelen. Op dezelfde dag dat Nolan het reçu ophaalde liep er om 14.29 uur een jonge vrouw naar de kluis die er een rugzak en een geweven schoudertas uit haalde. Ze sloeg de tas over haar hoofd zodat het hengsel schuin over haar borst liep, pakte de rugzak en verliet het kluizendepot.

We konden de jonge vrouw vanuit verschillende hoeken zien, maar ze leek niet haar arm in de kluis omhoog te steken. Prince spoelde de video verder terug en vond dezelfde vrouw om 12.40 uur terug, het moment waarop ze haar bagage in kluis C-2 legde en hem afsloot.

'Ze kan het reçu erin hebben gelegd toen ze haar bagage erin deed,' zei Sampson. 'Je kunt haar handen acht seconden lang niet zien.'

'Misschien,' zei ik. 'Laten we verder teruggaan, maar wel op een hogere snelheid.'

Prince toetste een commando in. De video spoelde weer terug, ditmaal zestien keer zo snel. We moesten ons concentreren, alle blikken waren op kluis C-2 en niets anders gericht. Mijn telefoon zoemde, ik had een bericht. Maar ik negeerde het.

'Daar,' zei Bree, die naar het scherm wees.

'Ik heb hem,' zei Prince. Ze zette de video terug op de normale snelheid.

Om 10.22 uur verscheen er een man in een lange donkere regenjas en een zwarte cowboyhoed waar een regenhoesje omheen zat. Hij opende kluis C-2, haalde er een weekendtas uit en vertrok. Door de rand van zijn hoed was het onmogelijk om zijn gezicht te zien. Toen hij zich omdraaide zag ik dat hij een soort band om zijn hoed had, maar door de hoes was het onduidelijk.

Dat bleef zo toen we hem terugzagen om 09.54 uur, het moment waarop hij de ruimte betrad, de weekendtas in C-2 zette, de kluis afsloot en vertrok. We konden zijn gezicht niet zien.

'Ik zie niet hoe hij het reçu er heeft kunnen achterlaten,' zei Bree. 'Het is simpel, hij zet de tas erin en haalt hem weer op.'

'Ik denk dat je gelijk hebt,' zei ik. 'Maar markeer die plek maar, luitenant Prince, en spoel daarna verder terug.'

Om 08.12 uur verscheen er een grote Afro-Amerikaanse man in een blauwe hoodie in het kluizendepot. Hij had zijn capuchon op, droeg een donkere zonnebril en keek gespannen om zich heen. Toen liep hij naar C-2, opende hem en stak zijn arm er tot aan de elleboog in. Zijn schouder bewoog heen en weer alsof hij iets wegstopte, waarna hij zijn arm terugtrok en een hoes met een laptop erin in zijn hand vasthield. Vervolgens verliet hij het depot met de laptop onder zijn arm.

'Hij zou het absoluut gedaan kunnen hebben,' zei Mahoney. 'Waarom zou je anders zoiets kleins in zo'n grote kluis stoppen?'

'Dat denk ik ook,' zei ik. 'Maar laten we ook nog het moment zoeken waarop hij de laptop erin zet.'

Prince spoelde terug tot we dezelfde man om 06.48 uur zagen verschijnen. Hij had toen nog een grote koerierstas bij zich die hij in kluis C-2 stopte.

Maar voordat hij de kluis afsloot bedacht hij zich blijkbaar en nam de tas er weer uit. Hij haalde er de laptop in de hoes uit en stopte die diep in de kluis weg. Toen sloot hij de kluis af en vertrok met de koerierstas onder zijn arm.

'Hij zou het beide keren kunnen hebben gedaan,' zei Sampson.

'Hij is onze man,' zei Bree.

'Dat denk ik ook,' zei Mahoney.

Mijn telefoon zoemde een tweede keer, en daarna nog een derde en een vierde keer.

Geïrriteerd viste ik hem uit mijn zak en keek op het schermpje. Het bleken twee berichten van Jannie en drie van Nana Mama te zijn. Er stond onveranderlijk hetzelfde: Bel! Nu! Belangrijk!

'Ik moet even bellen,' zei ik.

Ik liep naar de andere kant van het kantoor en belde naar huis. Mijn grootmoeder nam meteen op.

'Zeg me dat het allemaal goed is, Alex,' zei ze met een gespannen en trillende stem.

'Wat is er aan de hand, Nana?'

'Het is waarschijnlijk niets, maar Ali is al een uur te laat voor het eten, terwijl hij me vanochtend had gezegd dat hij na school thuis zou komen om voor een aardrijkskundeproefwerk te leren. We hebben hem geprobeerd te bellen, maar hij neemt niet op of hij heeft hem niet bij zich, of hij is hem vergeten op te laden.'

Mijn maag kromp ineen en ik zei: 'Heb je al in het schuurtje gekeken of zijn mountainbike er staat?'

'Dat heeft Jannie gedaan, zijn fiets stond er.'

Ik voelde me misselijk worden.

Mijn telefoon zoemde in mijn hand, mijn hart maakte een sprongetje. 'Hij heeft me net geappt.'

'O, godzijdank.'

Ik tikte op het icoontje om de tekst te lezen en ik zakte bijna door mijn knieën.

Het verleden is heden geworden, Cross. Probeer je zoon maar te vinden. M

HOOFDSTUK 90

Drie uur nadat ik het bericht had ontvangen waren Bree en ik thuis, samen met Sampson, Mahoney en Rawlins. Hoewel er op het hoofdkwartier van de FBI in DC al door een team aan de zaak werd gewerkt, hadden we besloten om verder geen ruchtbaarheid aan de ontvoering te geven. We waren bang dat M Ali iets zou aandoen als de schijnwerpers van de media op hem zouden worden gericht.

Jannies ogen waren opgezwollen van het huilen. Nana Mama was in shock, maar probeerde zichzelf bezig te houden, ze was nu koffie aan het zetten voor de agenten. Aan de buitenkant probeerde ik stoïcijns, professioneel en afstandelijk te blijven, gefocust op de veilige terugkeer van een ontvoeringsslachtoffer.

Maar vanbinnen, als vader, was ik doodsbang voor mijn kleine jongen, doodsbang omdat ik als rechercheur wist waartoe moordenaars als M in staat waren. Ze waren het contact met hun ziel kwijt.

Door jarenlange ervaring was ik van mening dat er geen andere verklaring was voor zulke zieke acties. We hadden te maken met iemand die het contact met zijn ziel kwijt was, die volkomen amoreel was geworden, die zonder enig geweten moorden pleegde, die hoofden van mensen afsneed, of ze nu schuldig waren of niet. Of die een onschuldige moeder ontvoerde en dreigde haar vinger af te snijden. Of die een FBI-agent erin luisde om een verdorven, meedogenloos spel met me te spelen dat nu al meer dan tien jaar duurde.

En nu was Ali, mijn jongen, een pion geworden.

Terwijl Bree, Sampson en Mahoney een tijdlijn van Ali's dag opstelden, probeerde ik me in M te verplaatsen en zijn gedachtewereld te doorgronden – hoe hij mijn zoon tegen me zou kunnen gebruiken.

M kon Ali martelen om me te kwellen.

M kon Ali doden om me te kwellen.

M kon Ali doden om mijn gezin kapot te maken.

M kon...

'Pap?' zei Jannie. Ik schrok op.

'Ja?'

'Ze hebben een voorlopige tijdlijn,' zei ze. 'Je zou even moeten komen.'

Ik liep de eetkamer in en zag dat er een whiteboard op Nana Mama's porseleinkast stond dat Bree, Sampson en Mahoney aan het bestuderen waren.

'Ali is op school tot tien voor halfvier, het tijdstip waarop de school uit gaat,' zei John. 'Zijn vrienden, de Kent-tweeling, zeggen dat ze hem voor het laatst gezien hebben toen hij te voet naar het Fort Totten-metrostation vertrok. Hij wilde thuis verder werken aan Nana Mama's twitteraccount, volgens hen had hij het daar de hele dag over gehad,' zei Bree.

'En zijn telefoon?' vroeg ik.

Rawlins keek op van zijn laptop en zei: 'Hij had zijn telefoon aanstaan nadat hij van school was vertrokken. We hebben zijn signaal om zeven minuten over halfvier op tweehonderd meter van Fort Totten weten te lokaliseren, daarna niets meer tot het om tien voor halfacht eventjes opdook ten zuiden van Harrisburg, Pennsylvania.'

'Wat ongeveer de tijd is waarop M me het bericht stuurde,' zei ik.

'Dat klopt,' zei Sampson. 'En daarna is er geen signaal meer opgevangen.'

'En nog steeds niet,' vulde Bree hem aan. 'Er is sindsdien iets meer dan drie uur verstreken.'

'Ik denk dat hij je even wil laten spartelen, Alex,' zei Mahoney.

Ik knikte. Dat was wel het minste wat ik had verwacht.

'Hoe voel je je eronder?' vroeg Bree.

'Ik ben blij dat jullie er zijn, het geeft me het gevoel dat ik deze last niet alleen hoef te dragen. Hebben we zijn bericht al kunnen analyseren?'

'Ik ben ermee bezig,' zei Rawlins. 'En met die hoed.'

'Welke hoed?'

'De hoed van de cowboy in Union Station.'

'Pap!' gilde Jannie vanuit de keuken.

Ik draaide me om en schoot langs twee agenten die op tafel computerapparatuur aan het aansluiten waren de keuken in. Jannie zat huilend op de vloer met Nana Mama's hoofd in haar schoot.

'Ze kreeg moeite met ademen, pap,' zei ze snikkend. 'En toen zakte ze in mijn armen in elkaar!'

HOOFDSTUK 91

Ik knielde naast mijn grootmoeder op de keukenvloer neer. Haar ogen waren gesloten en ze ademde snel en licht.

'Nana?' zei ik terwijl ik haar pols voelde. Haar hartslag was snel, maar het was niet alarmerend.

'Hier ben ik,' klonk het zwakjes en haar oogleden begonnen te trillen. 'Ik... ik werd opeens zo duizelig.'

'Zal ik een ambulance bellen?' vroeg Bree.

'Nee,' kermde mijn grootmoeder. 'Mij krijg je het ziekenhuis niet meer in. Het was alleen maar dat ik zo bezorgd was over Ali, en hoe bang die lieve jongen wel niet moet zijn. Breng me mijn inhaler maar, hij ligt op mijn nachtkastje. Meer heb ik niet nodig.'

'Ik haal hem wel!' zei Sampson, die naar boven liep.

'En je moet rustiger ademhalen, Nana,' zei ik.

Dat probeerde ze, en nadat John weer terug was met haar inhaler kreeg ze weer wat meer lucht in haar longen. Er waren tien minuten verstreken sinds ze in Jannies armen in elkaar was gezakt, en ze voelde zich beter. En nog eens vijf minuten later kon ze alweer rechtop zitten.

Mijn grootmoeder keek ons allemaal aan en zei: 'Onthoud dit: als je wilt leven, dan zul je moeten blijven ademhalen.'

Iedereen begon te lachen.

'Die moet je opschrijven,' zei Jannie, die haar overgrootmoeder met tranen in haar ogen omhelsde.

Nana Mama stond op, en terwijl ik haar volgde beklom ze op eigen kracht de trap. Toen we bij haar deur stonden zei ik: 'Wil je dat Bree of Jannie naar boven komt om je in bed te helpen?'

'Dat hoeft niet,' zei ze. 'Ik red me wel vanaf hier.'

Maar ze pakte mijn hand en keek me een lang moment bedroefd aan. 'Ik zal voor hem bidden als ik in bed lig, en ik zal voor hem bidden als ik wakker word.'

'Ik weet dat je dat zult doen.'

Ze kneep in mijn hand. 'Ik heb genoeg pijnlijke tragedies in mijn leven gezien, en God mag weten dat jij ook genoeg hebt meegemaakt. Maar ik heb vertrouwen.'

Ik gaf haar een kus op haar voorhoofd, omhelsde haar en hield me sterk. 'Ik weet het. We weten het allebei. Dank je voor deze woorden.'

Ze liep haar slaapkamer in en sloot de deur.

Jannie kwam ook naar boven. Ze zei dat ze opeens uitgeput was en naar bed ging.

'Ik ga ook proberen te slapen,' zei Bree even later.

'Ik kom later,' zei ik en liep naar de eetkamer.

Rawlins keek op van zijn scherm. 'Over een minuut of vijf weten we meer over dat bericht. Maar even iets anders, dit is het duidelijkste beeld dat ik van die cowboy in Union Station kan krijgen.'

Hij draaide zijn laptop om zodat we allemaal konden zien dat hij de bovenkant van de hoed vlak boven de rand had uitvergroot. Zelfs met de met regendruppels bedekte hoes ervoor zagen we twee gekruiste sabels in schedes met gouddraad eronder.

'Wat is dat voor een insigne?' vroeg ik.

'De cavalerie van ons leger,' zei Mahoney. 'Denk maar aan generaal Custer.'

Dat bracht me een moment in verwarring. Rawlins draaide zijn laptop terug, begon te typen en zei: 'Oké, ik zit nu in Verzon, en in je account, doctor Cross, en in je data.'

Het misselijkmakende gevoel kwam terug toen ik om de tafel

heenliep om achter de cybercrime-expert te gaan staan, en ik wist niet precies waarom. Hij had het scherm gesplitst, de ene helft toonde de cowboyhoed met het insigne, het andere een lange lijst van data.

'Zeg me waarnaar ik op zoek moet gaan,' zei Rawlins.

'Alles wat Ali de laatste drie dagen heeft geappt. Telefoontjes. De data die zijn gebruikt. De browse-geschiedenis. Alles.'

'Komt voor elkaar.' Hij begon te typen.

'De cavalerie,' zei ik. 'Dat zijn tanks tegenwoordig, toch?'

'Tanks en pantserwagens,' zei Mahoney. 'Hoezo?'

'Hier zijn Ali's appjes,' zei Rawlins. 'De laatste was naar deze telefoon, met een netnummer van San Diego. Herken je het?'

Ik schudde mijn hoofd. 'Wat staat erin?'

Hij markeerde het nummer, klikte erop en de tekst verscheen:

Ik ben er. Kan haast niet wachten.

'Dat is om twee minuten over halfvier, vijf minuten voordat Ali's telefoon geen signaal meer geeft,' zei Sampson.

'Ga verder terug en open ze allemaal,' zei ik.

Er waren tweeëntwintig berichten naar en van het nummer. Maar ik hoefde ze niet allemaal te lezen om te beseffen wie mijn zoon had.

De whatsapp-wisseling ging over mountainbiken en welke route er genomen moest worden nadat de school uit was. Het eerste bericht van vandaag was van het Californische nummer.

> Kapitein A hier. Zowel van plannen als telefoon veranderd. De oude was in het water gevallen, helaas. Ik ga het erop wagen en wil vanmiddag een rit maken. Heb je ook zin?

En Ali had gisteren rond etenstijd, toen Nana Mama met haar twitterwijsheden kwam, een appje van Abrahamsens oude telefoon gekregen en ik herinnerde me zijn brede glimlach toen hij het las.

> Ja, ik ben terug uit Texas. Mijn schouder is nog iets te gevoelig om te gaan rijden. Hoop dat alles goed met je gaat, mijn jonge vriend.

'Dus hij is M,' zei ik terwijl ik vol ongeloof mijn hoofd schudde. 'De voormalige U.S. Army tankcommandant die nu verbindingsofficier is geworden. Hij? Arthur Abrahamsen?'

HOOFDSTUK 92

De volgende ochtend om vijf uur was het in het negentiende-eeuwse huis op de Eaglebrook Court in Fort Hunt, Virginia, nog net zo donker als toen Sampson en ik er rond middernacht iets verderop het surveillancebusje parkeerden.

Er stond een grote afvalcontainer in de voortuin. Volgens informatie die Rawlins was tegengekomen had Abrahamsen een vergunning om zijn huis te verbouwen. Achter de container stond het busje met het logo van het U.S. Army mountainbiketeam op de zijkant.

Ik kon zo voor me zien hoe Abrahamsen in dat busje voor Ali stopte en hoe mijn zoon instapte.

Mahoney liep op een drafje naar het surveillancebusje, stapte achterin en trok zachtjes het portier dicht.

'Als de mensen straks wakker worden gaan ze zich afvragen wat dat busje hier doet,' zei ik.

'We moeten wachten tot de rechter het huiszoekingsbevel heeft getekend,' zei hij. 'Maar ik heb een infraroodsensor meegenomen. Daarmee kun je iedereen in het huis zien.'

De sensor zag eruit als een groot, dik pistool met een klein beeldscherm ervoor. Ik liet het raam zakken, richtte het apparaat op Abrahamsens huis en zette het aan.

Op het scherm was te zien dat het huis één grote klont warmte was.

'Hij moet de cv op minstens dertig graden hebben staan,' zei

Mahoney. 'Je kunt er geen enkele warmtebron meer in zien.'

'Misschien heeft hij hem daarom ook wel zo hoog staan,' zei Sampson vanaf de bestuurdersstoel.

Neds telefoon ging. Hij nam op, luisterde en zei: 'Hoe laat ongeveer?' Toen luisterde hij weer en hing op.

'De rechter leest onze rapportage,' zei hij terwijl hij een iPad tevoorschijn haalde en het huis op Google Earth zocht. 'Zodra hij zijn handtekening heeft gezet brengen ze ons het huiszoekingsbevel. Ik ga tegen het HRT zeggen dat ze hun posities kunnen innemen.'

Het Hostage Rescue Team van de FBI, de crème de la crème. Ik zou zielsblij moeten zijn dat het HRT mijn zoon kwam bevrijden, maar de vader in me wilde dat ik zelf de actie zou leiden, dat ik Abrahamsen total loss sloeg en Ali veilig thuisbracht.

'Wat was dat?' zei Sampson, die naar het huis wees. 'Ik zag daar aan de zijkant iets bewegen.'

Ik hield mijn verrekijker op, maar kon in het donker niets onderscheiden. Toen richtte ik de infraroodsensor nog eens op het huis.

Het huis vibreerde nog steeds van de warmte, vooral bij de ramen en deuren, die rood uitsloegen. Maar de muren waren ook warm, ze kleurden diep oranje en golfden. Net toen ik de sensor wilde uitzetten zag ik iets aan de zijkant van het huis bewegen, een vlek die het geelgekleurde silhouet van een man werd.

'Onbekende man bij de zijkant van het huis,' zei ik. 'Dáár! Hij...'

Het silhouet leek een been over iets heen te slaan, leek toen te zitten en rolde weg uit het beeld van de sensor.

'Een mountainbike!' zei ik. 'Hij rijdt weg via de achterkant.'

'De Mount Vernon Trail,' zei Mahoney, die zijn portofoon pakte en hem voor zijn mond hield. 'Hij gaat ervandoor.'

HOOFDSTUK 93

Sampson startte de motor en zette de versnelling in drive. Eigenlijk wilde ik uit het busje springen, het huis inrennen en Ali vinden.

Maar we hadden nog geen juridische gronden, of in elk geval geen ondertekend huiszoekingsbevel. En Abrahamsen of M, of wie hij ook was, leek te ontsnappen.

Het eerste grijze ochtendlicht verscheen toen Sampson rechtsaf Waynewood Road insloeg, in de richting van de Mount Vernon Trail en een snelweg, de George Washington Parkway. Hij parkeerde bij het punt waar het fietspad de weg kruiste.

Hij keek in noordelijke, ik in zuidelijke richting. We zagen niets, maar je kon ook niet ver kijken.

'Zo ver kan hij nog niet zijn,' zei Mahoney. 'Hij moet in zuidelijke richting zijn gereden.'

Sampson reed het busje naar de snelweg en zette de vaart erin. Ik liet mijn raam omlaag zakken en tuurde in het grauwe licht. Af en toe was er een stukje van het meanderende fietspad door de kale bomen zichtbaar.

'Rustig aan,' zei ik. 'Straks missen we hem nog.'

'Alex heeft gelijk,' zei Mahoney, die op zijn iPad keek. 'De satellietbeelden laten zien dat het pad zo dadelijk van de snelweg afbuigt en daarna door een stuk bos loopt.'

'Wat is de volgende dwarsweg?' vroeg Sampson.

'Fort Hunt Road,' zei Ned.

'Roep een helikopter op,' zei ik terwijl Sampson het gas nog dieper intrapte.

Mahoney wilde net zijn portofoon pakken toen zijn telefoon ging.

Ik hing uit het raam en speurde het bos af naar iets wat op een mountainbiker leek.

Waar ben je, M. Waar rijd je heen? En waar is mijn zoon?

'Fort Hunt Road komt er zo aan,' zei Sampson, die de richtingaanwijzer aanzette.

Je kon het fietspad nu duidelijk zien, het liep door een open stuk ten noorden van de kruising. Hij was er nog niet.

'Stop daar verderop langs het fietspad,' zei ik, 'dan wachten we hem op.'

Sampson stopte op Fort Hunt. Ik keek in noordelijke richting, zag niets, en toen in westelijke richting – en daar zag ik in de verte een mountainbiker die de weg overstak.

'Daar is hij!' riep ik.

Sampson gaf gas en reed naar de kruising, waarna het fietspad naar het oosten afboog, in de richting van de snelweg en de rivier.

'We hebben het huiszoekingsbevel!' zei Mahoney. 'Ze faxen het naar het HRT.'

'Wat komt er nu, Ned?' vroeg ik.

Hij keek op de iPad en zei: 'Sla hier linksaf. Hij komt zo het bos uit, en het fietspad loopt daarna onder de snelweg door. Als hij er eerder is, dan kunnen we hem zes kilometer lang niet meer onderscheppen.'

'Dat zal niet gebeuren,' zei Sampson. Hij remde af, nam de scherpe bocht naar links en trapte het gas weer vol in.

'Daar is hij weer!' Ik zag Abrahamsen het bos uitkomen en in de richting van de snelweg en de Potomac snellen. 'We moeten eerder dan hij bij het viaduct zijn!'

Sampson haalde Abrahamsen in, maar de mountainbiker leek het busje niet op te merken. Met voorovergebogen hoofd trapte hij furieus door.

Neds portofoon kraakte. ‘Het HRT is klaar voor actie.’

‘Bestorm het huis,’ zei Mahoney.

We reden onder het viaduct door en stopten bij de oprit naar de snelweg. Ik sprong uit de bus, stak Fort Hunt Road over en rende nog zo’n veertig meter door het gras.

Abrahamsen kwam er zo snel aan dat ik nauwelijks tijd had om op het fietspad neer te knielen en mijn pistool op hem te richten.

‘Stop, of ik zal schieten, Abrahamsen!’

HOOFDSTUK 94

Abrahamsen kneep zo hard in zijn remmen dat hij slipte; zijn fiets schoof onder hem vandaan, hij raakte eerst het grind en kwam toen in het gras terecht. Hij greep naar zijn schouder en schreeuwde het uit van de pijn.

'O, god! Ik heb ribben gebroken. En mijn schouder... O, god...'

'Blijf vooral bidden en hou je handen zo dat ik ze kan zien,' zei ik terwijl ik hem aan de achterkant van zijn wielrennersshirt naar me toe trok. 'Je zult alle hulp op hemel en aarde nodig hebben.'

'Beweeg me niet!' gilde Abrahamsen. 'Wat gebeurt er hier in godsnaam?'

'We arresteren je,' zei Mahoney, die ons had bereikt en zijn FBI-penning ophield.

'Wat?' zei hij hijgend. 'Waar heb je het over, man?'

'Je wordt gearresteerd op verdenking van ontvoering en moord,' zei ik. 'Waar is mijn zoon?'

'Arthur Abrahamsen, je hebt het recht om te zwijgen...' begon Mahoney.

'Ali?' riep hij uit. 'Ik heb geen idee waar hij is! Ik heb hem niet meer gezien sinds ik...'

'We weten dat je hem hebt,' zei ik terwijl ik mijn gewicht op zijn rechterschouder zette zodat zijn geblesseerde linkerschouder tegen de grond drukte.

De kapitein schreeuwde het weer uit. 'Mijn god, doctor Cross. Geloof me toch!'

We hebben de appjes gelezen,' zei ik. 'Dus waar is hij?'

'Appjes? Ik weet niet waar u het over heeft. Ik heb hem een keer een bericht gestuurd, eergisteren, om hem te zeggen dat ik terug was.'

'Voordat je je telefoon hebt vernietigd en hem meerdere keren met een prepaidtelefoon hebt geappt,' zei ik. 'Je nodigde hem uit voor een rit. Waar is hij, M?'

Abrahamsen kreunde. 'Wie is M? Ik heb het niet gedaan. U hebt de verkeerde man.'

'Dat denk ik niet,' zei ik terwijl Mahoney zijn voeten uit de toeclips losmaakte. 'Je huis wordt op het moment doorzocht.'

'Mooi,' zei hij. 'Want jullie zullen hem daar niet vinden. Jullie zullen er helemaal niets vinden. Jullie zitten er volledig naast.'

Neds portofoon begon te kraken, waarna de stem van de HRT-commandant klonk. 'Special agent Mahoney?'

Hij hield de portofoon voor zijn mond. 'Ja?'

'Er is niemand, het huis is nagenoeg leeg. Het ziet eruit alsof er net een soort stuc met structuur op de muren is aangebracht, en het is een sauna daarbinnen.'

'Dat is om de stuc goed te laten drogen,' zei Abrahamsen, die me met een van pijn vertrokken gezicht aankeek. 'Doctor Cross, ik heb uw zoon hoog zitten. Ik denk dat hij een van de bijzonderste jongens is die ik ooit ben tegengekomen. Ik zweer u op een hele stapel bijbels dat ik Ali niet heb ontvoerd. Ik heb hem al tien dagen niet meer gezien.'

Mijn telefoon galmde in mijn zak, ik viste hem eruit en de moed zonk me in de schoenen. Ik keek naar het Wckr-bericht en toen naar Abrahamsen. Ik kon wel janken.

'Ik geloof je, kapitein Abrahamsen,' zei ik. 'En ik bied je hierbij mijn verontschuldigingen aan. Ik had moeten weten dat M je zou gebruiken om me te pakken.'

HOOFDSTUK 95

Iemand schudde mijn schouder, ik werd moeizaam wakker met knallende koppijn. Ik opende mijn ogen en zag dat ik aan het bureau van mijn werkkamer zat, de Edgerton-dossiers lagen voor me uitgespreid met een lege heupfles Jack Daniels ernaast.

Bree zat op haar hurken naast me, ze keek bezorgd.

'Waarom ben je niet naar bed gekomen?'

Ik keek haar wezenloos aan en herinnerde me het toen weer. 'Ik dacht dat ik hierin nog iets zou kunnen vinden, en besefte toen dat ik machteloos was. M. Alles. Ik legde mijn hoofd op mijn handen en bad voor hem. Ik moet in slaap zijn gevallen.'

'Dat kan ik me goed voorstellen na zoveel whisky.'

'Ik was zo bang dat ik voor de eerste keer in mijn leven de behoefte had om me eens goed te verdoven.'

'O, schatje.' Ze sloeg haar armen om me heen.

We omhelsden elkaar zonder iets te zeggen, en in de liefde die ik van haar voelde en de liefde die ik haar gaf begon ik langzaam op aarde te landen.

Toen we elkaar loslieten, gaf Bree me een kus en wierp me een bedenkelijke blik toe. 'Je hebt een enorme kegel en je ziet er niet uit.'

'Dank je.'

'Geen dank. Sampson zei dat hij je een Wckr-bericht had gestuurd?'

Ik knikte en gebaarde naar een vel papier op het bureau waarop ik het had geschreven omdat ik vergeten was er een screenshot van te maken. Maar de woorden stonden in mijn geheugen gegrift.

Heb je gemerkt dat ik je altijd drie stappen voor ben? Je zoon boet nu voor de zonden van zijn vader. Binnenkort zal de rest van het gezin hetzelfde lot als hem en oma ondergaan, maaiend met hun armen zullen ze naar adem happen.

Bree las het.

Terwijl ze het deed bleven mijn katerige gedachten hangen op *je zoon boet nu*, woorden die mijn fantasie op volle toeren deden draaien. Daarna op *de zonden van zijn vader.*

Wat waren mijn veronderstelde zonden? Wat had ik M aangedaan dat hij mij al zo veel jaar kwelde? Ik kon niets...

'Ik denk dat Nana Mama en Jannie hier weg moeten,' zei Bree.

Ik keek haar versuft aan.

'Hij zei dat de rest van het gezin maaiend met hun armen naar adem zou happen, Alex,' zei ze. 'We moeten ze naar een veilige plek brengen.'

Ik antwoordde niet en las de laatste zin nog eens. *Binnenkort zal de rest van het gezin hetzelfde lot als hem en oma ondergaan, maaiend met hun armen zullen ze naar adem happen.*

Er was iets met die zin, maar ik kon er mijn vinger niet op leggen.

'Alex?' zei Bree nog eens.

En toen wist ik het, ik hief mijn hand op en zag alle implicaties van die laatste zin voor me. Ik schraapte mijn keel. 'Ik zal Ned bellen en hem vragen of jij, Jannie en Nana Mama in zijn strandhuis kunnen logeren. Het is een veilige plek, en je kunt van daaruit werken.'

'En jij?'

'Ik wil in de buurt van het huis blijven.'

Bree keek me meewarig aan, maar zei toen: 'Oké. Ik zal ze hun spullen laten inpakken.'

HOOFDSTUK 96

Op de zevende avond na Ali's ontvoering sleepte ik me de verandatrap op. Ik voelde me verloren, mijn hart was gebroken en ik was bang voor mijn eigen eenzaamheid.

Ik had weer barstende koppijn. Toen ik bij de voordeur stond trilde ik zo erg dat ik de bruine papieren zak neer moest zetten en beide handen moest gebruiken om de sleutel in het slot te krijgen. De deur ging van het slot en zwaaide naar binnen open.

Ik pakte de zak op, maar terwijl ik daar stond kon ik me er niet toe zetten om naar binnen te gaan.

Het was de afgelopen nachten onmogelijk voor me om enige afstand van de zaak te nemen. Ik raakte zo opgefokt en had zo weinig geslapen dat er verschrikkelijke beelden van wat M Ali allemaal aandeed voor mijn geestesoog verschenen.

De nachtmerries waren zo levensecht dat ik het verschillende keren had uitgeschreeuwd, om daarna snikkend in slaap te vallen. Ik wist niet of ik nog een nacht in mijn lege huis aankon, en ik overwoog om in de auto te stappen en naar mijn gezin in Delaware te rijden.

Maar Ali had me nodig, ook al was ik een wrak op dit moment. Ik stapte naar binnen en sloot de deur achter me. Op de tast liep ik naar de keuken. Pas nadat ik de zak op het aanrecht had gezet knipte ik het licht aan en keek wazig om me heen voordat ik mijn telefoon tevoorschijn haalde.

Niets. Geen appjes. Geen Wckr-berichten.

Net toen ik hem terug wilde stoppen ging mijn telefoon. Bree. Ik zette de speakerfunctie aan.

'Is er nieuws?' vroeg ze.

'Ik kreeg de uitslag van het DNA-onderzoek binnen. Het waren inderdaad de resten van Kyle Craig in die kist.'

'Dat maakt het eigenlijk alleen maar erger, toch?'

'Ja.'

'Nog iets anders?'

'Geen woord van M in zes dagen,' zei ik met een knoop in mijn maag. 'Zijn marteling is een groot succes aan het worden.'

'Moet je daar nu de hele tijd alleen zijn?'

'Ik heb zojuist met Ned, John en de anderen gegeten.'

'Ik maak me zorgen over je, Alex,' zei ze. 'Je lijkt jezelf niet meer te zijn.'

'Ik zou niet weten waarom.'

'Ali rekent erop dat je sterk bent.'

'Ja, en ik voel me zwakker dan ik ooit ben geweest.'

'Heb je weer gedronken?' vroeg ze na een korte stilte.

'Vandaag? Nee, en ik ben ook niet van plan dat te doen.'

'Zal ik naar je toe komen, schat? Je gezelschap houden?'

'Ik kom morgen een dagje naar jullie toe.'

Bree klonk nu wat opgeruimder. 'Dat zou geweldig zijn. Voor jou en voor ons.'

'Familietherapie.'

'Ik denk dat je dat goed kunt gebruiken.'

'Dat denk ik ook.'

'Ik hou van je, schat. Bel me voordat je gaat slapen, het maakt niet uit hoe laat het is. Beloofd?'

'Beloofd. En ik hou ook van jou. Geef ze een nachtkus van me.'

'Dat zal ik doen,' zei ze en we hingen op.

Nadat ik mijn telefoon op het aanrecht had neergelegd bleef ik er zeker twee minuten staan terwijl ik naar de bruine papieren zak staarde. Toen pakte ik de afstandsbediening en zette de kleine tv aan die we voor Nana Mama op de koelkast hadden gezet.

Ik zapte langs de kanalen, en bleef even kijken naar twee lokale nieuwszenders. Er was gisternacht een brand geweest die aan vier kinderen het leven had gekost.

Ik zette de tv uit en mompelde verbitterd in mezelf: 'Die veelvraten van de media. Hoe lang zal het nog duren voordat wij de hoofdmaaltijd worden?'

Ik zette mijn handen op het aanrecht en liet mismoedig mijn hoofd hangen.

En dat had zijn redenen. We hadden al dagen geen enkele vooruitgang geboekt. Op de beveiligingscamera's van het metrostation Fort Totten viel niets van Ali te zien nadat zijn vrienden hem in die richting hadden zien lopen.

FBI-agenten waren op discrete wijze de zeven huizenblokken tussen de school en het metrostation langsgegaan, maar niemand had Ali gezien op de middag dat hij was verdwenen.

Andere sporen hadden nergens toe geleid. Zo had het Willard Hotel geen beveiligingscamera's in hun bagagedepot, en de piccolo's konden zich niet meer herinneren of M er twee weken eerder een weekendtas voor William Nolan had achtergelaten.

En geen enkel woord over mijn jongen, of hij nu leefde of niet...

We zaten compleet vast. Ik kon hier alleen maar afwachten. En zoals elke avond groeide mijn angst met de minuut. En, zoals elke avond, haalde ik de fles Jack Daniels uit de zak en draaide de dop eraf.

Ik schonk mezelf een dubbele borrel in en goot hem naar binnen. Ik huiverde toen de vuurbal door mijn keel in mijn maag belandde. Ik schonk nog een glas in en verheugde me al op de volgende.

Ik wist dat ik binnen een halfuur geen verdriet meer zou voelen, en dat ik binnen een uur momenten van vreugde zou kennen waarbij het lijden van Ali naar de achtergrond verdween en ik alleen maar herinneringen aan hem koesterde.

En ergens daarna, dacht ik, terwijl ik de fles aan mijn lippen zette, zou de wereld weer simpel en donker worden.

HOOFDSTUK 97

Ik had een aardig gat in de fles whisky geslagen, maar toen de wereld nog niet simpel en donker was geworden begon ik me claustrofobisch te voelen, tot het rondweg onmogelijk werd om nog langer binnen te blijven. Licht slingerend liep ik naar de keukenkast en pakte er een beker met een deksel uit.

Ik schonk de beker vol, deed de deksel erop en nam een teug uit het drinktuitje, gevolgd door een grote slok. Ik hield mijn mond open om het gevoel van de brandende karamel in mijn keel te verzachten, een hand op mijn buik tegen de opkomende misselijkheid.

Ik liep de keuken uit, maar ik moest met mijn vrije hand tegen de muur steunen tot de veranda in zicht kwam. April was in aantocht; de nachtlucht was warm, compact en er stond een licht briesje. Ik ving een zweem van bloeiende azalea's op.

Een prima nacht voor zwalkende zatlappen, besloot ik.

Ik wilde geen lichten. Ik wilde duisternis. Dus ik liep niet naar Capitol Hill, maar trok zuidoost-DC in, in de richting van de Navy Yard, en uiteindelijk Anacostia.

Het zuidoostelijke gedeelte van de stad was niet meer zo gevaarlijk als in de tijd dat Koning Crack er dag en nacht regeerde en er op elke straathoek geweldsuitbarstingen waren. Maar er waren nog steeds buurten die een twijfelachtige reputatie genoten.

Ik zou dus op mijn hoede moeten zijn, maar in plaats daarvan dronk ik de whisky en zwierf doelloos rond.

Om iets voor elven kwam ik een drankwinkel tegen en ik kocht een heupflesje om mijn beker bij te vullen. Daarna begon alles wazig te worden.

Ik liep een donkere, naamloze steeg in, strompelde door de volgende en toen door een derde. Ergens in die stegen struikelde ik en viel op de grond. Ik was bijna blijven liggen, maar toen hoorde ik ruziënde stemmen en stond weer op.

Ik nam nog een slok en sjokte in de richting van de stemmen, maar ze waren opeens verdwenen. Uiteindelijk stond ik bij een vuilcontainer, waar ik tegenaan moest leunen om niet om te vallen. Ik dacht dat ik Ali in de duisternis achter de container zag, in de klauwen van M die zich achter hem bevond – gezichtsloos, zielloos.

'Kom op,' zei ik met zware tong. 'Kom op, M. Ik ben niet gewapend en het draait allemaal om mij. Hier ben ik. Je hoeft Ali niet iets aan te doen. Hij is nog maar een kleine jongen, net als jij ooit bent geweest. Neem mij in zijn plaats en laten we het afhandelen. Hier. Nu. Neem mij...'

Maar er bewoog zich niets in het donker. En er werd niets teruggezegd.

Woedend liep ik slingerend en wild met mijn armen zwaaiend naar de plek.

'Kom op,' schreeuwde ik. 'Wees een kerel.'

Maar er gebeurde niets en ik voelde me nog machtelozer en troostelozer dan aan het begin van de avond. Hier hielp ik Ali echt niet mee. Ik verdoofde mezelf omdat ik bang was mijn jongste kind kwijt te raken. Ik was geen fractie meer van wie ik was.

'Dit was het dan,' zei ik in mezelf. 'Het is voorbij.'

Ik stond met mijn rug tegen een hek van harmonicagaas geleund. Toen gleed ik omlaag tot ik tussen de vuilniszakken zat, het kon me niets schelen.

'Jij wint, M,' mompelde ik nog voordat ik wegzonk in de duisternis. 'Ik ben een gebroken man.'

HOOFDSTUK 98

Ik heb geen idee hoelang ik daar buiten westen in die steeg heb gelegen, verdwaald in de duisternis. Maar toen klonk vlakbij het geluid van zware piepende remmen, en er gleden lichten over mijn gezicht.

Mijn hoofd bonkte. Ik kneep mijn ogen samen; er stond een vuilniswagen voor mijn neus die de container kwam legen, ik zag hem dubbel.

Mijn hersens leken wel te koken, ik wist even niet waar ik was en hoe ik hier was gekomen. Maar toen waarschuwde mijn reptielenbrein me: ga naar huis, Alex, slaap je roes uit.

Duizelig en nog steeds dronken hees ik mezelf overeind, toch wist ik op de een of andere manier welke kant ik op moest lopen. Ik strompelde langs de vuilniswagen.

'Ga hulp zoeken, maat,' riep de bestuurder vanuit zijn open raam. 'Ik heb het ook meegemaakt, en ze kunnen je helpen als je dat wilt.'

Ik zwaaide naar hem, maar zei verder niets terwijl ik doorliep naar het einde van de steeg. De dageraad gloorde. De stad was aan het ontwaken toen ik mijn weg in noordelijke richting vervolgde.

Terwijl ik langs winkels liep die nog niet open waren, zag ik mezelf in hun ruiten weerspiegeld: schuifelend en schommelend, smerig, een zuiplap, een gebroken man die zijn hoofd liet hangen en niet naar passerende vreemden opkeek.

'Het moet ophouden,' zei ik toen het gebonk in mijn hoofd

haast onhoudbaar werd. 'Ik moet afkicken.'

Ik wist waar ik heen moest voor zoiets, maar de gps in mijn brein stuurde me regelrecht naar mijn huis in Fifth Street. Toen ik er bijna was hoorde ik vanuit een open raam een jongen lachen, en het ontnuchterde me enigszins, waardoor ik weer in de wakkere nachtmerrie van Ali terechtkwam.

Daarna was het stapje voor stapje tot ik voor mijn huis stond. Toen ik de verandatrap beklom hoorde ik gerommel in de verte. De wind stak op, hij rook naar lenteregen.

Terwijl ik naar mijn sleutels zocht was ik me vaag bewust van een stukje roze markeertape dat op de onderste dwarsligger van de steiger tussen ons huis en dat van de buren was geplakt. De onderste helft van hun zijmuur was gezandstraald, zodat de originele bakstenen zichtbaar waren, en de steiger reikte tot aan hun dak.

Ik voelde maagzuur opkomen toen ik de voordeur opende. Toen ik binnen was trok er een golf van misselijkheid door me heen en ik haastte me naar het toilet achter de keuken.

De whisky kwam naar boven, wat goed was voor mijn maag, maar niet voor mijn hoofd. Ik slokte twee glazen water naar binnen voordat ik mijn telefoon op het aanrecht zag liggen, ik was hem blijkbaar vergeten mee te nemen.

Ik keek of ik berichten had, zag niets staan en legde hem weer terug. Ik moest douchen en slapen voordat ik straks naar de kust zou rijden.

Maar toen ik op weg naar de slaapkamer boven aan de trap stond voelde ik een sterke tochtstroom vanuit de zolder komen. Ik dacht dat ik een van de ramen open had laten staan, en er was storm op komst.

Ik beklom de zoldertrap als een zombie en boog mijn hoofd om door de lage deuropening mijn werkruimte in te komen. Maar toen stond ik als aan de grond genageld, de adrenaline die door me heen schoot zorgde ervoor dat ik in één klap broodnuchter was.

Achter mijn bureau zat een man die zijn ziel was kwijtgeraakt. Hij hield vanaf zeer korte afstand een pistool met een geluiddemper op mijn borst gericht.

'Goedemorgen, doctor Cross,' zei hij. 'Ik kan zien dat je een zware tijd achter de rug hebt. Dat is jammer. Ik heb jarenlang naar dit moment uitgekeken, en ik had eigenlijk wel iets meer van je verwacht nu het leven van je zoon op het spel staat.'

HOOFDSTUK 99

Hij was ergens midden in de veertig, atletisch gebouwd, met een bleke huid en rode plekken op zijn gezicht. Hij droeg een olijfgroen werkshirt waar zaagsel op zat. Een witte veiligheidshelm lag op het bureau bij zijn rechter elleboog. Er lag een koppelriem naast met timmermansgereedschap erin.

Zijn nek was dik. Zijn bleke hoofd was volledig kaal, zijn wimpers waren dun en blond en zijn onbeweeglijke ogen waren lichtblauw. Ik had de man nog nooit eerder gezien in mijn leven, maar ik wist meteen wie hij was.

'M,' zei ik. 'Waar is mijn zoon?'

M nam me op met die ogen, waar een dorst naar geweld en iets diep kwaadaardigs uit sprak. 'Hij is diep onder de grond. Het ongedierte doet zich waarschijnlijk al te goed aan hem.'

Dit was mijn grootste angst, het raakte me als een beuk in mijn maag. Mijn knieën werden week. Ali? Dood? 'Nee,' mompelde ik. 'Waarom?'

M zei niets, hij boog zijn hoofd langzaam een stukje naar links, en toen naar rechts, terwijl hij me bestudeerde. Het was alsof hij elke trilling en rimpeling die mijn verdriet toonde wilde registreren. Hoe langer hij me aankeek, hoe helderder zijn ogen werden. Er verscheen een zweem van een glimlach op zijn gezicht.

Ik begreep het. Deze man genoot. Hij was een sadist, en mijn ervaring had me geleerd dat sadisten met hun prooi willen spelen. Het hoorde bij hun machtsvertoon.

Dit inzicht sterkte me, ik rechtte mijn rug en zei: 'Je liegt.'

'O ja?'

'Ja.'

Hij haalde zijn schouders op. 'Toen ik Ali verliet was zijn lot bezegeld. Het doet er weinig toe als hij voorgoed weg is, en dat geldt ook voor je grootmoeder, of je vrouw, of je dochter, die daar in Neds strandhuis in Delaware zitten. In mijn gedachten zijn jij en de jouwen al bitterzoete herinneringen, Cross.'

Hij houdt een slag om de arm, dacht ik, en ik voelde hoop gloren. Ali was nog in leven toen M hem verliet. Ik moest ervoor zorgen dat hij bleef praten om uit te vinden waar en hoe lang geleden dat was geweest. 'Wat is je echte naam?'

'Hoe ik me maar wil noemen, op welk moment dan ook. Ik heb geleerd dat een naam er op de lange duur niets toe doet.'

Ik wierp een blik op de dunne gordijnen die achter hem wapperden terwijl de regen naar binnen kwam. Hij moest hier via het huis van de buren en de steiger binnen zijn gekomen.

M reikte naar achteren en duwde het raam dicht. De gordijnen hingen stil.

'Ben je hier om me te doden?' vroeg ik.

'Het spijt me dat ik het moet zeggen, maar ik ben zeer in je teleurgesteld. Het is tijd om nieuwe en grotere uitdagingen te zoeken.'

'Wie ben je werkelijk? Waarom doe je dit? Ik vind dat een verdoemd man het recht heeft dat te weten voordat hij sterft.'

Hij glimlachte breed. 'Wie ik werkelijk ben? Waarom ik dit doe? Ik heb een overvloed aan namen en beweegredenen, Cross. Maar het enige wat de wereld hoeft te weten is dat ik de beste rechercheur ter wereld, de Sherlock Holmes van deze tijd, op zijn eigen terrein en met zijn eigen middelen heb verslagen. En ga maar eens tellen hoeveel keren ik dat heb gedaan.'

Mijn gedachten gingen koortsachtig terug in de tijd, tot ik een profiel van mezelf in *The Washington Post Magazine* voor me zag waarin een journalist zoiets belachelijks had geschreven.

'Dus je hebt dat verdomde stuk van jaren geleden gelezen?' zei ik.

'En in mijn vrije tijd heb ik je sindsdien bespeeld. Met het bedenken, de uitvoering en de ontsnappingen. Terwijl jij bij elke volgende zet stuntelde en naar adem hapte. De beste rechercheur ter wereld,' snoof hij. 'Laat me niet lachen.'

Ondanks het gehoon besefte ik dat M, of hoe hij ook mocht heten, zonet iets van zichzelf had prijsgegeven, intrinsieke dingen. Hij had me de barsten in zijn façade getoond, en me mogelijk de middelen gegeven om die verder te ondermijnen.

'Je hebt gewonnen,' zei ik. 'Het is waar. Je hebt me verslagen. Wat je naam en beweegredenen ook zijn, ik denk dat je nu de grootste crimineel ter aarde bent.'

Ik hoorde een goedkeurend gebrom vanuit zijn keel, maar verder zei hij niets en bleef me aankijken.

'Dat is logisch, toch?' zei ik. 'Als je de beste rechercheur ter wereld de baas bent, dan ben je nummer een.'

Na een korte stilte zei hij: 'Dat lijkt me logisch, ja.'

'Ze zullen het nog jaren over je hebben.'

M bromde weer.

'Samen met alle andere onsterfelijke criminelen,' vervolgde ik. 'John Wilkes Booth. Ted Bundy. Lee Harvey Oswald. John Wayne Gacy. Kyle Craig.'

M klakte met zijn tong en zei: 'Ik ben beter dan zij allemaal bij elkaar.'

'Je zit er niet ver naast. Er zullen boeken over je leven worden geschreven. Misschien komt er zelfs wel een film. Maar dat zal lang na je dood zijn.'

M zei niets, zijn blik bleef onafgebroken op me gericht.

'Wist je dat er een plek is waar ze mensen zoals jij begraven?' zei ik.

'Je begrijpt het niet, Cross. Er is niemand zoals ik.'

'Die zijn er wel. Sadisten. Seriemoordenaars. Huurmoordenaars. Roofdieren die zo wreed zijn, wiens daden zo gruwelijk zijn, dat hun eigen verwanten weigeren om hun lichamen voor een fatsoenlijke begrafenis op te eisen. Kerkhoven weigeren de lichamen ook, hun resten mogen geen heilige grond ontwijden, of iets dergelijks. Dus jij en al je collega's worden naar een uithoek van de marinebasis Quantico gebracht en onder naamloze grafstenen begraven. Ik dacht, misschien wil je wel weten waar je uiteindelijk terecht zal komen.'

Terwijl ik deze woorden sprak zag ik hoe zijn blik van koud naar zielloos overging.

'Vele anderen zijn zo stom geweest om me proberen te doorgronden,' zei M terwijl hij zijn pistool hief. 'Ze hadden geen idee waartoe ik in staat ben, en dat heb jij ook niet.'

Het begon in mijn buik, een gevoel van afgrijzen dat door mijn hele lichaam trok.

Ik hief beide handen op en zei: 'Alsjeblieft, M, schiet me niet...'

'Hou je kop,' zei hij. Al zijn gevoel leek te zijn verdrongen door een onbenaderbaar, amoreel spectrum en hij richtte het pistool op mijn hoofd. 'Welkom in het dodenrijk, Alex Cross.'

HOOFDSTUK 100

Ik heb mensen het onwerkelijke moment horen beschrijven dat ze oog in oog met de dood stonden. Ze zeggen dat de tijd langzamer leek te verstrijken.

Neuropsychologen weten dat de tijd niet langzamer verstrijkt op zulke momenten.

Als ons brein met het gevaar van uitsterving wordt geconfronteerd scheidt het chemische stoffen af die gedeeltes van de hersens activeren die zelden worden gebruikt. Het brein licht op, bijna elektrisch, en werkt zo snel dat het informatie honderden malen sneller kan ontvangen en verwerken dan normaal het geval is.

En daarom lijkt het voor iemand die oog in oog met de dood staat alsof de tijd langzamer loopt.

In de fractie van een seconde tussen M's laatste woorden en het overhalen van de trekker zag ik elke nuance van zijn gezicht, rook ik zijn smerige lichaamsgeur en hoorde ik glas breken voordat er bloed uit zijn borst stroomde.

M sloeg voorover toen hij schoot.

Zijn kogel nam bijna het topje van mijn rechteroor mee en boorde zich in de muur achter me.

Hij zakte in elkaar. Hij steunde met zijn linkerhand op het bureau en hij probeerde het pistool op me te richten.

Ik dook over mijn bureau heen. Mijn linkervuist sloeg zijn rechterhand weg. Met al mijn gewicht beukte mijn rechteronderarm op zijn borst.

We knalden tegen de boekenkast aan en vielen op de vloer. Ik had mijn gebalde vuist alweer opgeheven.

Maar M bewoog niet meer.

Een hartverscheurend moment lang dacht ik dat ik te ver was gegaan en hem had gedood voordat hij me kon vertellen waar mijn zoon was.

Toen zag ik zijn borst op en neer gaan om lucht te krijgen terwijl het bloed uit de wond bleef stromen.

'Een geweldig schot, John,' zei ik hijgend. 'Hij is geveld, maar hij leeft nog. Er moet snel een ambulance komen.'

Ik smeet zijn pistool weg, trok mijn sweatshirt uit en drukte het tegen de uitgangswond. M's ogen openden zich half, hij hoestte en hapte naar adem.

'Beweeg je niet,' zei ik. 'Er is een ambulance onderweg. Je hebt het recht om te zwijgen. Je hebt recht op een advocaat.'

Terwijl ik hem op zijn rechten wees zag ik zijn ogen verder opengaan, en ik dacht er angst in te zien.

'Ik kan mijn benen niet bewegen,' fluisterde hij nadat ik klaar was. 'Ik voel er niets meer in.'

Loeiende sirenes naderden het huis.

'Waar is mijn zoon?'

Hij sloot zijn ogen.

'Het is voorbij, M. Waar is mijn zoon?'

Hij gaf geen antwoord.

Ik had hem graag in zijn gezicht willen slaan, maar ik hoorde voetstappen op de trap.

Ik stond trillend en misselijk op. Ned Mahoney kwam als eerste binnen, op de voet gevolgd door Bree.

'Hoe gaat het met je?' vroeg Mahoney.

'Beter dan met hem,' zei ik, en ik wilde Bree omhelzen.

Ze had tranen in haar ogen, maar ze hield me tegen. 'Ik hou van je, schat, maar je zit onder het bloed.'

'Zijn bloed,' zei ik terwijl het ambulancepersoneel mijn kleine werkkamer betrad, het was er nu afgeladen. 'Laten we hen de ruimte geven.'

We liepen de trappen af naar beneden en keken elkaar aan.

‘Ik zal nooit meer toestaan dat je als lokaas wordt ingezet,’ zei Bree.

‘En ik zal voor de rest van mijn leven geen druppel whisky meer drinken.’

HOOFDSTUK 101

Binnenkort zal de rest van het gezin hetzelfde lot als hem en oma ondergaan, maaiend met hun armen zullen ze naar adem happen.

Die zin was M fataal geworden.

Toen ik hem een week geleden las, was er iets vreemds waar ik eerst mijn vinger niet achter kon krijgen.

Oma, die maaiend met haar armen naar adem hapt.

Toen realiseerde ik me dat hij dus wist dat Nana Mama in de keuken in elkaar was gezakt.

Behalve dan dat het onmogelijk was. Slechts zes mensen hadden ervan geweten: Bree, Nana, Jannie, Sampson, Mahoney en ik. Dat was het.

We hadden geen ambulance gebeld. We hadden niemand gebeld.

Er was maar één uitleg mogelijk: M had afluisterapparatuur in ons huis geplaatst.

Twee uur nadat Bree met Nana en Jannie naar Neds strandhuis was vertrokken werd er op de voordeur geklopt. Het was Keith Karl Rawlins, het cybercrimegenie van de FBI, die zich als iemand van een ongediertebestrijdingsbedrijf had vermomd. Hij zei dat er bij de buren sporen van termieten in de constructie waren aangetroffen, en bood me een gratis offerte aan.

We kwamen er al snel achter dat M ons niet alleen met behulp van minuscule microfoontjes in vier verschillende kamers had afgeluisterd, maar ons ook nog met twee fiber-optische cameraatjes had geobserveerd. We vonden er een in de keuken, en een in mijn werkkamer.

Hoe en wanneer hij de apparatuur had geplaatst was ons een compleet raadsel, maar wat wel duidelijk werd, was dat de microfoons en camera's draadloos verbonden waren met een zogeheten transponder die hoog op een zendmast aan de overkant van de straat was gemonteerd. Deze transponder verzond de informatie per satelliet naar het internet.

Toen Rawlins en ik later die dag overleg met Mahoney hadden wilde Rawlins de transponder eraf halen om het ding te analyseren, maar ik had er andere plannen mee.

'Hij weet niet dat we inmiddels weten dat hij ons afluistert en observeert,' zei ik. 'Dat gegeven kunnen we gebruiken om hem uit zijn tent te lokken.'

'Hoe dan?' vroeg Mahoney.

'Door mij als lokaas te gebruiken,' zei ik. 'Uiteindelijk is hij op zoek naar een soort confrontatie met mij, denk ik. Daarom gebruikt hij op zijn beurt Ali als lokaas.'

We besloten dat ik net moest doen alsof Ali's ontvoering een verschrikkelijke klap voor me was die me in een zwakke, wanhopige, zelfdestructieve alcoholist had veranderd. Iemand die niet meer in staat was zijn spel mee te spelen, zeker niet als het op leven en dood was. M zou bang worden dat hij zijn ultieme confrontatie nooit meer zou krijgen.

Die avond begon ik te drinken. Maar agenten in burger hielden mijn huis nauwgezet in de gaten, en op mijn revers zat een microfoontje.

En ik deed er elke volgende avond een schepje bovenop. Soms speelde ik dat ik dronken was, maar meestal was het echt, en ik liet al mijn angstgevoelens de vrije loop in lange, dronken monologen.

Het had me zes nachten van vernedering en een leverbeschadiging gekost voordat een van Mahoney's mannen door een infraroodsensor zag hoe om drie uur 's ochtends een persoon zich toegang tot het huis van de buren verschafte en een uur later via de steiger mijn werkruimte op zolder binnendrong.

Dezelfde agent had de roze markeertape achtergelaten, het afgesproken teken dat ik bezoek had.

Toen ik mijn werkkamer inliep had Rawlins inmiddels het draadloze signaal van het cameraatje weten te onderscheppen. Hij, Mahoney en Bree volgden alles in een surveillancebusje dat iets verderop stond geparkeerd. Terwijl M op mij was gefocust, was Sampson op het dak van de buren geklommen om M binnen schootsafstand te krijgen.

M werd door het ambulancepersoneel naar buiten gereden.

'Waar is mijn zoon?' vroeg ik hem nog een keer.

'Diep onder de grond,' zei hij.

Ik zag dat hij, ondanks het feit dat hij neergeschoten en verlamd was, onverminderd van mijn ellende genoot.

HOOFDSTUK 102

Er waren veertien gekmakende uren verstreken waarin we niet met M konden praten, laat staan dat ik hem kon vragen waar hij mijn zoon had gelaten. Hij was onmiddellijk aan de schotwond in zijn borst geopereerd, hij moest wat langer in de uitslaapkamer blijven omdat de narcose ongewenste bijwerkingen had.

Op CT-scans was te zien dat de kogel langs de rechterkant van zijn vierde ruggenwervel was geschampt en vijf centimeter van zijn rechterlong had doorboord voordat hij er aan de voorkant weer uit was geschoten. De snelheid van de kogel had een paar ribben en een ruggenwervel gebroken, zijn ruggengraat was ernstig beschadigd.

'Hij zei me dat hij zijn benen niet meer kon voelen,' zei ik tegen de chirurg.

'Met zo'n beschadiging zal hij waarschijnlijk voor een lange tijd niets meer vanaf zijn middel voelen, zo niet voor altijd,' verklaarde hij.

'Wanneer kan ik hem spreken?'

We kregen om tien uur die avond toestemming, vlak nadat M naar de intensive care was overgebracht, en vlak nadat een forensisch technicus ons rapporteerde dat de verdachte geen vingerafdrukken had. Het leek alsof zijn vingertoppen tientallen jaren geleden met chemicaliën waren behandeld.

'Ik wil hem in m'n eentje spreken,' zei ik tegen Bree, Mahoney en Sampson toen we op de gang bij zijn bewaakte kamer stonden.

'Ik denk dat hij ons zal proberen te bespelen als we met meer dan één persoon zijn.'

'Ik heb er een camera laten plaatsen voordat hij arriveerde,' zei Mahoney. 'We kunnen beneden meekijken.'

'Succes,' zei Sampson.

'Bedankt, man.'

Ze liepen naar de lift.

Ik haalde diep adem en keek Bree aan. 'Dit voelt verschrikkelijk.'

Haar ogen glansden, ze kneep me in mijn hand en glimlachte. 'Je bent hier goed in, Alex Cross. Zorg ervoor dat je je jongen terugkrijgt.'

Ze kuste me en liep toen achter Ned en John aan. Ik knikte de agent toe die hem bewaakte en bad voor de juiste woorden voordat ik de deur opende.

M, of wie hij ook was, lag half rechtop in een ziekenhuisbed met een batterij monitors en andere medische apparaten die gonzend en piepend om hem heen stonden.

Hij opende zijn bloeddoorlopen, waterige ogen. Ze volgden me terwijl ik naar het voeteneinde van het bed liep.

'Kun je me vertellen waar je mijn zoon naartoe hebt gebracht?'

'Dat heb ik je al verteld,' zei hij met een dikke tong van de pijnstillers. 'Ik heb hem onder de grond begraven.'

'Zeg me dan waar ik hem kan opgraven, zodat ik hem een fatsoenlijke begrafenis kan geven.'

'Je zult hem uiteindelijk wel vinden, daar ben je slim genoeg voor.'

'Luister, jij wint. Dat erken ik. Je hebt me overklast. En je overklast me nog steeds.' Het laatste zei ik met alle oprechtheid die ik kon opbrengen.

'En toch ben ik degene die waarschijnlijk nooit meer kan lopen, en die de rest van zijn leven achter de tralies zal moeten slijten.'

Misschien dat de pijnstillers hem wat mededeelzamer hadden gemaakt, want het klonk als een eerlijk en helder commentaar, en ik besloot meteen om radicaal van tactiek te veranderen.

'Wanneer ben je ermee gestopt om naar je hart te luisteren?' vroeg ik.

'Ik weet niet waar je het over hebt.'

'Jawel, dat weet je best. Er moet lang geleden een tijd zijn geweest waarin je instinctief goed en kwaad van elkaar wist te onderscheiden. Kun je je die tijd herinneren?'

Hij haalde zijn schouders op en slikte. 'Ik had eens een stel pleegouders dat me als kind meenam naar de kerk. Daar moest ik van die onzin uit de Bijbel lezen.'

'Maar afgezien daarvan, er wás een tijd dat je in je hart voelde wat goed en kwaad was. Kun je je die tijd herinneren?'

M kneep zijn ogen samen. 'Wat heeft dat met je zoon te maken?'

'Maar herínner je je het?'

Hij sloot zijn ogen. 'Ja, ik denk van wel, ja.'

'Natuurlijk herinner je je dat. Natuurlijk. Het was er toen je werd geboren. Het was er al voordat je werd geboren. Wist je dat het hart zijn eigen zenuwstelsel heeft? Het is echt waar. Lang voordat het brein zich ontwikkelt is het hart levend en alert. Het is een dieper denkend orgaan, een andere manier van kennis.'

M's ogen openden zich. 'Dus?'

'Wanneer ben je gestopt naar je hart te luisteren?'

Hij schudde zijn hoofd. 'Ik weet niet waar je...'

'Jawel, dat weet je wel,' onderbrak ik hem. 'Je hebt niet meer naar je hart geluisterd omdat je dacht dat het gebroken was. En toen ben je naar alle woedende stemmen in je hoofd gaan luisteren. Hoe oud was je, dertien? Veertien?'

HOOFDSTUK 103

Ik had deze vragen niet zomaar gesteld.

Een aanzienlijk aantal suïcidale en moorddadige volwassenen heeft in hun tienerjaren of in de puberteit erna een traumatische ervaring gehad, in de jaren dat hun hormonen alle kanten op vlogen en ze aan heftige stemmingswisselingen onderhevig waren.

Het komt erop neer dat de traumatische ervaring vermenigvuldigd wordt door de hormonen, en versterkt wordt door de stemmingswisselingen. Ik geloof dat een heftige gebeurtenis in die jaren de hersens beschadigt, dat hij kortsluiting veroorzaakt en diepe sporen van haat, zelfhaat en neuroses achterlaat.

Toen ik M naar zijn tienerjaren vroeg leek er een schaduw over zijn gezicht te vallen en sloot hij zijn ogen.

Ik wachtte bijna vijf minuten op een antwoord. Het enige wat je hoorde waren de monitors en onze ademhaling.

'Ik was veertien,' zei M uiteindelijk toen hij zijn ogen opende. 'Mijn zus was verkracht en vermoord. Ik vond de dader en heb hem met een zware ketting doodgeslagen.'

'Is dat het moment waarop je bent opgehouden naar je hart te luisteren? Voordat je hem vermoordde?'

'Nee, erna,' zei hij. 'Toen ik besefte hoe fijn het was om die klootzak dood te slaan, en dat ik het eigenlijk steeds weer opnieuw wilde doen.'

Ik knikte. 'Zoiets is genoeg.'

‘Genoeg voor wat?’

‘Genoeg om je hart het zwijgen op te leggen. Om je ziel kwijt te raken.’

Ik hield oogcontact met hem en zag zijn wangen licht trillen.

‘Ik heb geen ziel of hart.’

‘Natuurlijk heb je die wel,’ zei ik. ‘De kogel heeft je hart volledig gemist, het is er nog steeds. Je kunt ernaar luisteren als je durft. Je zou hoop kunnen vinden.’

‘Voor wat?’

‘Verlossing.’

Hij lachte zacht. ‘Er is geen verlossing voor een man als ik.’

‘Jawel, die is er. Sluit je ogen.’

Ik voelde een moment van twijfel, hij zou me kunnen afwijzen. Maar toen sloot hij zijn ogen.

‘Luister naar je hart,’ zei ik kalm. ‘Het is er nog steeds. Je hart zal je vertellen wat je moet doen.’

Hij ademde, slikte, verschoof ongemakkelijk en opende toen zijn ogen weer. ‘Ik heb te veel dingen gedaan.’

‘Maar je kunt nog steeds luisteren. Net zoals je dat deed toen je een jongen was, net zoals mijn zoon.’

Zijn kaak verstrakte. Zijn onderlip krulde naar binnen.

Ik bleef hem aankijken en probeerde mijn wanhoop te verbergen. Elke minuut die verstreek was in Ali’s nadeel.

‘Het spijt me, Cross,’ zei hij. ‘Ik ben al lang geleden gestopt met het luisteren naar dit soort onzin.’

‘Nee, dat ben je niet. Je hebt alleen de antenne eraf gehaald.’

‘Maakt het wat uit? Het zal niets veranderen.’

‘Misschien niet, maar het zal jou veranderen.’

Ik zag dat hij niet zo’n antwoord had verwacht, nu moest ik doorgaan. ‘Je moet Ali hebben gemogen. Je kunt niet in zijn gezelschap zijn zonder door zijn enthousiasme te worden aangestoken.’

‘Hij praat veel, die jongen.’

Ik glimlachte. ‘Zonder ophouden.’

'Hij is slim.'

'Briljant.'

M staarde naar het plafond, toen keek hij me weer aan. 'Het leven is niet eerlijk.'

'Je hebt mijn gezin geobserveerd,' zei ik. 'Je hebt Ali zien glimlachen. Je hebt Ali horen lachen.' Ik zweeg even en probeerde de liefde voor mijn zoon samen te vatten zonder overdreven emotioneel te worden. 'Die jongen heeft nog een heel leven voor zich,' vervolgde ik. 'Wie weet wat hij allemaal zal bereiken als je bereid bent om voor één keer naar je hart te luisteren.'

M zweeg en ontweek mijn blik.

Er verstreken zeker tien minuten. Ik zuchtte, draaide me om en liep naar de deur.

Net toen ik hem had geopend om de kamer te verlaten zei M: 'Cross.'

Ik kon wel ter plekke door de grond zakken, maar ik bleef staan en draaide me om.

'De mierenhoop,' zei hij.

HOOFDSTUK 104

De FBI-helikopter vloog boven het terrein van Dwight Rivers in Shenandoah Valley en landde in het weiland tussen de zonnepanelen en het huis. Het was iets na middernacht. De volle maan hulde de plek in een vreemd blauw licht.

We hadden Rivers gebeld, die inmiddels uit het ziekenhuis was ontslagen en thuis verder herstelde. Hij zei dat hij sinds zijn terugkomst niet meer in de mierenhoop was geweest. De FBI had de bunker verzegeld vanwege het hoofd dat er was aangetroffen.

'Een perfecte plek om iemand in te verbergen, als je erover nadenkt,' zei Mahoney.

'Ja, want wie zal er naar een verzegelde plaats delict kijken?' vulde Bree hem aan voordat de piloot ons het 'alles veilig'-sein gaf.

We sprongen en renden naar Rivers' bunker toe. Er was licht aan in het huis, maar we troffen hem op krukken naast een quad die bij de ingang van de mierenhoop stond.

'Het hangslot is op zijn plek,' zei hij. 'En de verzegeling is intact.'

We richtten onze zaklampen op de verzegeling, er leek niet mee te zijn geknoeid. Mahoney nam er twee foto's van en verbrak het toen.

Rivers gaf ons de cijfercombinatie van het hangslot, en we haastten ons vervolgens naar binnen. De doomsday prepper hobbelde achter ons aan, hij zette schakelaars om, startte generators en de mierenhoop was nu van onder tot boven verlicht.

'Als uw zoon hier is, dan zult u hem vinden, doctor Cross,' zei Rivers.

Mijn gedachten waren bij Ali, maar toch moest ik ook even aan de ironie ervan denken, dat de man in wiens bunker ik had ingebroken me nu hielp om mijn jongen te vinden.

'Dank u.' Ik liep voor de anderen uit naar de trappen.

Mahoney en Sampson gingen naar boven, Bree en ik naar beneden.

'Ali!' riepen we. 'Ali, kun je ons horen?'

We openden deuren en doorkruisten elk niveau van het doolhof, we riepen en keken in de keuken, de munitiekamer, de EHBO-kamer, de kamer met de accu's en de kamer met de waterfiltratie. De toegang tot de werkplaats, waar het hoofd was aangetroffen, was ook verzegeld. Ik verbrak de verzegeling en we gingen naar binnen.

Het eerste wat me opviel was dat de zware stalen deur in de verre wand van de ruimte nu op de vloer van de hal erachter lag. Die deur was eerst gesloten geweest. De rest van de ruimte zag er nog precies hetzelfde uit, behalve dat de FBI de bebloede zaag en ander gereedschap als bewijsmateriaal had meegenomen.

Toen zag ik een lege watertank bij een van de lockers staan, en er lagen lege voedselblikken in de hoeken verspreid.

'Ruik je dat?' zei Bree.

Inderdaad, een vage lucht. 'Menselijke uitwerpselen.'

Het duurde niet lang voordat we de geuren hadden gelokaliseerd. De afvoergeul in de vloer rook naar verschaalde urine, en in een dichte locker vonden we weekendtassen die met fecaliën en gebruikt toiletpapier waren gevuld.

Mahoney en Sampson kwamen binnen. 'Hebben jullie iets?'

'Hij is me weer te slim af.' Ik schudde gefrustreerd mijn hoofd.

'Maar er hééft iemand gezeten hier,' zei Bree.

'Er is een forensisch team van Quantico onderweg,' zei Mahoney. 'Laten we hier vertrekken zodat ze hun werk kunnen doen, ze kunnen ons straks met zekerheid zeggen of het ook werkelijk Ali is geweest.'

'Dat weet ik nu al,' zei ik en ik gebaarde naar de laag stof op een van de lockers, waar iemand met zijn wijsvinger een cartoonachtig poppetje in had getekend. 'Ali tekent die voortdurend in zijn schetsboek.'

Bree knikte en zei: 'En ik zag daar bij die deur kleine schoenafdrukken.'

Ik liep erheen en zag vele schoenafdrukken over elkaar, waaronder een aantal die Ali's maat zouden kunnen hebben. Ik liet mijn lichtbundel door de hal glijden en stuitte naast de ladder op een acetyleenbrander met een tankje ernaast en een los blad van een ijzerzaag.

'M moet via deze ladder naar beneden zijn gekomen, hij heeft de snijbrander en de ijzerzaag gebruikt om zich toegang te verschaffen. Omdat de deur bij het trappenhuis verzegeld was wist hij dat hier niemand zou komen. Kortom, de perfecte plek om een ontvoeringsslachtoffer vast te houden.'

Het maakte me witheet van woede.

'Ali!' riep ik naar boven door het gat van de ladder. 'Ali, kun je me horen?'

'Alex?' zei Mahoney. 'Hij is er niet meer. We moeten hier weg, geloof me maar.'

'Ik blijf hier,' zei ik.

'Nee, dat doe je niet,' zei Bree. 'Je komt met mij mee naar huis. Ik heb je nodig. En Nana en Jannie ook. We gaan morgenochtend naar het ziekenhuis terug om met M te praten.'

Ik keek haar ingespannen aan. Ik was volledig van de kaart door het idee dat Ali een paar dagen geleden in deze ruimte moest zijn geweest en dat hij er nu niet meer was.

Maar ik knikte en we verlieten de werkplaats. Ik kon de gedachte dat ik mijn kleine jongen nooit meer zou zien maar niet van me afzetten. De tranen stonden in mijn ogen toen ik Dwight Rivers bedankte voor zijn hulp.

'U zult hem vinden,' zei Rivers. 'Ik heb trouwens ontdekt hoe ze in en uit de bunker zijn gekomen. Ze hebben de lier op het dak gebruikt. Er hangt een touw over de zijkant heen.'

'Die hebben wij achtergelaten,' zei Sampson.

'Wat?'

'Dat is een lang verhaal, en het is al laat,' zei ik en ik begon in de richting van de helikopter te lopen.

Bree haalde me in en pakte mijn hand. Voor mijn geestesoog zag ik een diashow van Ali's leven voorbijkomen. Zijn geboorte. De eerste keer dat hij liep. Zijn eerste woordjes.

Hoe hij leerde fietsen. Hoe hij aan zee speelde bij Neds strandhuis.

De herinneringen bleven komen terwijl we onszelf vastgespten in de helikopter. Ali die geobsedeerd was door zombies. Ali die geobsedeerd was door het dartspel. Ali die geobsedeerd was door mountainbikes. Alles wat op zijn pad kwam werd een nieuwe bevlieging, waarbij hij het nooit kon nalaten breed te grijnzen.

Toen de helikopter opsteeg begon Bree te snikken en legde haar hoofd tegen het mijne. Ik sloeg mijn armen om haar heen en voelde haar lichaam schokken terwijl de tranen over mijn gezicht liepen in de donkere cabine. Ik zag Ali zo levendig voor me, dat ik zou zweren dat ik zijn stem over de wind heen hoorde.

HOOFDSTUK 105

Allebei onze telefoons begonnen te zoemen en rinkelen om halfvijf 's ochtends.

Ik keek naar het bericht van Mahoney en vloekte. 'Dat is onmogelijk!'

'Shit!' riep Bree uit.

We waren binnen een paar seconden aangekleed en stormden de trap af.

'Wat is er aan de hand?' riep Nana Mama ons na.

'Ga terug naar bed.'

'Jullie hebben nog maar nauwelijks geslapen!'

We gaven geen antwoord en renden naar de auto. Ik zette het zwaailicht op het dak en we waren weg, terwijl ik reed gaf Bree orders via haar portofoon door. Sirenes loeiden om ons heen terwijl we door de lege stad scheurden. Zes minuten later stopten we voor het George Washington University Hospital.

'Ik wil dat alle wegen in een omtrek van een kilometer worden afgesloten,' zei Bree in haar portofoon. 'Er gaat niemand in of uit. Doorzoek alle voertuigen.'

Sampson stond al in de hal van de intensivecareafdeling. 'Hij is gewapend en draagt het uniform van een Metro DC-agent.'

'Wat?' zei ik terwijl Bree het nieuws doorgaf. 'Hoe kan dat?'

'Kom maar kijken.'

We liepen naar de kamer waar M had gelegen, de deur stond open. Ivan Marky, dezelfde agent die de kamer bewaakte toen we gisteravond vertrokken, lag naakt op het bed. Zijn keel was doorgesneden.

'M heeft zijn kleren aangetrokken,' vertelde Sampson, 'hij is naar de verpleegkundigenpost gelopen, heeft de twee die dienst hadden met het pistool van de agent bedreigd en ze bevolen hem alle pijnstillers en antibiotica te geven die er waren. Nadat ze hun telefoon hadden ingeleverd heeft hij ze in een kast opgesloten en is vertrokken.'

'Hoelang geleden was dat?'

'Veertig minuten.'

'Veertig minuten,' riep Bree uit. 'Dat meen je niet.'

Ik sloot mijn ogen en herinnerde me hoe M eraan toe was in de momenten nadat Sampson hem had neergeschoten. Ik had angst in zijn ogen gelezen en hij had gezegd dat hij zijn benen niet meer voelde. En de chirurg had toch gezegd dat hij een ruggenwervel had gebroken en dat zijn ruggengraat ernstig beschadigd was?

'Ik begrijp niet hoe hij kan staan, laat staan lopen,' zei ik. 'En als hij hulp heeft gehad, dan is hij die omtrek van één kilometer allang voorbij. Hij zou zelfs de stad al uit kunnen zijn.'

'Dat houdt hij nooit vol in zijn toestand,' zei Bree.

'Hij is opgestaan in die staat, heeft zijn infusen eruit getrokken in die staat en heeft een agent vermoord in die toestand!'

'We krijgen hem wel te pakken, Alex.'

'Wat als hij eerder bij Ali is dan wij?'

'Alex, we moeten er niet vanuit gaan dat hij...'

'Wat moet ik er anders van maken, Bree? Het is duidelijk dat hij Ali uit de bunker heeft gehaald voordat hij naar ons huis kwam. En het is duidelijk dat hij nu onderweg is naar de plek waar hij onze zoon heeft verborgen. En God mag weten wat hij zal doen.' Ik zweeg en schudde vol walging mijn hoofd. '"Luister naar je hart, meneer de seriemoordenaar." Mijn god, hoe heb ik zo stom kunnen zijn?'

'Het was de enige manier waarop je dacht hem te kunnen bereiken. Het was briljant.'

'En hij heeft het net zo briljant tegen ons gebruikt.'

'Ga naar huis en pak nog wat slaap. Je zult daarna helderder denken.'

'Maar jij hebt net zo weinig slaap gehad.'

'Maar om de een of andere reden ben ik wat scherper dan jij op dit moment. Ik heb het gevoel dat Ali terug zal komen. Dus slaap nog een paar uur en bel me dan. Dan hebben zowel Ali als ik meer aan je.'

Ik zweeg, en zei ook niets tegen Sampson toen ik me omdraaide en vertrok. In de lift, tijdens de taxirit en daarna thuis werden mijn emoties heen en weer geslingerd tussen woede, moedeloosheid en verslagenheid.

Ik had geprobeerd M zijn menselijke kant te laten terugvinden. Dat was jammerlijk mislukt.

Ik dacht aan alle andere dingen die hij me gezegd had in die ziekenhuiskamer. Was hij ooit in een pleeggezin opgenomen? Had hij werkelijk een man doodgeslagen omdat die zijn zus had verkracht en vermoord? Of was het allemaal ter plekke verzonnen?

De keukenklok wees vijf over zes aan toen ik binnenkwam en het licht aanknipte. Ik had een chronisch slaaptekort, en toch voelde ik me ongedurig, ik moest er niet aan denken om te gaan slapen. Ik zou alleen maar aan Ali moeten denken als ik nu in bed zou liggen.

Wat maakte hij door? Had hij het zwaar? Ik sloot mijn ogen en probeerde niet te denken aan wat er kon gebeuren nu M voortvluchtig was, dat hij mijn zoon met een zijden stropdas had gewurgd of dat ik mijn jongen zonder hoofd terugvond.

Ik keek naar het koffiezetapparaat en vervolgens naar het kastje waar de drank in stond. De gedachte aan whisky deed me huiveren, maar ik wist dat het goedje me mee zou nemen naar de plek waar ik heen wilde – naar de duisternis, waar geen heden, verleden of toekomst was, geen...

Er werd aangebeld.

Om tien over zes in de ochtend?

De bel klonk nog een keer en ik haastte me duizelig en gedesoriënteerd naar de hal. Ik wilde niet dat Nana of Jannie door mijn toedoen wakker zouden worden, maar het was alsof ik boven op mijn oververmoeidheid ook nog eens een migraineaanval kreeg.

Ik deed de deur open. Het was Dwight Rivers, hij steunde op zijn krukken en ademde zwaar.

'Meneer Rivers?' zei ik.

'Ik ben hier meteen heen gereden, doctor Cross,' zei hij. 'Ik dacht dat u dit als eerste moest zien.'

'Wat is er?' vroeg ik, maar hij had zich al omgedraaid.

Rivers gaf geen antwoord. Hij had de straat bereikt en hobbelde naar een pick-up met een overdekte laadbak. Hij opende de achterdeur en gebaarde met zijn kin naar me om te komen kijken.

De zon was opgekomen en scheen naar binnen, ik kneep mijn ogen samen om iets te kunnen zien. Ik wist even niet wat Rivers hier voor me had meegenomen.

Maar toen zag ik iets bewegen op het onderste uitklapbed.

'Wat is dit?' klonk de zachte, beverige en angstige stem van een vrouw. 'Wie is daar?'

Vanaf het bovenste uitklapbed klonk een nog zwakkere stem. 'Dat is mijn vader, miss J.'

HOOFDSTUK 106

Mijn hart sprak zijn eigen taal en explodeerde haast van vreugde toen ik de overdekte laadbak in sprong en naast de opklapbedden stond. Rivers deed het licht aan en daar was mijn kleine jongen, hij glimlachte door zijn tranen heen en zag eruit alsof hij door een hel was gegaan.

'Ali,' fluisterde ik. Zijn plotselinge aanwezigheid voelde onwerkelijk, en ik zag ook dat hij er niet best aan toe was.

Hij was blootsvoets en zijn blote borst was bedekt met schrammen, sneeën en striemen. Het shirt dat hij op de dag van zijn verdwijning had gedragen was om zijn hoofd gebonden en met bloed doorweekt. Zijn blik leek afwezig voordat hij zijn ogen sloot.

'Bel 911!' riep ik Rivers toe.

'Ik heb geen mobiele telefoon!'

'Wat?'

'Ik moet die dingen niet, man.'

'We zijn gisternacht allebei gevallen,' zei de vrouw op het onderste bed, die er ook vuil en gehavend uitzag. 'Na alles wat we al doorgemaakt hadden kreeg hij er nog een hoofdwond bij, en ik heb mijn arm gebroken, en misschien ook wel mijn been.'

Ik had mijn telefoon tevoorschijn gehaald en toetste 911 in. 'Wacht even, we komen er zo op terug, mevrouw,' zei ik.

Ik kreeg de hulpdienst aan de lijn en beschreef de situatie.

'Hou uw zoon wakker,' klonk de stem aan de andere kant nadat ik had gezegd dat er mogelijk hoofdletsel was.

Ik schudde Ali's schouder voorzichtig, hij opende half zijn ogen.

'Even wakker blijven, jongen.'

Hij glimlachte lui. 'Pap?'

'Hier ben ik.' Ik hield zijn hand vast.

'De ambulance arriveert over twee minuten, meneer Cross,' werd me tot slot gezegd.

'Is dit een droom, pap?'

Hoewel ik wist dat het goed voor hem zou zijn als ik kalm en helder bleef, raakte de vraag me op een manier die ik niet had verwacht. 'Nee, nee, Ali,' zei ik met verstikte stem. 'Dit is geen droom. Jij bent hier en ik ben hier.'

Hij grijnsde breed en de tranen liepen over zijn wangen.

'Ik wist dat we het zouden halen,' zei hij. 'Ja toch, miss J?'

'Je twijfelde er nooit aan,' zei de vrouw. 'Zelfs als ik dat wel deed.'

Er naderde een loeiende sirene.

'Sorry, mevrouw,' zei ik. 'Maar wie bent u?'

'Diane Jenkins,' zei ze. 'Ik kom uit Ohio.'

Mijn mond zakte open. Toen schudde ik ongelovig mijn hoofd en zei: 'Maar natuurlijk. We hebben u gezocht.'

'Kan ik mijn man bellen?'

'Meteen nadat u medische hulp hebt gekregen.'

'Pap?' zei Ali terwijl er twee ambulances met loeiende sirenes de straat in reden.

'Hier ben ik.' Ik kneep in zijn hand.

'Miss J is erg goed met een snijbrander.'

'Het was zijn idee,' zei ze.

Ali's ogen begonnen weer dicht te vallen.

'Kom, blijf wakker, jongen,' zei ik terwijl ik zijn schouder weer schudde.

'Maar ik wil zo graag slapen, pap. Ik ben zo moe. We zijn de hele nacht wakker gebleven.'

'Ik begrijp dat je dat wilt,' zei ik en ik streelde zijn wang. 'Maar je moet nog even wakker blijven.'

'Ga ik in een ambulance rijden?' zei hij terwijl de ambulances naast de pick-up stopten.

'Ja, jongen.' Ik werd door liefde overweldigd.

'Je zou je gezicht moeten zien, pap.' Hij glimlachte en likte zijn lippen. Het ambulancepersoneel was bij de achterdeur van de pick-up verschenen.

'Ik weet het,' zei ik terwijl ik het weer te kwaad kreeg. 'De gelukkigste vader die er bestaat.'

'Kunt u even ruimte maken?' hoorde ik achter me.

Ik liet Ali's hand los.

Hij sperde zijn ogen open. 'Niet weggaan.'

'Maak je maar geen zorgen, jongen,' zei ik. 'Ik zal je geen moment verlaten.'

HOOFDSTUK 107

Twee dagen later, op de tweede etage van de afdeling Neurologie van het Georgetown University Medical Center, werd Diane Jenkins door een zaalhulp op een brancard mijn kant op gereden. Haar rechterarm zat in het gips, en een been was dik omzwachteld.

Haar echtgenoot, Melvin, bevond zich aan haar zijde. Hij liep meteen naar me toe en schudde me de hand. 'Sorry voor alles wat ik tegen u heb gezegd, doctor Cross.'

'Ach, zand erover.' Ik keek zijn vrouw aan. 'U hebt ons wel laten schrikken met dat been.'

Ze schudde haar hoofd. 'Ik had nog nooit van het compartimentsyndroom gehoord, maar de chirurg zei dat ik blij mocht zijn dat ik mijn onderbeen niet ben kwijtgeraakt. Hoe is het met Ali?'

Ik glimlachte. 'Een hersenschudding, maar verder geen hoofdletsel. De snee zorgde voor al het bloed, waardoor het er zo heftig uitzag. En hij was uitgeput. Wilt u hem zien?'

'Maar natuurlijk.'

Ik wierp een blik op Bree, Ned Mahoney en John Sampson, die in een hal voor een ziekenhuiskamer stonden te wachten. De zaalhulp duwde mevrouw Jenkins naar hen toe.

Melvin Jenkins wilde me iets zeggen en keek me ongemakkelijk aan. 'Luister, doctor Cross, ik ben zeer, zéér dankbaar dat Diane dit heeft overleefd. Maar, hebben jullie enig idee wat hij met die vijf miljoen dollar heeft gedaan die ik van het bedrijf heb geleend?'

Ik legde mijn hand op zijn arm. 'Dat hebben we, ja. En ik weet zeker dat de persoon die het heeft het graag naar u zal willen overmaken als ze eenmaal weet dat zij het van M heeft ontvangen om ons te misleiden en haar in zijn misdaden te betrekken.'

Jenkins ontspande zichtbaar en omhelsde me. 'Dank u wel. Zullen we naar binnen gaan?'

Ik gaf hem een schouderklopje. 'Melvin, ik zou het fijn vinden als je het via de monitors in de kamer ernaast volgt. Dit moet ik alleen doen.'

Je kon zien dat hij zijn vrouw eigenlijk niet alleen wilde laten, maar hij knikte. 'De tweede deur?'

'De tweede deur.'

Hij liep naar binnen en voegde zich bij de anderen in de aangrenzende kamer, waar monitors stonden zodat iedereen het verhaal zou kunnen volgen. De zaalhulp duwde mevrouw Jenkins door de eerste deur. Voordat ik Ali's kamer binnenliep boog ik mijn hoofd en dankte God voor de duizendste keer voor het wonder van zijn veilige terugkomst.

Ze hadden mijn zoon gisteren al minder medicijnen toegediend, zo haalden ze hem langzaam uit de half verdoofde staat waarin hij gebracht was om zijn hoofd te kunnen onderzoeken. Hij zat rechtop in bed, levendig als altijd.

'Miss J!' riep hij uit toen Diane Jenkins werd binnengereden. 'Wat is er met je been?'

'Ik heb het hard genoeg gestoten om de bloedtoevoer af te knellen, waardoor het opzwol. Ze hebben het opengesneden en er een drain in geplaatst,' zei ze. 'En die zit er nog steeds.'

Hij trok een vies gezicht, wat haar in lachen deed uitbarsten.

'We leven nog,' zei ze. 'Dankzij jou, jongeman.'

Ali keek me aan. 'Miss J heeft net zoveel als ik gedaan.'

Ik hief mijn handen op. 'Dat is waarom jullie hier samen zijn. Ik wil het hele verhaal horen, vanaf het begin.'

HOOFDSTUK 108

Diane Jenkins vertelde dat er op de dag van haar verdwijning een man zich op de achterbank van haar auto verborgen had gehouden. Hij sloeg zijn hand over haar mond, en het laatste wat ze zich nog kon herinneren was haar angst en dat hij een injectienaald in haar hals stak.

Ze wist dat ze op verschillende plekken was geweest voordat ze in de bunker eindigde, maar ze kon het zich niet meer voor de geest halen en kon ook niet zeggen hoelang het had geduurd. Ze had wel herinneringen aan het voertuig dat hij had gebruikt om haar van de ene locatie naar de andere te brengen.

Toen Diane weer enigszins bijkwam bevond ze zich in de werkplaats van Rivers' bunker. Haar handen waren geboeid en de deuren zaten op slot. Er was water en voedsel, maar geen ontsnapping mogelijk. Haar trouw- en verlovingsring zaten niet meer om haar vinger.

Ze zei dat ze nog lang had gegild, maar er kwam niemand. Een tijd later – een dag, misschien twee, maar in elk geval nadat de drugs die haar hadden geveld waren uitgewerkt – werd ze wakker op het moment dat M met Ali binnenkwam. De jongen was gedrogeerd en vastgebonden. Ze smeekte M om hen beiden te laten gaan, maar hij negeerde het en vertrok weer.

'Ik wist niet wat we moesten doen,' zei ze. 'Maar Ali wel.'

Ali vertelde op zijn beurt dat hij dacht dat hij kapitein Abrahamsen na school zou ontmoeten, maar dat M hem in een Suburban opwachtte. Hij droeg het fietstenue van het U.S. Armed Forces-team en zei dat hij met Abrahamsen reed, maar dat die naar een spoedvergadering moest en hem had gestuurd.

'Ik weet dat het stom was, maar hij droeg hetzelfde tenue als de kapitein, dus ik stapte in. Ik keek uit het raam of er nog vrienden liepen, en toen stak hij een naald in mijn been. Dat is het laatste wat ik me kan herinneren, tot ik wakker werd in die ruimte.'

Ali zei dat hij eerst bang werd, toen verward en uiteindelijk kwaad toen hij besefte dat hij door de berichtjes was misleid. 'Maar daarna dacht ik alleen nog maar aan ontsnappen.'

'Dat klopt,' zei Diane. 'Hij was compleet... geobsedeerd.'

'Dat klinkt me bekend in de oren,' zei ik en ik knipoogde naar Ali, die zijn relaas vervolgde.

Zelfs met handboeien om was het Ali gelukt om elke kast en la in de werkplaats te doorzoeken. Hij had van alles gevonden, waaronder een hamer, een beitel, een accuboor met bitjes en een lader, drie hoofdlampen met extra batterijen, een ijzerzaag met twee reservezaagjes, een oud horloge dat nog liep en een gloednieuwe snijbrander die nog in de doos zat, samen met een tankje acetyleen.

Ali had de snijbrander meteen willen gebruiken om er weg te komen. De handleiding zat in de doos. Hoe moeilijk kon het zijn? Maar Diane had hem op de kleine tank gewezen en ze vroeg zich af of het wel genoeg zou zijn om de stalen deur uit zijn hengsels te branden.

Ze besloten om eerst de hengsels en de deurhendel te verzwakken met het andere gereedschap, en daarna de klus af te maken met de snijbrander. Ali gebruikte het horloge om M's bezoeken bij te houden en ontdekte dat hun ontvoerder om de vierentwintig uur langskwam, altijd tussen twee en halfvier 's ochtends.

Terwijl ze het gereedschap verborgen hielden vroeg Ali aan M of de strakke tiewraps om hun polsen niet af mochten, hun huid was er helemaal door kapot gegaan. M had het zonder iets te zeggen gedaan, gaf ze toen zalf om erop te smeren en vertrok weer door de stalen deur met het halletje en de trap erachter.

Ali en Diane wilden aan de deur beginnen, maar ze voelden zich slaperig worden, wat hen deed concluderen dat M drugs in hun water had gedaan. Ze besloten om hun waterinname tot het minimum te beperken, maar desalniettemin had het voor een vertraging van hun ontsnappingsplan gezorgd.

Ze begonnen met de ijzerzaag aan het middelste hengsel, en probeerden de inkeping zo onopvallend mogelijk te houden.

'We zorgden ervoor dat alles was opgeborgen als we M terugverwachtten,' zei Ali. 'Elke keer als hij kwam waren we doodsbang dat hij zou ontdekken dat we met de deur bezig waren.'

Maar M ontdekte niets, en toen ze het middelste hengsel tot op een paar centimeter hadden doorgezaagd, begonnen ze aan het onderste hengsel.

Dat kostte hen twee dagen. En daarna nog anderhalve dag voor het bovenste hengsel. Op de zesde dag wachtten ze tot M op de gebruikelijke tijd zou arriveren, maar hij kwam pas op de zevende dag om één uur 's ochtends.

M leek toen ongedurig en afwezig. Hij wierp ze blikken voedsel en flessen water toe en vertrok weer, wat zo'n twee uur moet zijn geweest voordat hij via de steiger van de buren door mijn zolderraam klom.

Achteraf gezien hadden Ali en Diane in de tweeëntwintig uur dat ze op de terugkeer van M hadden gewacht al kunnen ontsnappen. Maar ze wilden de snijbrander pas inzetten als ze wisten dat ze op z'n minst een volle dag hadden om de deur uit zijn hengsels te krijgen en zo ver mogelijk weg te komen.

HOOFDSTUK 109

Het moet grofweg op hetzelfde moment zijn geweest dat ik in mijn zolderkamer oog in oog met M stond toen Ali en Diane met het boren van gaten om de hendel en het sluitmechanisme van de deur begonnen.

Dwight Rivers had de deuren van zijn bunker uit de zijwanden van containers gesneden en er stevige sluitmechanismes op gelast, zodat, zoals Ali het zei, 'de zombies er niet doorheen zouden komen tijdens de apocalyps'.

Dit hield in de praktijk in dat ze met een gewone accuboor door meer dan een centimeter staal moesten zien te komen. De accu's moesten constant vervangen worden en het werk vorderde uiterst langzaam.

Ergens in het tijdsbestek dat we op toestemming van de dokters wachtten om M te ondervragen had Ali de snijbrander met bijgeleverde strijker uitgepakt en Diana gevraagd om het tankje open te draaien.

Godzijdank had Diane Jenkins gezegd dat er geen sprake van kon zijn dat een tienjarige met een snijbrander aan de gang ging, en onder Ali's protest nam ze het ding van hem over. Op de dag dat ze ontvoerd werd had ze een zonnebril om haar nek hangen. Het was dan wel geen lasmasker, maar het bood tenminste enige bescherming voor haar ogen.

'Je had haar moeten zien, pap,' zei Ali. 'Ze was bang, maar toen ze hem eenmaal aan had begon ze te snijbranden alsof ze het al heel haar leven had gedaan. Alle hengsels gingen eraan.'

Toen de hengsels los waren zette ze de snijbrander op de stukjes tussen de gaten die ze in een cirkel om de hendel en bij het sluitmechanisme hadden geboord. Net toen het tankje leeg begon te raken had ze de hele cirkel afgewerkt, waarna Ali er met de hamer op begon te beuken.

Na vijftien klappen viel het ronde stuk er aan de andere kant uit, gevolgd door de deur zelf, die met donderend geraas in het halletje viel. Ze zagen de ladder uit het plafond steken, liepen erheen en voelden tocht uit het gat stromen.

Ze deden de hoofdlampen om en klommen door de schachten van Rivers' mierenhoop omhoog totdat ze de bovenste container bereikten. Op het dak vonden ze dezelfde lier en kabel die Sampson en ik bijna twee weken geleden hadden gebruikt om uit de bunker te ontsnappen.

Het abseilen boezemde Diane zo veel angst in dat ze zei dat ze wel op het dak zou wachten tot Ali met hulp terug zou komen. Hij wist haar ervan te overtuigen dat ze het toch moest doen; M gebruikte dezelfde route, dus ze konden hier maar beter zo snel mogelijk weg zijn.

'Het was het engste wat ik ooit in mijn leven heb gedaan,' zei Diane. 'Maar Ali heeft me erdoorheen gepraat.'

Toen ze allebei beneden waren hoorden ze een voertuig naderen en zetten ze hun hoofdlampen uit. Ze zagen het licht van koplampen bij een huis en dachten dat het M was.

Ze renden in westelijke richting, over het weiland naar het bos. Ze hadden geen idee waar ze waren, maar tussen de bomen konden ze tenminste hun hoofdlampen weer aan zetten. Ze liepen zo'n anderhalf uur zonder een weg tegen te komen.

Het bos werd dichter en het begon er omhoog te lopen. Hoewel ze het op dat moment niet wisten, waren ze al een eindje in Shenandoah National Park. Ze besloten te stoppen en op de dageraad te wachten.

Maar toen hoorden ze een helikopter over hen heen scheren,

en even later hoorden ze sirenes in de verte.

'Dat leek ons een goed teken, die sirenes,' zei Ali. 'Dus we begonnen weer terug te lopen, maar toen de sirenes op een gegeven moment stopten wisten we niet meer waar ze precies vandaan waren gekomen.'

'En toen begonnen onze hoofdlampen zwakker te worden en liepen we per ongeluk van een rots af,' zei Diane.

Ik deinsde terug. 'Wat?'

'Of we vielen naar beneden,' vervolgde ze. 'Het was eerder een soort ravijn.'

'Het was steil,' zei Ali. 'Dat kan ik me nog vaag herinneren.'

Diane zei dat ze op rotsen en keien terechtkwam. Ze voelde haar arm breken, en ook haar kuit had een flinke klap gehad.

Ali kon zich zijn val niet meer herinneren, hij moest buiten westen zijn geraakt.

'Ik had nog een extra batterij voor mijn hoofdlamp en heb hem gevonden,' zei ze. 'Er was veel bloed, maar hij kwam weer bij.'

Toen begon het te regenen en vloog onze helikopter over hen heen.

'Hij vloog recht boven ons,' zei ze. 'We waren beiden aan het roepen, maar ze hoorden ons blijkbaar niet.'

Ik wilde zeggen dat ik op dat moment Ali's stem dacht te horen, wat onmogelijk was. Ik besloot het Ali later te vertellen.

Diane zei dat ze door hadden moeten lopen omdat ze anders onderkoeld zouden kunnen raken.

'We hadden maar drie benen,' zei ze.

'En anderhalf hoofd,' zei Ali grinnikend.

Ze lachte. 'Nee, je was toen wel driekwart hoofd waard.'

Met één hoofdlamp strompelden ze door het bos verder tot het stopte met regenen en de dageraad eraan kwam.

'Het werd licht,' zei ze. 'Op een gegeven moment zagen we een rotswand waar aan de andere kant een pad langs liep, dat volgden we tot we een landweg bereikten.'

Ze hadden er nog geen driehonderd meter over gelopen toen

Dwight Rivers hen voorbijreed in zijn campertruck, hij was op weg naar de bouwmarkt om nieuwe sloten voor zijn mierenhoop te kopen.

'En hij stopte meteen?' vroeg ik.

'Hij reed nog een stuk door, terwijl we naar hem zwaaiden,' zei Diane. 'Maar toen trapte hij hard op de rem en reed in z'n achteruit naar ons toe.'

Ali nam het woord van haar over. 'Hij zei "Ben jij Ali Cross?".' Ik zei hem dat ik dat was. En miss J zei hem wie zij was en vroeg of we zijn telefoon mochten gebruiken. Hij zei dat hij uit protest tegen iets geen mobiele telefoon had, ik begreep het niet helemaal... Maar toen zei hij dat we in de camper konden gaan liggen, we konden daar opwarmen en slapen, en dan zou hij ons naar huis rijden.'

'Eind goed, al goed,' zei Diane. 'Uw zoon is mijn held, doctor Cross.'

'En ook die van mij, miss J,' zei ik.

Ali straalde. 'En wanneer kan deze held naar huis om een beker ijs te krijgen?'

'Daar beslist de dokter over. Maar ik denk dat Nana Mama wel zoiets wil meenemen als ze straks op bezoek komt.'

Aan de manier waarop mijn zoon Diane Jenkins aankeek kon je zien dat ze tijdens hun gevangenschap een diepe band met elkaar hadden ontwikkeld. 'Wil je de echte hashtag-waanzinnige-uitspraken-van-mijn-overgrootmoeder ontmoeten en samen ijs eten?'

Ze lachte, wierp me een zijdelingse blik toe en zei: 'Maar natuurlijk, Ali. Dat wil ik heel graag.'

HOOFDSTUK 110

Elf weken later

Jannie leek weer helemaal de oude te zijn toen ze uit de spelerstunnel kwam en de baan van de University of North Carolina in Chapel Hill opliep.

Iedereen was er, zelfs mijn oudste zoon Damon, wiens zomerreces op de universiteit net was begonnen. We stonden op, en klapten en floten voor haar.

Ali had nog steeds een flink litteken op zijn hoofd. Hij was vaak vroeg wakker en had soms abrupte stemmingswisselingen, maar verder leek hij er weinig last meer van te hebben. De schaduwkant van de tribune was afgeladen, maar dat kon ons niets schelen. We waren samen en stonden te popelen om Jannie op de tweede dag van de USATF-keurwedstrijden voor middelbare scholieren te steunen.

Ted McDonald, een onafhankelijke coach die Jannies talent als eerste had opgemerkt, had de serie van vier vergeleken met de selectietoernooien voor footballtalenten, waarbij scouts naar toekomstige profs op zoek zijn. In dit geval waren de scouts NCAA Division 1-coaches, en ik had er al vijftien geteld.

Sommige van deze coaches waren bij ons thuis geweest, de anderen hadden ons het afgelopen jaar gebeld of geschreven. Hoewel ze er officieel waren om alle tweehonderd deelnemende atletes te bekijken was het geen geheim dat vele ogen op Jannie waren gericht.

Tot nu toe leek ze redelijk ontspannen met deze druk om te gaan. Het hielp dat coach McDonald uit Texas was overgevlogen voor dit evenement.

Hij was erbij geweest toen ze zich had gekwalificeerd voor de finales van de vierhonderd meter – haar beste onderdeel – en die van de achthonderd meter net niet had gehaald. Ze had ook voor het eerst aan het speerwerpen meegedaan en eindigde als achttiende, wat niet slecht was met vijfentwintig deelnemers.

Jannie negeerde de coaches toen ze hen op een drafje passeerde, ze blies ons kussen toe en grijnsde alsof ze de tijd van haar leven had.

'Het is fijn om haar weer zo ontspannen te zien,' zei Nana Mama. 'Ze maakt een sterke indruk.'

'Dankzij genoeg slaap, vitamines, jouw gezonde maaltijden en haar krachttraining,' zei Bree.

'En coach McDonald,' voegde ik eraan toe. Ik zag hoe hij op het binnenveld met een van de officials stond te praten; hij was lang, mager en had blond haar. 'Ik weet niet of ze zonder hem zo ver was gekomen.'

'Ja, ik mag hem graag,' zei Bree. 'Hij geeft haar stabiliteit.'

Ze vertrok om voor iedereen een drankje te halen. Damon en Ali liepen naar het hek om nog even met Jannie te kletsen voordat ze moest verspringen.

Mijn grootmoeder begon in haar boek te lezen, ik was alleen met mijn gedachten.

Ondanks een uitgebreide regionale zoekactie en een landelijk opsporingsbevel met verschillende foto's en filmmateriaal leek de man die we als M kenden van de aardbodem te zijn verdwenen.

Maar we wisten nu veel meer over hem. Toen we zijn DNA-profiel door de gigantische databanken van de FBI en Europol haalden kregen we tot onze verbijstering zesentwintig matches met DNA dat over de hele wereld op de plaatsen delict van moorden was gevonden.

Het was voor honderd procent zeker dat M in het half ingestorte huisje bij Spellman's Visbenodigdheden was geweest, zijn DNA was op de dode crèchedirectrice aangetroffen. En ook op het lichaam van Katrina Nixon.

En aan boord van het jacht van de mensensmokkelaars, en in het appartement van rechercheur Ron Dallas.

Maar zonder vingerafdrukken of andere degelijke informatie over hem was het alsof de man niet bestond.

Ali had makkelijk getraumatiseerd kunnen zijn na de verwikkelingen. Maar hoewel hij nooit precies had begrepen waarom hij M's doelwit moest zijn, was hij meteen in nieuwe dingen gedoken. De Galápagos eilanden en computerprogrammeren waren zijn laatste bevliegingen. Zijn liefde voor de mountainbike en zijn vriendschap met kapitein Abrahamsen, die blij was dat Ali het weer goed maakte, hadden er niet onder geleden.

Het was ook goed om te zien hoe Martin Forbes als een vrij man de rechtszaal verliet, vastbesloten om iets van de rest van zijn leven te maken.

'Je hebt mijn leven gered, Cross,' zei hij voordat hij me omhelsde. 'Dat zal ik nooit vergeten.'

En Bree en ik zouden nooit vergeten dat M nog steeds een bedreiging voor ons gezin vormde. We lieten camera's in en om het huis installeren en letten erop dat Jannie, Nana Mama en Ali nooit alleen reisden.

Bij grote openbare bijeenkomsten keken Bree en ik altijd goed om ons heen, zo ook bij dit atletiekevenement. Tot nu toe hadden we in het publiek nog niemand kunnen ontdekken die op M leek.

Het onderdeel verspringen begon. Jannies eerste pogingen waren niet bijzonder opvallend, maar het was genoeg voor de finale. Die telde acht deelnemers en zij eindigde als zevende, op vijftig centimeter van de winnaar. Na haar laatste sprong liep ze hoofdschuddend en met hangende schouders terug.

'Ik kan beter,' zei ze me even later.

'Dat weet ik.'

'Ik wilde coach Mac iets laten zien.'

'Doe dat dan bij de vierhonderd meter.'

Het bracht een lichtheid in haar stappen terug die haar de rest van de dag niet meer zou verlaten.

In de finale van de vierhonderd meter begon Jannie onbevangen in baan vijf en liep met gemak in het kielzog van de drie koplopers over het eerste rechte stuk tot de tweede bocht eraan kwam.

Ondanks de blessures en ziektes die ze de afgelopen twee jaar had bevochten zette mijn dochter op honderdtwintig meter van de finish een versnelling in die we bijna van haar vergeten waren, haar stappen waren veerkrachtige sprongen geworden.

We gingen uit ons dak toen ze de afstand slechtte en met nog vijftig meter te gaan de koplopers voorbijliep. Ze won de race met een verschil van driekwart seconde.

'Ze is terug!' schreeuwde de op en neer springende Ali. 'Jannie is terug!'

'Zag je dat?' kraaide Damon. 'Het was alsof die andere meiden op het laatst stilstonden.'

'We hebben het gezien,' riep Nana Mama. 'En alle coaches ook.'

Ze had gelijk. De meeste coaches waren opgestaan en keken naar hun stopwatch, sommigen grinnikten, anderen schudden ongelovig hun hoofd. Coach McDonald keek ons aan vanaf het middenveld, hij lachte en stak zijn vuist in de lucht.

Jannie was op de baan tot stilstand gekomen, ze gooide met een gelukzalige glimlach haar hoofd in haar nek en hief haar handpalmen hemelwaarts.

HOOFDSTUK 111

Jannie en ik werden de rest van de dag door coaches aangesproken die ons uitnodigden hun campus te bezoeken en beurzen in het vooruitzicht stelden. We hoorden ze allemaal dankbaar aan, inclusief de coach van de University of Oregon, die ons eraan herinnerde dat hij de eerste was die indertijd interesse in haar had getoond.

Toen hij wegliep zei ze: 'Ik weet niet wat ik moet doen.'

Coach McDonald, die naast ons stond, glimlachte. 'Gelukkig hoef je niet vandaag te beslissen, en ook niet binnenkort.'

'Dank je voor je komst, coach Mac,' zei ze en omhelsde hem. 'Het heeft me geholpen.'

'En ik ben dankbaar dat ik je vandaag over de baan heb zien vliegen. Zullen we dinsdag verder praten?'

Jannies ogen werden vochtig en ze knikte. 'Dinsdag.'

Hij nam afscheid van ons.

'Kunnen we iets gaan eten?' vroeg ze. 'Ik verga van de honger.'

'Doctor Cross? Jannie?'

We draaiden ons om en zagen coach Wilson van de University of Texas door de spelerstunnel naar ons toe lopen. Ze was de enige coach die ons die dag nog niet had benaderd.

'De eenhoorn is terug.' Ze schudde ons glimlachend de hand.

Coach Wilson keek me aan. 'Jannie ís een eenhoorn, in verschillende opzichten. Dat was een indrukwekkende overwinning op de vierhonderd.'

BIN TRAVERLER FORM

Cut By: Cesar Flores Qty 25 Date 10/15/26

Scanned By:____________ Qty______ Date______

Scanned Batch ID's

____________ ____________ ____________

Notes / Exceptions

____

‘Het was beter dan de drie andere onderdelen,’ zei Jannie.

‘Nee, dat zie je verkeerd. Je hebt op de andere onderdelen niet gewonnen of een medaille gehaald, maar je bent de strijd aangegaan. En dat is het kenmerk van de goede allround atlete die ik zoek.’

Wilson zweeg even en vervolgde: ‘Ik kan je moeilijk zeggen de vierhonderd meter op te geven, het is duidelijk dat je op die afstand een buitengewoon toptalent bent. Toch zou je de zevenkamp nog eens moeten overwegen, ik denk dat je het potentieel hebt om ook daarin de wereldtop te halen.’

Jannie blies haar wangen op en liet de lucht ontsnappen. ‘Ik weet het nog niet, coach.’

‘En dat hoeft ook nog niet,’ zei Wilson. ‘Maar welk pad je ook zult inslaan, onthou dat de University of Texas je een volledige beurs aanbiedt. En mag ik je eraan herinneren dat coach McDonald in dezelfde stad woont?’

Jannie glimlachte. ‘Dat weet ik.’

‘Je mag blij met hem zijn.’

‘Dat ben ik ook, mevrouw.’

Wilson zei dat ze contact met ons zou houden en vertrok. Jannie veegde met haar mouw haar ogen droog.

‘Gaat het een beetje?’

Jannie lachte door haar tranen heen. ‘Natuurlijk gaat het. Welke zeventienjarige ziet haar dromen nu op zo’n manier uitkomen?’

‘Iedere zeventienjarige die in mijn huis woont.’ Ik omhelsde haar. ‘Ik kan je niet zeggen hoe...’

‘Pap!’ riep Ali, die vanaf de tribune naar ons toe kwam rennen.

Ik hief afwerend mijn hand op en keek Jannie aan. ‘Ik kan je niet zeggen hoe trots ik...’

‘Pap!’ zei Ali.

‘Ali,’ zei ik scherp. ‘Ik probeer je zus te zeggen hoe...’

Ik maakte mijn zin niet af, want ik zag hoe hij met een verbijsterd gezicht zijn telefoon ophield.

‘Het is hem, pap,’ zei hij. ‘Wckr, maar ik heb er een screenshot van genomen.’

Ik nam de telefoon van hem aan, las het en wist dat het spel met M nog niet voorbij was.

Je bent een kleine ontsnappingskunstenaar, Ali. En Jannie, de ster van de vierhonderd meter! Zeg hallo tegen je vader. Zeg hem dat het vanaf mijn plaats duidelijk was dat zijn dochter met haar hart liep.